THE SHOT

入魂枪

石一枫 著

人民文学出版社

图书在版编目（CIP）数据

入魂枪/石一枫著. —北京：人民文学出版社，2022
ISBN 978-7-02-017435-5

Ⅰ.①入… Ⅱ.①石… Ⅲ.①长篇小说—中国—当代 Ⅳ.①I247.5

中国版本图书馆 CIP 数据核字（2022）第 157302 号

策划编辑	脚　印
责任编辑	王　蔚
装帧设计	陶　雷
责任印制	宋佳月

出版发行　人民文学出版社
社　　址　北京市朝内大街 166 号
邮政编码　100705

印　　刷　北京盛通印刷股份有限公司
经　　销　全国新华书店等

字　　数　158 千字
开　　本　850 毫米×1168 毫米　1/32
印　　张　8.125　插页 1
印　　数　1—15000
版　　次　2022 年 11 月北京第 1 版
印　　次　2022 年 11 月第 1 次印刷

书　　号　978-7-02-017435-5
定　　价　58.00 元

如有印装质量问题，请与本社图书销售中心调换。电话：010-65233595

脚 印 工 作 室

瓦西里·扎伊采夫，苏联战斗英雄，第二次世界大战期间最具传奇色彩的神枪手。在被称为"钢铁绞肉机"的斯大林格勒战役中，他潜伏战场，共射杀德寇225人……真正令瓦西里声名远扬的，是他在一场遭遇战中，曾经击毙贵族出身的党卫军上校、德国狙击手学校总教官海恩茨·托尔伐克。

（节选自《环球电影》杂志，1997年第6期）

1

第一次听说神枪手瓦西里,是在二十多年前了。

当时我还是外地的一名高中生,沉溺在自己那点儿不可告人的欲望之中。小地方资源匮乏,夜里要想"放一枪",我只能借助于大众文艺杂志上的彩色图片。那也是我少有的一段博览群书的日子。一天趁中学的图书管理员没留神,我径直将一本《环球电影》揣进了书包,那期的封面女明星是日本的宫泽理惠。之所以连招呼都没打,是因为"理惠"穿了件高衩泳装,我很担心借阅台后面的老太太猜到我的真实目的。

哥们儿还是学习委员呢,哪儿丢得起那个人。

当夜自不必提,遂成好事。而在神清气爽、还有一丝怅然的状态下,我吧唧着嘴,打开杂志内文看了起来。时间尚早,在那间十二平米大的卧室,在一灯如豆的写字桌前,我仿佛还有大把的岁月可以蹉跎。于是我读到了那段描述,是在一篇介绍即将投拍的美国大片《兵临城下》的文章里,所谓"神枪手瓦西里"正是电影主人公的原型。初看之下，倒也没什么感想，但没过多久，当我合上杂志，盯着灯泡里那段璀璨的钨丝略一出神，异象发生了。氤氲的柔光变成了漫天飞雪，桌面则辽阔得有如伏尔加河畔平原。我孤身一人，逆风踽踽而行，胸中满怀理想。那理想壮阔高远，我抹了把脸，眼眶好像都湿了。

上述感受可以解释成一个男孩儿自渎过后的荷尔蒙波动，但我至今想问：人是否都曾经历过一个瞬间，感到有一个"我"比真实的自己更值得存在？

又一晃神，幻象消散。隔壁传来我妈的催促声，她一着急就爱打嗝儿。

2

往事寻常，但若深究也浩如烟海。时隔多年，再次得知瓦西里的消息，则是在2018年夏天了。当时我正躺在北京"通利福尼亚"一套商住两用公寓的地板上，捧着手机对战《王者荣耀》。一个电话切了进来，我烦躁地挂断，不想对方锲而不舍，挂了又拨。这导致游戏里的我中了敌人的大招，瞬间被"秒了"。

我恶狠狠地按了接听键，电话里传出来姜咪的声音。她大大方方地说想让我"帮个小忙"。具体情况如下：她家那个菲律宾保姆本着专业精神，休息日是一定要休息的，而她呢，临时有个"规格很高"的商务活动——上述种种，也就造成了她从美国空运回来的儿子"小本"无人看管。

"想了一圈儿，在我认识的人里，只有你闲着也是闲着。"姜咪又说。

我知道这娘儿们一旦主意已定，即使明知我连养活自己都困难，也会不留情面地委派她那个小崽子上门蹭吃蹭喝。这就把难题甩给了我：对于一个前女友和她前老公所生的孩子，我该如何定位自己与他的关系？

她听我吭叽了两声，又逼问道：

"怎么，你还不乐意吗？"

"不不不，"我搪塞道，"我只是觉得外事无小事。"

"有这个态度就好。"她挂了电话。

片刻后，来到小区门口那条街边，我很快找到了姜咪的"特斯拉"。记得她上次回国时，曾经在机场附近的"中央别墅区"安了个家，空旷的六环路连接着我们两人的住处，开车过来花不了多少工夫。她摘下墨镜打量了一圈儿街景，转向我：

"你怎么捂得这么白，跟刚从子宫里掏出来似的。"

我则手搭凉棚，与汽车天窗里钻出来的一个蓬松的盖儿头对视。这就是"小本"了吧，小模样还挺漂亮，左顾右盼的神态也机灵得很。必须得说，如果换我亲自上阵，也未见得能跟姜咪制造出同样出色的产品。

"How are you？"我用他们国家的语言打招呼。

"你就是老吕?"他用我们国家的语言反问我。

姜咪从天窗里把孩子拽下来,勒令他背好书包。她还顺便噎了我一句,千万不要让孩子觉得我过的日子就是人生的常态。我问道:"你是不是有点儿太记仇了?"

她没再搭理我,戴上墨镜又按动按钮,让茶色的车窗玻璃挡住了脸。随着我们之间的那条缝隙缓缓合拢,车中的光线发生了偏移,将她鼻翼两侧的纹路照得格外深邃。唉,她也见老了,虽然保养得总体还算粉嫩,也越来越会化妆了。片刻之后,当那辆电力驱动的轿跑车悄无声息地远去,就剩下我和她的儿子木然地站在大街上了。

至于我和小本相处的那个白天,说来倒颇为愉快。

小孩儿嘛,其实都是很会看人下菜碟的,饶他在家是个混世魔王,一旦沦落到和陌生人相依为命的份儿上,也就自然而然地乖巧起来了。而我虽说没有育儿经验,但却懂得一个道理:如果想让孩子高兴,最好的办法莫过于允许他做一些平常想干但又干不成的事儿。毕竟,还有什么比自由更可贵的呢?又毕竟,一个二年级的小学生也不大可能向往什么真正意义上的自由。于是,当我提出午饭可以去吃麦当劳,而不必专门给他外卖一份味道寡淡的"健康轻食"之后,小本在言谈之间就俨然把我当成哥们儿了。

而当垃圾食品吃了,作业也写完了,我们便陷入了预料之中的无聊。我固然也可以把电脑打开,让他自己去网上"冲浪",又担心他从我的硬盘里看到一些令人尴尬的玩意儿。我想给姜咪打个电话，可一看时间，离她把小本送来才过了两个多小时，如果这就催着她把孩子接走，无疑会显得很伤人。伤了姜咪我倒不怕，反正我们也不是没互相伤害过，可小本招谁惹谁了？看着孩子皮肤下淡蓝色的血管，我的心里忽然温柔地一疼。

于是我胡噜了一把他的脑袋："出门儿。"

"干吗去？"

"带你干点儿有劲的事儿。"

二十分钟以后，我和小本下了地铁，未经地面就钻进了一个巨大的"城市综合体"内部。这栋造型奇异的大楼是两年前新建的，也像所有商场一样因为"网购"的冲击而门可罗雀。顶楼一角有个震耳欲聋的游戏厅，我领着他进去，扫码买了几十枚硬币。

在我比小本大不了多少的时候，类似场所还被称为"镚儿厅"，开设在县文化馆承包给某位"社会狠人"的临街门脸房里。"镚儿厅"里摆放着十几台老旧的投币式"街机"，据说都是从广东淘汰过来的，内容无非是《三国志》或《恐龙快打》，记得还有一种"脱衣麻将"，如果你有幸和出一把"大三元"，屏幕上那女的就会惊鸿一瞥地露出大腿。当我们这些小崽子凑在机器前狂拍狂按，旁边还有一群地痞流氓正在打台球，更远处则传来录像厅里"哈哈哈"的打斗声和"啊啊啊"的叫床声。那些台球爱好者偶尔还会晃悠过来，"小哥们儿给俩镚儿"，如果不给，一人一嘴巴；如果给了但他们却没在麻将机上如愿以偿地看见大腿，同样一人一嘴巴。如果我妈打着嗝儿冲进来把我抓住，那个嘴巴就是我独享的了。

相较于我，小本他们这茬儿孩子是否就要幸福多了呢？从表面上看，的确如此：到处都是明亮而绚丽的装潢，娱乐设施也今非昔比。每种机器和每个孩子都在发出奇异的声响，小本穿梭在他们之间，兴奋得两只眼睛都快不够使了——我猜无论在美国还是中国，姜咪都禁止他光临此类场所。没一会儿，他已经消耗了一整筐哗哗作响的"镚儿"，我则跟在他身后，每当"存货"告罄之时立刻予以补充。

"你怎么不玩儿啊？"从屏幕里把眼睛拔出来的间歇，他问我。

"我又不是小孩儿了……"我慈爱地回答。

但又过了一会儿，我也终于经受不住怂恿，亲自下了场。那是一款复杂的游戏，参与者需要手持镭射枪，对着巨幅屏幕上的外星怪物迎头痛击，并且子弹有限，敌人身上还覆盖着坚硬的外壳，必须精确地命中某些特定部位才能构成伤害。我向小本讲解了游戏技巧，然后和他一人一杆大枪，踏上了远征。虽然长久未曾上手，但这种"FPS"（第一人称射击游戏）对我而言毫不生疏。但也令我没料到，这款游戏越往下玩儿，就越超出了"街机"层面的水平——不仅关卡极多，而且愈发惊险，到了后面，倾巢而出的外星生物简直像中国导演策划的大型庆典活动一样密集，仅凭两人合力，完全应接不暇。我意识到，这款游戏的开发者一定很有追求，甚而说是怪癖也不为过。他们不满足于只在市场上盈利，或许还想在玩家中树立某种技术标杆。

在被又一条外星蛔虫吞噬后,小本扔下枪:"我得歇会儿。"

这也是一般玩家面对此类游戏的态度:当意识到挑战是无谓的,他们只能知难而退。况且不能用多高的标准来要求一个孩子。但我只是"嗯"了一声,自顾自地继续投入了战斗。我跟这款游戏较上劲儿了。

就像姜咪曾经说的,我要是在别的事儿上也这么不屈不挠就好了。

历经艰险,我终于获得了一场惨胜。尽管遍体鳞伤,不过一命通关,这个战绩在游戏厅里应该也不多见。但转瞬之间,我被惊出了一身冷汗:小本跑哪儿去了?接下来的几分钟,我一边在游戏厅里仓皇地乱转,一边高声呼喊:本,本,本杰明!真可笑,我那失魂落魄的模样也许还真像个父亲。而当绕场一周回到原地,我却看见小本从距离刚才那台机器不远的人堆儿里钻出来,兴奋地朝我挥着小手。

我蹿上去薅住他,照着屁股踢了一脚:"你要丢了,你妈能活剥了我。"

美国孩子也许是皮实一些,小本嬉笑着龇了龇牙:"你看你看。"

我尽弃前嫌,索性把小本扛到脖子上,和他一起越过层层叠叠的头颅向里眺望。还以为他发现了什么新鲜玩意儿呢,人群围绕的不过就是一台机器,屏幕上的画面,正是我业已打通的那款游戏。一个十七八岁、肩膀瘦弱的男孩儿正举着镭射枪,神态像方才的我一样投入。但多看两眼，我随即被"震"住了：他也打到了我刚刚经历的生死关头，然而阵脚丝毫不乱。这堪称一次完美的射击表演，男孩儿的诀窍不是跑位、隐蔽或声东击西等等复杂的战术，仅仅在于反应快、枪法准。他甚至懒得捡拾那些火力强大的连发武器，从头到尾只靠一把单发步枪。那是庖丁解牛般的洞察力，能将游戏还原为"瞄准、射击、命中"的简单流程，而这也正是所谓"高手"和普通玩家的分野所在。

不光我看得入迷，身边的半大孩子们也高呼着"666"，这是他们那代人对"牛×"的另一种表达方式。连跳舞机旁边的几个cosplay成漫画人物的女孩儿都凑了过来，红的紫的粉的头发像绽开的烟花。他们也许从未见过有人以这种方式通关这款游戏——我扫了眼屏幕左下角的信息栏，男孩迄今为止失血量为零，单枪命中率高达百分之九十六。如果把这个成绩发给游戏公司，那边的工程师一定会以为有人开挂了。在众人的呐喊中，男孩儿不为所动地继续开枪，眼神近乎呆滞。当最后的大"boss"在一团烈焰中化为灰烬，他才甩了两下手，摊开巴掌在松松垮垮的工装裤上擦了擦。

又是一番"666"，人群便散去。只有我还站在原地，肩上扛着小本。

这时我发现，那男孩儿的后背已经湿透了，糟朽的T恤衫紧贴在肩胛骨上，从底下渗出肉色。他像刚跑完一场马拉松，又让人想起超市货架上被塑料薄膜包裹的玉米。几乎没人懂得一个专注的玩家会在游戏中消耗多少能量，就像大多数人很难理解为什么职业棋手需要吸氧、赛车手的肌肉强度堪比重竞技运动员。更令我吃惊的是男孩儿随后的举动：当屏幕上弹出一副虚拟键盘，他便用镭射枪点射其中若干字母——先是"V"，后是"A"，然后是两个"S"，接着是一个"I"……难不成，后面又会是一个"L"和一个"I"？

果然如此！

那些字母依序跳出，像步枪撞针一样砰然作响。

连小本都察觉到了我的肩膀微微发抖。他拽拽我的耳朵："老吕，那人干吗呢？"

"签名存档。"我说，"有些人打出一个新纪录，就希望能让别人看到。"

"他的名字很怪。"

"那是个俄国名字。瓦西里，一个神枪手。"

"That's fucking awesome！"小本终于蹦出一句母语。

3

当然，此瓦西里非彼瓦西里，二者不可混为一谈。他们一个潜伏在一九四二年的斯大林格勒，另一个则出没于今天的北京"城市副中心"。但世事流转，因果暗合，我又不得不想起了另一个"瓦西里"。

这就得跳回到二〇〇一年了。世纪之初,千年伊始。

那时还没有智能手机,没有平板电脑。那时微软的操作系统还是Windows98,IBM也没被联想收购。那时也是我来到北京的第三年,还没来得及认识姜咪。成天和我厮混一处的,是被称为"鱼哥"和"小熊"的两个家伙。与通常意义上的朋友不同,在尚未谋面之时,我们就已经熟得像穿一条裤子了。

按照先来后到,就从鱼哥说起吧。

第一次见到这人,是在一个阴沉闷热的午后。当时我精赤上身,缩在一栋苏式建筑的二楼角落,正盯着电脑奋战不休——宿舍里的哥儿几个添置了轻薄的笔记本,又提出如果我愿意帮他们在游戏里"练级",就把这台集资购买的破烂货转让给我,我二话没说便答应了。记得那天手风挺顺:我先替某个风流成性的家伙在《金庸群侠传》里游荡了一圈儿,让他的"欧阳克"勾搭上了"王语嫣";随后又打开《星际争霸》,确保一个暴力狂名下的"虫族"账号豪取五连胜;另一个兄弟的口味相当复古,酷好基于C语言开发的文字版MUD,因此我还得随时腾出手来在键盘上奋笔疾书,这才引导着他的骑士冲出杀机四伏的迷宫。因为在多个任务之间切换,那台"赛扬"处理器的二手电脑不堪重负,风扇响得像哮喘,连重得能砸死一匹马的显示器都在滚滚发烫。但我的原则是"歇机不歇人",关掉所有程序并卸掉机箱后盖之后,我立刻又进入了一个《反恐精英》对战平台。

这款第一人称射击游戏简称"CS",早期又叫"半条命",规则很简单:参与者加入"警""匪"两方,各操作一个角色投入战斗。它是3D画面,质感真实,节奏紧凑,给人带来的刺激无疑更加强烈,对于操作者的反应速度也要求极高。上述特点让人想起武侠小说里的"高手过招,生死只在一念之间",哪怕一个小小的疏忽,都足以决定转瞬间的胜负。至于该游戏的风靡程度,我敢这么说,那年头中关村一带的几所大学里,没玩儿过《反恐精英》的男生绝对少于没撸过管儿的。

这也是我引以为傲的领域。经过半个学期的勤学苦练,我不再满足于用屠杀"炮灰"来刷数据,而是期待着能与那些真正的高手狭路相逢。那个下午,我进了相对冷门的"飞机"地图,在一架波音客机的机舱里和十几名悍匪肉搏。这里空间逼仄,不利于长武器发挥,大家往往只用手枪,再加上无辜乘客混杂其中,交战之中颇多投鼠忌器。几盘下来,很快拉开了档次:我和一个老对手遥遥领先,游戏逐渐变成了两人之间的较量。

对方很狡猾,善于布置战术,每每先指使队友上来消耗我,在我精疲力竭之际才突然出现。我也有应对之道,那就是尽量不与喽啰们纠缠,而在与他对决时力争一枪毙命。如此陷入缠斗,互有胜负,天色渐渐暗了下来。当地图里的幸存者再次只剩下我和那个宿敌,球面显示器背后的窗外也终于淅淅沥沥落下雨来。

而我一晃神儿,居然有工夫想到:家乡田野里的麦子还早着呢吧?

我还想，系里的其他人应该在上第二节"理论物理"了。原本我也打算到课上照一面的，现在看来只好作罢。随即又给自己找了个理由：反正那个过早秃顶的副教授已经连我叫什么都快忘了，贸然出现反而会令对方恼火，那就对我的期末考试更为不利了。

直到这时，我才发觉窗外的"雨"下得有些蹊跷。它过于短暂，没几滴就停了，颜色也不对劲儿。偏是一走神之间，游戏里的对手从身后对我发动了奇袭。他用一支绰号"沙漠之鹰"的大口径手枪洞穿了我，随后在我倒下的躯体附近喷绘了一幅"笑脸"图案。这种行为又被称为"撒尿"，看起来确实和对着尸体尿了一泡差不多，对于玩家可说是奇耻大辱。但我还没顾得上抗议，就突然反应过来外面的"雨"是怎么回事儿了。

我"操"了一声，摔下鼠标，开门跑了出去。才冲到走廊，就听楼里已经炸了锅。遭殃的不止我所在的二楼，从上到下一溜儿窗口均未幸免。各宿舍的损失轻重不一：有的也就是在窗台上放了几捆旧书，而有的把衣服晾在了窗外的铁架子上，那就倒了血霉了。而当大家叫嚣着冲上顶楼，便见罪魁祸首已经被几个体育特招生堵在了一间宿舍里。初时看不清那人的面貌，印象里只是个囫囵一团、质地粗糙的胖子，圆胳膊圆腿，身体上每个弯曲的部位都打着褶儿。他抱头蹲在地上，神情却不惊惶，饶是被几条高达两米的硬汉轮流骑在胯下，仍然挺着脖子挣巴：

"不好上来就按人的哦，这里不是高等学府吗？"

大家自然不能善罢甘休。我呢，一面听着众人聒噪，一面却迷惑于另一个疑点：如果从这间宿舍窗口泼出去的是尿，而尿又是这厮撒的，那么他这样干，到底图什么呢？难不成，就在我们这栋楼里，隐藏着一个歇斯底里的反社会分子？在我们学校，类似的事件也不是没发生过。前不久还有一场血案：经管系的一个姑娘用枕头把另一个姑娘闷死在了睡梦中，然后纵身从阳台上跳了下去。一边胡思乱想，我也挤进屋里，在人们的肢体丛林中晃动着脑袋。宿舍也就是那么个宿舍，但随即，桌上那台电脑却把我的眼睛看直了："奔3"处理器，独立显卡，纯平显示器……更关键的是，还有一套美国"雷蛇"键盘鼠标。那年头，这些玩意儿通常只有发烧级的游戏玩家才用。而当我随手晃晃鼠标，"屏保"背后立刻跳出了《反恐精英》的游戏界面。我又扫了眼登录账号，心里"咯噔"一声。

我蹲下身子，悄声问那人："你是'湖里的鱼'？"

他一歪头，表情介于懵懂与痴呆之间。

我伸手给了他一个"脖儿搂"："不要不承认，刚才暗算老子的就是你。"

他眼里噼啪一闪："你是'湖里的驴'？"

面面相觑之下，我也终于看清了那张滑溜溜的、硕大无朋的黑脸。他的两眼分得很开，嘴唇厚重，"切切倒有两大碟"；从他的嘴角，还伸展出两绺又长又软的胡须——这都使得他很像一条做砂锅时常用的胖头鱼。而我们又对视了片刻，似乎这才反应过来，此处并非"盘道儿"的地方。于是我起身，顺势踢翻了桌腿旁边那几个浓黄色的塑料瓶子，又嘟囔一句："Fire in the hole。"

他也嘟囔："Affirmative。"

一转眼，宿舍里爆发了一场肮脏的混战：鱼脸胖子拾起两个滚到脚边的尿瓶子，拧开盖儿后跳跃着喷洒起来。他是那么舍生忘死，以至于在尿液溅到对方身上之前，先把自己浇了个透心凉。面对这种同归于尽的战术，篮球队员四散着往宿舍外面跑去，一不留神还绊倒了两个，轰然如同塌了堵墙。趁这工夫，鱼脸胖子已经杀出一条尿路来到走廊，又像一条钻进泥里的鱼，蹿下楼梯不见了。

我则趁乱溜回了宿舍。就算刚才侥幸没被溅着，但我还是到水房打了一盆凉水，朝自己劈头盖脸地泼了下来。如此折腾一番，天已擦黑，窗外下起了真正的雨，从楼上越过树冠，便看见一些女生在甬道里撑起了斑斓的伞。我湿漉漉地打着哆嗦，心里发空，却又感到了某种振奋。我意识到，自己刚刚经历了一场奇遇。

原来楼上的那个黑胖子，就是在《反恐精英》里与我缠斗多时的老对手"湖里的鱼"。顺便说明一下，也正是为了在气势上压他一头，我才把网名改成了"湖里的驴"。驴嘛，通常是见不到鱼的，除非机缘巧合。

说到这儿，也要解释一下那泡从天而降的尿了，只不过从一个游戏玩家的角度来看，这一切都是那么合情合理——试想他打游戏打得废寝忘食，就算厕所只在一墙之隔，又哪儿来得及临阵脱逃去处理自己的生理需求？因此索性拎起可乐瓶子就地解决。而当几个瓶子都尿满了，很不幸尿又来了，他也只好把其中一个瓶子里的液体泼出窗外，才能迅速再把自己清空，以保证继续投入战斗。

相比于游戏里的身轻如燕，我们那沉重的肉身，又是多么令人无奈的累赘啊。

晚饭过后，楼道里没再传来喊打喊杀的声响。我又坐回到电脑前面，同时隐隐担忧着，连游戏都打得心不在焉。旗鼓相当的对手本就不多，突然失去一个，会让人觉得缺了点儿什么。而以我的经验，太过痴迷于游戏的人，在生活里也不会有什么朋友。就这么耗到夜里，我终于在游戏里遇到了一个满脸胡子的悍匪，用鼠标晃过那人，跳出来的网名正是"湖里的鱼"。他也看见了我，于是顺着欧洲古堡的吊桥，笔直地向我跑来。当时我手持一把警用自动步枪，他却在半途换成了匕首。这是一个找死的姿态，但我没开枪。片刻，他来到近前，屏幕左下角跳出一行文字。

他说：兄弟，大恩不言谢。

我说：少来这套，要不你让我爆一次头？

他说：刚才不是给你机会了嘛。

我说：难度太低，没成就感。

然后我们同时掏出喷漆，在吊桥上画了两个笑脸，又用匕首拼起刀来。我的枪法虽然略强，冷兵器却不是他的对手，很快再次输给了他，不过这次并不懊丧。

他也没再"撒尿",而是说:承让。

我说:我是可怜你,宿舍回不去了吧?

他说:确实不敢了,等风头过去吧。

过了片刻,新的一局开始了。这次我们都没跟随队友出动,而是打着字继续交谈。

他说:要不你来"飞宇"?

我说:宿舍有电脑,干吗花那冤枉钱?

他说:来了就知道了,我带你干点儿有劲的事儿。

我看了看屏幕右下角的时钟,已经过了十二点。对于有些人来说,新的一天在睡梦中来临,但对于另一些人来说,夜晚才刚刚开始。在这注定失眠的时刻,还有什么邀请是我不敢接受的呢?况且我预感到,前面还有新的奇遇在等着我。于是我披上一件衬衫,轻轻带上门出了宿舍。

才下过雨,夏夜竟也凉得像水,我的塑料拖鞋在石墙上反弹出噼里啪啦的回声,如同给午夜的游魂伴奏。鱼脸胖子所说的"飞宇"网吧位于海淀体育场斜对面,对于我们那茬儿学生而言,这地方可说具有跨时代的意义——正是因为"飞宇"推出了相对低廉的夜间价格,很多人才体验到了互联网是个什么东西。要知道,仅仅在两年前,我们打个电话还要满街找小卖部呢,一台带"猫"的电脑更是不亚于私家车的奢侈品。

随着学生宿舍统一拉了网线,在二〇〇一年夏天,"飞宇"的生意也不像原先那样火爆了。当我站在门口扫了一眼,便见鱼脸胖子竟没上机,而是靠在收银台旁,跟两个"网管"掰扯着什么。在他身旁的休息区里，还坐着一个娃娃脸的孩子，年纪大约十三四岁，穿件长可及膝的肥大夹克，脸上脏得一道儿一道儿的。那孩子不时抬脸望望鱼脸胖子，间或还会打个哈欠，仿佛刚刚睡醒，又仿佛随时都会再睡过去。

我扬手招呼一声，加入了那个古怪的对话组合。鱼脸胖子的笑容和尿臊味儿一同洋溢着："身份证借我使使。"

我略一迟疑，打开钱包："你没带吗？"

他没搭腔，接过我的证件向网管亮了亮，又拽过吧台上的电脑键盘，在系统里装模作样地登了记，然后瞥瞥不远处那孩子："这下他能走了吧？"

俩网管对视一眼，不依不饶："他还把我们账户'黑'了呢。"

"不就是点儿网费嘛，我替他交还不行？"

打个哈哈，鱼脸胖子对那孩子一仰下巴。后者拖拖拉拉地站起来，倒如同人家替他忙活都是理所应当的。难不成这熊孩子是鱼脸胖子的亲戚？看着却不像。但对于适才网吧里那场小小的争端，我却能够猜个大概了：熊孩子跑到网吧"刷夜"，让网管逮了个正着，进而发现他不光没到法定年龄，就连开机密码都是"黑"进去的。也多亏碰见了鱼脸胖子，否则没准儿就要由家长到派出所里去捞人了。至于一定要借用我的身份证来冒名顶替地登个记，则是因为鱼脸胖子自己也在上网，他的号码不能重复使用。

交了钱又办妥了手续，鱼脸胖子便带着我们往外走去。遇到一个主管模样的人，他还热络地和那人握手致意，并往对方兜里塞了一盒"软中华"。几个小时以前,他还是一个满屋子撒尿的游戏狂,这会儿却变成了八面玲珑的"外场人"。但此时,我的兴趣却不在鱼脸胖子身上,而是转向了那个娃娃脸的熊孩子。

我跟在他身后,边走边逗了他一句:"小哥们儿有一手啊,都会'黑'账号了……"

他头也不回地说:"上网还用花钱?那也忒弱了。"

这孩子还挺狂。而鱼脸胖子却在网吧门前站定,又呼啦一甩,转过身来。他从兜里掏出一包烟来,抖出一支递给我。我摆了摆手,旁边那熊孩子却顺势伸出两根手指。鱼脸胖子把烟朝他递了一半,又缩回去:"你就算了。"

复又转向我:"大家都是老朋友了。"

我说:"什么意思?"

他说:"他就是'湖里的熊'呀。"

我又"操"了一声,吓得头顶树上的几只鸟扑棱棱地飞走。

如果不是鱼脸胖子言之凿凿,我打死也不会相信,自己在对战平台上的另一位宿敌原来是个小屁孩儿。比起"湖里的鱼","湖里的熊"不仅枪法不遑多让,而且神出鬼没,总会在匪夷所思的时刻出现在匪夷所思的位置,再以某种匪夷所思的战术终结游戏——这也导致我一度把他当成了老谋深算的中年人,比如学校"高能物理实验室"里那些原先痴迷于围棋、近来才转向游戏的研究人员。而听鱼脸胖子介绍,又知道这位"湖里的熊"十四岁就拿过奥数金牌,十五岁便被我们学校"掐尖儿"

特招了进来。只是他的身体发育却和智商成反比,今年已经上到了大二,个头儿还赶不上很多初中生。

再说到他和"湖里的鱼"是怎么认识的,有段时间,学校电教室里的一台服务器被人远程操控了,不是被用来下载游戏,就是传输黄色视频,"虽然方便了群众,但也造成了恶劣的影响"。管计算机的老师应付不了,只好求助于学生里的高手,鱼脸胖子主动请缨,经过网络空间里长达半个月的猫捉老鼠,终于破获了对方的 IP 地址,从而在离我们不远的另一栋仿苏建筑里堵住了这个正在电脑前忘我对战的熊孩子,人赃俱获。

"那也不是你本事大,是我们系的同学没长脑子。"熊孩子听到这里,插了一句,"我在那台电脑上装了加密程序,他们重装系统的时候给删了。"

鱼脸胖子继续得意扬扬:"不过我没举报他,而是把他变成了我的战友。"

我这才明白:"怪不得你们老在游戏里一起对付我。"

说到这儿,我们同时"嘿嘿,嘿嘿"地笑了几声,惊得头顶那些想要回巢的鸟们又重新飞上了天空。那个年纪,宇宙缥缈,生活奇妙。湖里的鱼、驴和熊,这三种动物真是不打不相识。实际上,我的感受更加怪异,就像生活被撕破了一条口子,和某个虚拟的、只存在于人类知觉中的世界融在了一起。恍惚之间,我有点儿分不清自己是身处在网吧门口还是 3D 画面里了,我也分不清对面的两个人是真身还是电子成像。

像是为了打消那种别扭,我开口:"你们也真不见外,大晚上的把我叫出来……"

熊孩子又更正我:"我没叫你,我也是在网吧里被他找着的。"

鱼脸胖子却一拍巴掌:"我不是说过嘛,要带你们干点儿有劲的事儿。"

4

就让记忆顺着夜晚流淌吧。

十几分钟后,我和熊孩子跟着鱼脸胖子穿越海淀体育场,走进了一片被称为"青龙桥"的地界。叫桥也没见桥,只看到一条臭水沟旁铺展开了层层叠叠的低矮建筑。那里住的都是以前的农民,不过眼下也没有土地可供他们耕种了,农民们全在自家院儿里种起了房子,听说只要熬到拆迁就"发"了。道路泥泞,坑坑洼洼,头顶不时"嗷"的一声蹿过没主儿的猫。在峡谷般的胡同上方,一轮明月却极圆极亮。

穿行在这种地方,按说该叫人心惊胆战,但我偏偏没有。如前所述,从某个时刻开始,我的感官系统好像发生了紊乱,经常分辨不清现实与虚拟的边界在哪里。此刻,我好像身陷在一张黑暗、逼仄的夜战地图之中,大脑里的某个区域却因危险而亢奋，释放出制造快感的电流。相形之下，前面两人倒貌似沉着得多。鱼脸胖子一路上都在阐述着"组建战队"的计划，按照他的构想，我们仨水平相当，优势互补，如果精诚合作，完全可以和那些顶尖高手掰掰手腕儿。熊孩子却显示出了与年龄不相符的理智，他不时插一句嘴，指出鱼脸胖子的"枪不够硬"，而我又缺乏团队意识……不过俩人说的好像是一回事儿。他们都没征询我的意见，就把我列为队友之一了。

终于，沿着一条歪斜的胡同拐出去，我们到达了夜行的目的地。那是一道不起眼的红漆铁门，连门牌号码都没有，也真难为了鱼脸胖子能凭着月色将它辨认出来。他轻车熟路地敲门，对暗号似的三长两短。片刻门开了条缝，有人招呼一声"妈了个×的，你呀"，口风极脏，随后将我们一并让了进去。

"这是老驴，这是小熊。"鱼脸胖子给一个螳螂样的干瘦男人上了支烟。

小熊冷着张脸，我只好附和："跟着鱼哥来长长见识。"

螳螂样的男人却懒得废话，趿踏着一双懒汉鞋，将我们带向了院儿里朝北的平房，那儿立着另一扇红漆铁门。他开门，我们低头钻进去，他却留在外面，门后传来"咔嗒"一记上锁的声音。却见屋里空空如也，只有水泥地面开了个方洞，一条幽深的台阶朝地下延伸进去，如同大张着的嘴里露出的喉管。

又是鱼哥领头，我们钻进洞穴。初极狭，才通人，复行数十步，豁然开朗。这是一个将近两百平米的地下空间，密密麻麻地摆满了电脑，显示器的荧光照亮了同样密集的头颅。四面环绕着蛋壳般的水泥墙壁，回荡着噼噼啪啪的按键和点击鼠标之声，既单调又芜杂，但令人肃然。在电脑屏幕上看到的，无一例外是游戏界面。除了少数几台在玩《魔兽世界》和《星际争霸》，其余都是《反恐精英》。再借用武侠小说里的陈词滥调，我还感受到了杀气。静默之中，人命如草，生死一瞬。

瞥了眼鱼哥，我含混地问："这儿该不会是……"

鱼哥回答我："这儿就是'地下'。"

他的话不需要进一步解释。无论是在空间概念还是商业概念上，这间网吧都位于"地下"。对于我们那一带的游戏玩家而言，这里却是一个传奇般的所在：几乎所有人都听说过这么一家高手云集且只接纳高手的网吧。就眼下的情况来看，我只知道自己身处于一个经过改造的防空洞里——如果把电脑设备和游戏者们统统清空，你会清晰地闻出上个时代的味道，连墙壁上斑驳的标语都没刮掉。那标语写的是：全力以赴，务歼入侵之敌。

鱼哥到收银台说了说，开了三台相邻的电脑。我们坐在地下大厅的边缘，背靠着另一道红漆铁门。这道门与刚才进来的入口遥遥相对，也许通往防空洞的更深处。我又打量了一眼显示器和鼠标键盘，全是专为游戏打造的发烧级设备。

鱼哥又说："你们是新来的，免费送了两小时，但如果战绩没达标，就会被永远'踢'出去。"

他还对小熊说："你放心玩，没人查身份证。"

当然没人查，估计他们自己也没有营业执照。我和小熊却都不语，只是各自紧了紧手脸。而等点开游戏，我们也就忘了自己在哪儿了。

最初的战斗无须多言。"地下"的玩家果然不同凡响，尤其是他们往往配合默契，因而团队战斗力非常恐怖。前几局我们很不适应，但鱼哥迅速带领大家稳住阵脚，并制定了一套反制策略：先由小熊发挥跑位诡异的特点，切断敌人之间的联系，随后由他本人和我逐个包抄，再集中火力消灭对方"枪最硬"的那个。一边对战，他一边还向我们提示着对手的弱点。两个小时转眼过去，我们的成绩一路爬升，最后锁定在了所有战队前三名的位置上，小熊还打出过一次神奇的"一杀三"。

当然，是人就有短板，当那轮排名赛进行到后半程，我就发现鱼哥越来越坐不住了，如同被一只刺猬顶在了前列腺上。按说他也没喝水呀，难不成身为一名胖子，他反而长了一个鱼鳔大小的袖珍膀胱？我都看不下去了："要不我掩护你，放个水去吧。"

鱼哥坚毅地甩了甩脑袋，又提醒我坚守阵地。

小熊则吹了声哨儿："失禁了也就轻松了。"

当比赛告一段落，就见鱼哥拔地而起，像即将临盆一样挺着肚子跑了出去。防空洞里没有上下水，他只能上到地面才能找着厕所。我也放下鼠标，起身绕过地下大厅，顺着隧道向上走去。平房的铁门已经被鱼哥连砸带踹地叫开了，我钻出门外，一头扎进了水银泻地的月光之中。四下静谧，凉风沁人，这令我忽然回到了现实，虽然此刻的现实也显得并不真切。

就在这时,我又听到院门"咔嗒"一响,螳螂样的男人口称"妈了个×的",往院儿里让进一条人影。说是"人影"都不准确,那是一具躯体驮着若干个捆绑在一起的纸箱子。箱子们的分量一定很重,那人移动缓慢,步履发颤。我压根儿没看清他的脸,只觉得他的身体宽而壮实,凝成的黑影似乎比其他景物更黑。

借着月光,勉强看清箱子里装的都是显示器,"飞利浦"商标幽幽发亮。那个年代还没液晶显示器,大多是显像管式的,因而那人便相当于在背上压了七八台老式电视机。这力气真是惊人。至于为什么要大半夜地运进这些东西来,估计也是网吧的"地下"性质决定的——如此才能掩人耳目,不至于把工商甚至派出所招来。

到此为止,一切好像都很合情理——直到发生了那一幕。走到哪个坑洼处,背箱子那人的膝盖脆响了一声,单腿跪在地上。但他和他的货物没有倾覆,而是全身紧绷着,保持着令人揪心的平衡,形态如同"掷铁饼者"之类的雕塑。这时螳螂样的男人却跟过去,照着那人的尾巴骨"砰"地踢了一脚,又"砰"地踢了一脚。他踢得不轻不重,但足以制造动静。他还不紧不慢地骂了起来,声音不大,词儿却极脏。而背箱子那人呢,一声不吭,甚而撅着屁股等对方踢,在螳螂样的男人起脚的间歇才尝试着重新直起腰来。在他背上,巨大的长方体晃了一晃,又晃了一晃,正在充满悬念地往高处升上去。

这就有点儿欺负人了。我也忘了在那天夜里,自己是否涌起了所谓的同情心,总之往前跨了几步,从侧面托住了那人背上的箱子。碍于角度,也使不上多大力气,不过帮他起到稳定的作用罢了。那人转眼站了起来,仍驼着个背,继续颤颤巍巍地前进。螳螂样的男人却嘬了口烟,瘦脸朝我蓦地一亮。

我心里怦怦打鼓。我妈早就打着嗝儿教导过我,出门在外别惹事儿。对于这条告诫,我也一直执行得不错,可今天倒好,前后破了两回例。果不其然,一旦我由衷地认同了现实的逻辑,现实也立刻龇出了它的小尖牙:当我掉头往回走去,螳螂样的男人却撇下背箱子那人,转而朝我跟了过来,嘴里碎碎叨叨,词儿仍极脏。也幸亏院门又吱扭一响,鱼哥百骸俱泰地从厕所回来了。他给螳螂样的男人续了支烟:"怎么回事儿?"

我赶紧说:"没什么。"

螳螂样的男人瞄着我笑了,这更让我脸皮发烫。鱼哥却像个没事儿人,拉我钻进隧道。下台阶时回望一眼,我看见箱子的黑影缓缓飘浮,消失于小院儿的拐角。

而等回到地下大厅,却见电脑前的人们手都停了,大家盯着屏幕、虚位以待。我在小熊身边坐下,看了看留言,这才知道因为我们今天晚上风头太盛,"地下"排名第一的战队提出要"挑一把"。三对三,一张小地图,限时二十分钟。那些挑战者隐藏在人头之中,根本不知道是谁,但网名却暴露了他们的来历——分别是"荷塘边的圆规""荷塘边的卡尺"和"荷塘边的陀螺仪"。不出意料,他们应该来自我们隔壁那所工科大学。好得很,国外有牛津剑桥的皮划艇大赛,我们这儿有兄弟院校火并黑网吧。

进了游戏，对方一人朝天开了三枪。我们这边，鱼哥也呼应三枪。既是挑战，仪式感总要讲的。接火之后，便知道大家水平不相上下。对方发扬了理性务实的传统，纪律严明且作风硬朗；我们这边虽然看起来欠缺章法，但经常能打出富有创意的配合。前两局双方平分秋色，第三局因为我的狙击枪超常发挥，我们在小分上还领先不少。

然而没过多久，形势急转直下。那边临时换了个选手上场，由"荷塘边的康德姆"代替了"荷塘边的陀螺仪"——这人的网名是"避孕套"的意思，而他的打法也像其代号一样滴水不漏，技术上没有丝毫弱点。这还不是最可怕的地方，当比赛行将过半，他突然又抛弃了常规战术，不借助掩护就孤零零地向我们发起了猛攻。刚开始鱼哥还以为对方出了"昏招"，随后才发现，人家之所以敢这么干，完全是看穿了我们的底细。无论是远程拼枪法还是近战比反应，他都能轻松地碾压我们中的任何一个，他的一把 AK-47 使得出神入化，甚至曾经单枪匹马跳进包围圈，从容不迫地击杀我们三人之后再全身而退。那局打完，我的心都凉了，再看鱼哥，两眼发直，小熊也"吧唧吧唧"地嚅动着嘴巴。

打游戏就怕遇到这样的对手，让我们知道抗争是无效的。为什么此前没遇到过这个"康德姆"？唯一的解释只能是他始终都在线上观战，直到发现值得出手的玩家才出手。一边心灰意冷，我又听到几声枪响，埋伏在地图另一侧的鱼哥和小熊先后毙命。而我索性松开了鼠标，看着游戏里那个仅剩几滴残血的"我"窝在墙角喘息。这局打完也就结束了，让这段难熬的时间快点儿过去吧。

其他玩家一定看穿了我的心思，防空洞里隐约飘起了窃笑。

或者跳出去开一枪，哪怕只是为了免于沦为笑柄？

正当坐立不安地踌躇着，我却感到背后似有风动。一只手伸了过来，按在了我的鼠标上。那手骨节粗大，明明是夏天却皴红干裂，如同在冰水里泡过。

又有个声音对我说："跳出去。"

玩这个游戏时，人的左右手各有分工，移动是靠键盘控制，瞄准和开枪则全依赖鼠标。因此"我"的处境相当于仅能操纵自己的步伐，枪却握在了别人手里。而直到过了许久，我才得以在脑海里复原随后的情景。当时"康德姆"已经逼近过来，并且清楚地知道我躲在哪儿。如果原地不动，我将毫无悬念地被一枚手榴弹炸死在角落里；如果跳出去，那么等着我的也是铺天盖地的一串子弹。于是我纵身一跳，然后枪响了，只有一声。我一愣神儿，发现自己还活着，而屏幕上却显示"康德姆"被爆头了。

那一刻，整晚不闻人声的网吧沸腾了，有人摇晃着可乐瓶子，像开香槟一样喷出沫来。逆袭，以弱胜强，这是最能激动人心的剧情。身边的鱼哥和小熊却似乎并未看到刚才有人在我身后，因此小熊正亢奋地调取那个瞬间的录像回放，而鱼哥则点上一支烟，狠抽两口，随后沉吟："牛×，一发入魂。"

也正是那一刻，从网吧斜对角，缓缓地站起一排人来。他们中的多数长相普通，无非是些蓬头乱发的眼镜男，但其中有个奇胖无比的大胖子，两个膀子恨不得蔓延到相邻的电脑前面去了。这还是个湿漉漉的大胖子，不止脖子，就连两个胳肢窝底下都在汩汩淌水。不知为何，我觉得他就是"康德姆"。

"康德姆"看向我却又越过了我，直勾勾地盯着我身后。

我也回头，却见那儿已经没人了，只剩一道红漆铁门。

5

后来我时常会想，那个夜晚向我昭示着什么？但每当念及此，我也提醒自己：往事不是游戏，不能重来，一旦流过就将永远定格。我也只好尽量从容地回忆下去，带着不可言说的宿命意味。

回到"一发入魂"响彻"地下"的那个夜晚——这是个玩家都懂的说法，也是从日本传过来的，意为游戏者集中精力，打出不可思议的一击。当时比赛尚未结束，我已苟延残喘，绝无能力抵挡剩下两个敌人的下一轮进攻，但"康德姆"却对我点了点头，沉默地走了出去。这是对刚才那一枪表示敬意吗？当然可以这样认为。

但和"康德姆"的态度相反，等鱼哥回过味儿来，就一口咬定我是"蒙的"了。当我们在下半夜离开网吧，又穿过青龙桥那片破破烂烂的平房往学校走去时，他仍在感叹我"瞎猫撞上了死耗子"。这么猜也不是没道理，在此后的游戏中，我再未拿出过可以和那一枪相提并论的"战绩"。但小熊却用证据反驳了鱼哥，他说自己调出了那场比赛的录像，从回放里可以清晰地看到，我是在跳跃中先用狙击枪瞄准镜锁定了"康德姆"才扣动扳机。那一过程电光石火，操作得毫无破绽，并且用的还是"甩狙"的手法，即鼠标控制的准星并未停顿，在飞速移动中依靠手感判断开枪的时机。

小熊说："步枪手枪都能蒙，但'狙'不可能。"

这说法更令鱼哥兴奋，他又冲到墙根尿了一泡，边甩边滋。别人打出的成绩，他却比谁都激动。而当他和小熊又问我是否体会出了什么诀窍时，我却缄口不言。

月朗星稀，我们沿原路走回学校附近，这才发现街上几乎空无一人。那感觉寂寥而又自由，像在接受一场心甘情愿的放逐。鱼哥邀请我们去吃夜宵或者早饭，我再次摇了摇头。他们也没嫌我拿糖，只说"回头找你啊"，然后消失在四环路的立交桥下。

我也没回学校，而是顺着围墙拐了个弯儿，快步朝东赶了过去。

刚才就看见那人了。他正蹬着辆老头儿遛街时常骑的小三轮，沿着学校南门外的小街行驶。我脚下的拖鞋噼啪作响，没一会儿就汇入了三轮车那吱扭吱扭的呻吟,两种声响好像一个给一个伴奏,共同唱了段儿佶屈聱牙的地方戏。等赶近了,才渐渐看清那人壮实的脊背,如同一段盘根错节的树桩。七八个显示器,想想都让人关节发紧。远处车灯晃过,照亮了他的一头乱发,脸上戴副宽大的塑料眼镜。

我渐渐与他并行,犹豫着开口:"哥们儿,谢谢啊。"

他脚下没停,瞥了我一眼:"干吗?"

我说:"那一枪……"

他说:"不是我打的。"

他说一嘴鼻音浓重的北京话,但口吻极简洁,好像对于"说话"有着天生的不耐烦,这就和我印象里的北京人大不相同了。因为话少,也就带了斩钉截铁的意味,让我一时接不上茬儿,但我分明看到他搭在三轮车把上的右手皴红干裂,和在网吧里握住鼠标并替我开枪的那只手一模一样。况且他的话里本身就有破绽——如果他未曾站在我身后,又怎么知道我所说的"那一枪"指的是什么呢?

而这么想着,我却感到了沮丧。我从他的话音里听出了傲慢。高手当然都是傲慢的,顶尖高手的傲慢则会表现为装聋作哑。我干脆停了下来,看着那辆小三轮渐行渐远。但这时,对方偏又伸手在裤裆处掏了一把,背影在金属的呻吟声中停下。

而后他回头:"哥们儿,谢谢啊。"

我说:"干吗?"

他说:"你帮我扶过箱子。"

我说："那也不是我。"

说完，我掉转身，与他背道而行。他有他的傲慢，我有我的脾气。

在余光里，他仿佛一边蹬车，一边对我扬了扬手，于是我也抬起胳膊挥了挥。沮丧之中又多了一丝快意，这大概就叫"相忘于江湖"吧。当时我还以为，我与这人恐怕不会再见面了——就算再见也是在游戏里，到了那时，希望我也能对他打出"一发入魂"。

当时我对自己还有信心。假以时日，谁怕谁呀。

可惜我想错了。说到这里，也就有必要回顾一下我迄今为止最昂扬奋进也最玩物丧志的那段日子了。顺便还想问个问题：每个人是否都曾在没用的事情上投入过大把心血？如果没有，那可真没白活。但话说回来，也许有过，才算没白活。

没过两天，鱼哥果然又找到了我，还是在网上。我把宿舍门牌告诉了他，说都是一个楼的，别搞得跟网恋似的。片刻他跑了下来，一团黑肉晃进屋里，后面跟着两眼积满了"芝麻糊"的小熊。当鱼哥亢奋地宣布着他的计划时，小熊就在我屋里东闻西嗅，发现什么能吃的东西立刻塞到嘴里。当他企图啃食不知谁剩下的半个苹果时，我辛酸地制止了他，然后拽出下铺那个局长少爷的"零食百宝箱"："都是民脂民膏，可劲儿造。"

鱼哥被打断，用尖细的南方口音抗议："我说正事呢。"

我说："说正事也得让人吃饱饭哪。"

鱼哥豪迈地挥手："目光太短浅了，你这辈子就想混口饭吃吗?"

我只好把小熊扔在一边,强令自己洗耳恭听。接下来,鱼哥的演讲纵横捭阖,简直和那些金融、科技领域的口淫犯们有得一拼。他先讲到了宏观层面:"截至去年,国内游戏业的产值有多大?几百亿。全世界呢?那就是上万亿啊,还是美元。在地球上的各种游戏平台里,数以亿计的人同时在线,这个规模已经超过了电视转播。假如数字还不足以说明问题,那我们再来分析一下大趋势,谁能否定游戏尤其是网络游戏将会成为人类最重要的娱乐形式?也正像体育产业需要体育明星一样,谁又敢说今天对战平台里的'大神'们不会成为明天的迈克尔·乔丹和迈克尔·泰森?"

说完两个迈克尔,鱼哥继续展望未来:"不可否认,目前国内的游戏竞技发展得很不充分,但这恰恰预示了一个巨大的机遇。我听说那些大资本正在酝酿全网范围的公开比赛——而根据我的判断,将来游戏竞技中最热门的领域,就是以《反恐精英》为代表的第一人称射击类,这是因为它对玩家的操作水平要求最高,其激烈程度堪比体育比赛里的世界杯。你们也不用担心升级换代,就算《反恐精英》过时了,一样会有其他射击游戏取而代之,到那时候,真正的高手仍然炙手可热。"

随后他话锋一转,对我们进行了粗暴的励志:"风口来了猪都能飞上天,又孰论鱼、驴和熊?有没有想过我们可能赢得几十万上百万的巨额奖金?有没有想过我们可能像职业球员一样签出天价合同?如果世界正在改变,那么站在浪尖儿上的人为什么不能是我们？凭什么不能是我们？——我还真不信这个邪了。"

在鱼哥看来，我们通宵达旦地鬼混，其意义毫不亚于硅谷资本家们的辍学创业。他说得越发投入，几乎咬牙切齿，脸颊上的肉像鳃一样快速翕动。而我呢，一时却感到了迷糊，既想相信他又不敢相信他。

鱼哥终于咽了口唾沫，瞪着我："你觉得怎么样？"

"什么怎么样？"我说，"我就是没想到，你还有这么一张好嘴。"

鱼哥只好转向小熊："你也说说，别光吃……以后有的是吃的。"

小熊暂时停止了吧唧，嘴边还挂着一摊糊状物，和眼角边的那两摊相得益彰："不要好大喜功，我看咱们还是先把'康德姆'灭了再说吧。"

"对喽。"鱼哥欣慰地一拍巴掌，表扬小熊"讲到点儿上了"。他又将宏伟的构想进一步具体化，指出"欲称雄全网，必先称雄北京；欲称雄北京，必先称雄中关村"，而一旦"湖里的鱼、驴和熊"扳倒了以"康德姆"为代表的"荷塘"战队，其他对手也就不在话下了。这时，他还流露出了专属于我们学校的莫名其妙的优越感：

"咱们这些人，无论做什么都比一般人强上一点点，是吧？"

这可真不好说。且不提近些年来，我们的著名校友尽是些道德水准还不如"一般人"的落马官员和过气明星，就连网吧里的"一发入魂",其实也不是"咱们这些人"打出来的。但面对鱼哥的那张好嘴,我也懒得跟他抬杠。说到底不就是打游戏嘛,反正我也没闲着,自从上大学以来大部分时间都在打游戏。如果说新的世纪和新的城市向我展开了新的生活,那么这种生活就是由一台破电脑、一根旧网线和一摞从中关村街口那些抱着孩子的妇女手里买来的盗版光盘组成的。为了打游戏,我已经牺牲掉了上课,甚至牺牲掉了本该回家和我妈一起度过的寒暑假……我还有什么不能牺牲的呢?

于是,那次宿舍会议以我的表态而告终:"就是干。"

话音才落,鱼哥就拿出实际行动,自掏腰包给我和小熊提供了全套设备:正版软件、"雷蛇"鼠标和键盘、带对讲功能的"索尼"耳机……他还花了两个下午,将我们的电脑都升级成了大内存和独立显卡。这当然属于"必先利其器",他本人的解释则是"没有投资就没有回报"。

在此后的厮混中,我越发认识到,鱼哥这人实非等闲之辈。他是从东南沿海一个富庶的农村地区考过来的,那地方的人在历史上就很擅长两件事情,一是念书,二是经商,而鱼哥则将两种传统集中发扬在了自己身上。念书姑且不论,在这儿只说商业头脑:他曾经对学校附近的几家裁缝店进行"资源整合",包办了好几个毕业班的劣质西装生意;当资本积累到一定规模,他又在"海龙"电脑城的五楼租了个摊位,专走网管渠道,向那些网吧批发翻新的韩国水货配件。大学这几年,鱼哥究竟挣了多少钱?具体数目不得而知。斗转星移的若干年后,当我在电视上看到各路新贵们一把鼻涕一把泪地忆苦思甜，并以此论证自己的暴富来得多么天经地义时，不免也会在乏味之中体味到一丝亲切——他们说的那些勾当，不都是我的朋友鱼哥玩儿剩下的吗？

我也会脑补，如果鱼哥还活着，并且果然从商海里的一条胖头鱼长成了一条鲸鱼，他是否也会一边局促地捂住下体，一边斜眼瞟着那些女主播，一边喷出足以登上财经杂志头条的金句——

诸如："Play hungry, play foolish."

再诸如："或者电子游戏，或者没'果儿'可戏。"

当然，这都只是"如果"而已。

说完鱼哥，就有必要再来介绍一下我们的跟屁虫小熊了。在那段日子里，当小熊吧唧着嘴走在鱼哥和我中间，简直就像一对同性恋人收养的孤儿。谁能想到，这孩子的父母都是中科院的研究人员呢？以他为例，大家固然可以说神童其来有自，不过他似乎也印证了神童在有些方面约等于弱智。小熊被"特招"以后，那对科学家父母就拍拍屁股跑到美国去做项目了，把他孤零零地留在了国内的大学里。让一个实际年龄只有普通初中生大小的孩子混迹在成人之中，致使他的心理发育出现了严重的紊乱，"不该知道的全知道，该知道的全不知道"——作出这个评价时，鱼哥还讲了一个故事：上次小熊他们系的男生指使他"黑"进学校机房，用高速服务器下载毛片，有一天正在集体观摩，就被巡视宿舍的班主任察觉到了。班主任也不问别人,专问小熊:"他们在看什么?老实交代。"

小熊无辜地说:"恐怖片。"

老师说:"怎么能是恐怖片呢?"

小熊捂住了眼睛:"好可怕呀,那里面有个女的在吃一条蛇。"

这么一个孩子,和周围的一切都格格不入,所以他成天躲到游戏里也就可以理解了。如果说鱼哥是醉翁之意不在酒,那么小熊则称得上是个纯粹的玩家,洋溢着"为艺术而艺术"的气息。还有一点必须得承认,无论是鱼哥还是小熊,跟他们在一起时,我总感到自己也成了一个超凡脱俗的怪胎。

此后日子里,我们究竟做了些什么呢?很简单,就是打游戏。

只是这时的"打游戏"已经被剥离了娱乐属性,变成了对人类神经的刻苦磨砺。比如说有种训练叫作"跑图",鱼哥要求我们把游戏里的每一张电子地图都牢记在心,到后来还要蒙上眼睛"盲跑",近乎瞎了眼的兔子奔跑在丛林之中。再比如说听力训练:根据多声道耳机的特性,我们需要只凭枪声和脚步就判断出敌人身在何方、手持何种武器。此外还有团队配合,无论在怎样被动的情况下都必须保持阵形不变。鱼哥说,那些丹麦和瑞典的职业高手都是这么做的。线上一分钟,线下十年功。而除了上述基本功,基于我和小熊各自的技术特点,他还对我们进行了针对性的强化训练。比如小熊要掌握花样百出的"旋转跳"和"鬼跳"技巧,我则要对各种枪械的弹道特点烂熟于胸，尤其还得大幅度提高狙击枪的命中率。

"每支强队都缺不了一个'狙神'，"鱼哥解释道，"你又曾经打出过神奇的一枪，不管是不是蒙的吧。"为此，他还专门给我下载了一个小程序，那是一个肉眼几乎不可见的小黑点在屏幕上跳来跳去，而我必须操纵光标反复捕捉它。

我们能坚持下来也真是奇迹。直到有个周末，我们窝在各自的宿舍先练射击后练"跑图"，因为长达二十个小时死盯着令人眩晕的3D画面，小熊抓过一个塑料袋就"哇"地吐了。一边吐，他还一边察觉到了鱼哥的偷袭并开枪将其击毙。随后，他拎着那摊由方便面、干馒头和烂橘子组成的糊状物出现在我屋里：

"差不多得了。"

小熊指出，他的反应说明战术素养成了本能，此后就要在实战中检验效果了。他说得很平静，却让我感到心酸。我忽然想，这他妈的都是图什么呀？难道我们真能靠打游戏挣出荣华富贵来吗？但这个念头只在我的头脑中闪了一瞬，马上就被从厕所回来的鱼哥打散了。他展开双乳颤抖、臊气熏天的胸怀，揽住我们宣布：

"我同意小熊的看法。兄弟们，出山吧！"

此后，我们先去澡堂子每人搓掉半斤泥，又到"农园"食堂狠塞了几碗盖浇饭，这才迎着一轮剪影般的落日，拖拖沓沓地往学校西门走去。山中一日，人间数月，记得刚"闭关"时，大家都穿着拖鞋短裤，而现在女生楼前的银杏叶子已经黄了，风一吹，像流动的金箔。遍地英雄下夕烟，不多时，我们再次穿平房过水沟，来到那扇紧闭的红漆铁门前。

又是吱扭一声："妈了个×的，你们呀。"

进去也不轻举妄动，我们只是坐在电脑前，冷冷看着玩家们陆续上线。这时就觉得他们的动作慢了许多，战术的应用破绽百出。又等了些时候，我们终于在局域网里发现了"荷塘"战队的踪迹，于是鱼哥发了条信息，提出"挑一把"。

那场大战昏天黑地，每一局都可以用惨烈来形容。这次"康德姆"从一开始就入场了，我们与他的相互绞杀自然也成了重头戏。非常惭愧，到目前为止，我们中的任何一个仍不是他的对手，但如果拉开架势以多打少，那就很难说谁强谁弱了。因为早已预见到了这种局面，鱼哥还制定了一套新打法：刚一交火就迅速干掉他的两个帮手，然后再对"康德姆"进行合围。战术执行得相当坚决，由于"荷塘边的圆规"和"荷塘边的卡尺"并不能对"康德姆"提供有效支援，三英战吕布的局面得以频频上演。有时我们抓住破绽消灭对方，有时却是"康德姆"仅凭一己之力逆转局势。防空洞里鸦雀无声，其原因在于人们从未见过"康德姆"陷入过如此棘手的局面——哪怕说到底，我们就算赢了也是胜之不武。

而当比赛结束，我们的心情究竟是欣慰还是不甘呢——由于过程太紧张，我们连比分都忘了统计，直到电脑公布结果才知道自己又输了，赢家仍是"康德姆"。但和上次被碾压的局面不同，这回双方的实力貌似非常接近，如果有一局我的枪再

"硬"点儿而另一局小熊的假动作骗过了对方，那么胜负也许就会改写。鱼哥大概觉得虽败犹荣，当他又火急火燎地冲往厕所时，还不忘拍拍我们的肩膀以示鼓励。小熊则相反，他气鼓鼓地把鼠标一摔，又恢复了他这个年龄的孩子气。

至于我，却和他们都不一样。不知从哪个瞬间起，我的心里充满了失落，那感觉就像从高空持续跌落的失重……

这让我一时茫然，于是抓起鱼哥桌上的"软中华"，撇下小熊走了出去。上到地面，夜又深了，月光仍像上次来时那般透彻。我点上烟，抽了一口，旋即被呛得咳嗽起来。

身边黑影一晃，螳螂样的男人又凑了过来。为了提前堵住他那张口风极脏的嘴，我递给他一支烟。他倒像没认出我来，甩着两条镰刀状的细胳膊跟我聊了起来。他问我是不是学生，我说我是。他问我是谁领来的，我说鱼哥。他问我晚上吃了什么，我说排骨盖浇饭。对话进行到这里还比较正常，但问完这些，他立刻又折了回去，重新问我"是不是学生""谁领来的"和"晚上吃了什么"，神态一丝不苟。车轱辘话也不能这么说呀，至此我才猜测，自己碰到了一个脑袋有毛病的人。我往后挪了两步，他又往前凑了两步，我不禁想跑，但又怕把他惹恼了，于是大眼瞪小眼地僵在了当场。

正在此时，身旁又传来一个人声："边儿去。"

螳螂样的男人嘴上"妈了个×"，但立刻缩起脖子，像只牵线木偶一样跑向院门口去了。我一扭头，见暗处压上来一堵厚墙——同为胖子，他的身量可比鱼哥壮观多了，高达一米九，肩膀上像顶了个腌酸菜的缸。站在我面前,他还必须用一条胳膊撑在窗台上,似乎只有这样,才能防止那一身肉"哗啦"散到地上去。

这人就是"康德姆"了。我们虽然没说过话,此时却也无须自报家门。玩家之间,自有一种默契。我又掏出烟来让了他一支,"康德姆"却像没看见一样,从屁兜里掏出一瓶五百毫升装的可乐,两个指头捏着,一根胡萝卜似的小指头还微妙地往上跷着,"咕咚、咕咚、咕咚",三口喝完。喝完又打了个长嗝儿,好像一列蒸汽机车即将进站。

然后他才说:"枪法有进步——你。"

我说:"前阵子练过。"

他说:"不过还差着点儿意思。"

我嘴硬:"也差不了多少……我干倒过你两次。"

他笑了,一脸肥厚的肉泛起波纹,如同缓缓翻腾的海浪:"你没看出来,今天在比赛里,我的身法和准头都跟以前不一样?"

我心下一凛。的确有这种感觉:过去他的打法凌厉直接,上来就是一枪爆头,而这次却多了许多画蛇添足的晃动,虽然步伐鬼魅但却延误了开枪的时机,也就给我们留下了对他完成包抄的机会。当然,一般人难以发现这点儿差别,我猜就连鱼哥和小熊都未见得能看出来,而我因为担负着打出致命一枪的任务,必须时刻紧盯着他的动向,所以才会有所察觉。

这么想时,我负气问:"你故意耍我们呢?"

"别这么大火儿。"他又笑了,肉的海浪泛起,眉眼悠悠漂浮，"猫玩儿耗子，那种打法太轻浮，不是我的风格。"

我追问："那你什么意思？"

他说："忌惮着一个人——我猜他有可能还会帮你。"

我愣了愣，憋了口气说："谁？"

他迸出三个字儿："瓦西里。"

但"康德姆"又摇了摇头："可我猜错了，今天他没来。"

6

听到"瓦西里"这个名字，二〇〇一年的我并无前缘既定之感。

我只觉得那不过是个奇怪的网名而已。既是网名，那就再奇怪也没什么奇怪的了。记得入学之初，我们班上的一帮土鳖开眼看世界，发现日本有个姓氏叫"我孙子"，于是大家约好，以此为名参加"十佳教师"的网上投票。一时间，每位任课老师的个人主页里都挤满了"我孙子力学""我孙子微积分"之流的大批拥趸。这说到底体现了同学们的爱戴，所以一般老师也没意见，偏是那个教理论物理的秃顶副教授火冒三丈。他也不针对别人，而是执意要把一个名叫"我孙子正雄"的日本留学生踢出课堂。

日本哥们儿很委屈:"我真姓这个。我们国家还有个地名叫'我孙子市'呢。"

"不关当地群众的事儿。"副教授恩怨分明地说,"你不知道我叫李正雄吗?"

基于上述原因,我对那个"瓦西里"的第一反应甚而有些轻蔑。伴随着被人忽视的不忿,我"喊"了一声,将指尖的烟头弹了出去。但当火花在窗沿上绽开,好像有道光射进了我的脑子,模模糊糊地照亮了什么图景但却不能成形。再看向"康德姆",他仍神色不变,或云神色全无。我让他把话说明白点儿。

他说:"还记得你上次来时,爆过我的头吗?"

我说:"记得。打完之后你直接退了赛。"

他说:"知道为什么吗?"

我说:"我也一直想问你。"

他说:"不是因为我怵你,而是因为我能断定,那一枪不是你打的。"

我再次哑口无言。然后,也不管我是否在听,"康德姆"向我讲起了他和"瓦西里"之间的纠葛。他的声音低沉,不紧不慢,像在回忆一个多年不见的熟人。

略加考证就能知道,中国人的互联网生涯始于一九八七年——有个名叫钱天白的科研人员向联邦德国发了封电子邮件,其内容为"跨越长城,走向世界"。而当时,另一半儿德国人民正在忙于跨越柏林墙,奔向对面的世界。相较于那历史性的一步,"康德姆"称雄游戏世界的时间也并没有晚多少。他还是最早那批转向大型射击类游戏的先行者之一,但后来却从自己一手遮天的平台上淡出,专门混迹于街头巷尾的黑网吧。舍庙堂之高而求江湖之远,这是因为随着网络的普及,游戏世界也发生了和黑客领域相似的"下沉"效应,个中高手不再是受过高等教育的"学院派",而是越来越多地从野路子上涌现。对于这一现象,"康德姆"的感受和早年间那些没落的"老炮儿"们如出一辙:

"多牛×、多有名的人物也敢铲丫的,就怕十六七岁的生瓜蛋子。"

正是那段经历成就了今天的"康德姆"。当同期出道的老一代玩家纷纷被后浪拍在了沙滩上时,唯有他这尊"大神"屹立不倒,日臻化境。但恰因为此,"康德姆"的心态反而发生了微妙的变化:他像武侠小说里的"独孤求败",不再执迷于胜负,而是渴望遇到一个足以与之抗衡的对手,帮助他把这场游戏的狂欢进行下去。当我亲耳听到"康德姆"这么说时,却从中体会出了一丝悲凉——作为一个体重接近三百斤的胖子、延期毕业了好几年的"锅炉系"研究生,如果不打游戏的话,你又让他干什么去呢?

"瓦西里"的出现可谓恰逢其时。大约是一年多以前吧,一天晚上,"康德姆"也在作壁上观,看到半程,师弟们要求他必须下场,于是他进了地图,不料紧接着就被人"爆"了。

"然后我'爆'了他,然后他又'爆'了我。我还'爆'他,他还'爆'我。"在单调的表述中,"康德姆"的思维仿佛停滞了,但他脸上的波浪却走势凌乱,如同海底的洋流偏离了方向。

那个和他互"爆"的人就是"瓦西里",不知从哪儿冒出来的,也不属于任何战队。其人像幽灵一般悄然上线,在游戏中的作风却磊落得近乎透明。在"一对一"时,他常常主动将自己暴露在开阔地带,只等对方刚一露头,立刻完成远程狙杀。这是亡命徒的打法,简洁而残酷。与之相应,"瓦西里"对武器的选择也极其单一,只要熬过了刚开始的手枪对射阶段,此后配备的一律是单发狙击枪,"准得令人发指"。"瓦西里"能在"闪雷"的强光中开枪,能在密集火力网的压制下开枪,当然也包括那招经典的跳跃"甩狙"……只要枪响,必有一人毙命,而且必然爆头。尽管使出浑身解数,在交锋中也互有胜负,但"康德姆"发现自己即使能赢也属侥幸。

在此之前,别说棋逢对手了,就连够格儿被"康德姆"点拨上两招的玩家都不多见。而也正是从第一次交手之后,他便开始寻找"瓦西里"了。他突然休战,站起身来,环顾网吧,网吧鸦雀无声。这不是挑衅,可以理解为高手间的尊重,也意为想和对方见上一面。伯牙子期,惺惺相惜。记得我第一次来"地下"并爆了"康德姆"的头,鱼哥看到对方这么做时,也曾向他挥了挥手又指了指我。

但"瓦西里"全无声息,像水滴一样隐藏在寂静的暴风雨里。

对方是不愿露面还是不懂规矩?这就说不清了。不止那天,在此后的若干日子里,"康德姆"还屈尊纡贵地站起来过第二次、第三次……对方却始终不予响应，就那么让他像铁塔一般暴露在众目睽睽之下。这近乎羞辱，但更让"康德姆"无法忍受的是，仅仅鏖战了十来天，还没彻底分出胜负，"瓦西里"干脆就从网吧里消失了。走时毫无征兆，此后再未出现。

后一种行径给"康德姆"带来的打击不言而喻：当唯一的对手不知去向，剩下的只有令人备感煎熬的空虚。也正是出于这个原因，当"康德姆"时隔多日又被狙击枪爆了一次头时，他的第一反应居然是狂喜，他以为"瓦西里"又现身了。在这个晚上，他也给了我一次机会，想通过我引出"瓦西里"。可惜如他所说，"瓦西里"没来。

"康德姆"还对我说："忘了告诉你，他那个名字来自……"

我脱口而出："一个苏联神枪手？"

"康德姆"瞥了我一眼："你知道的还不少。"

说完，他却掉头往屋里走去，如同一堵厚墙倏然远离，给人一种院子变大了的错觉。而我在原地恍惚了一瞬，像要抓住什么似的，又开口道："咱们也算交过两次手了，能不能给点儿指点？"

"康德姆"回头反问："你能告诉我那一枪是怎么打的吗？"

我摇头："我要知道，你还能赢？"

他又笑了："那不结了嘛。你要知道，我也不配教你。"

随着一声叹息，他的最后几个字儿像从地底飘上来的。我被晾在当间，感到时间凝滞，像被封存在了琥珀状的结晶体里。但略一回神，月亮还是那个月亮，螳螂样的男人还在暗处窥伺着我。然后，我没有走回隧道，径自开了院门，从缝隙里闪了出去，迎面碰到了撒尿回来的鱼哥，我顺手把烟揣到了他的衣兜里。

此后一路，我走得失魂落魄。这当然不是因为"瓦西里"。到目前为止，我与那人仍称不上发生过什么联系。我的失落仅仅源于自身，或者说，是"康德姆"的话印证了我对自己的某种判断——假如说打游戏也是要讲天赋的，那么很遗憾，我的天赋还不够。

长久以来，我在游戏中都处于一个瓶颈，而此时我明白，那个瓶颈并非勤学苦练所能突破。行就是行，不行就是不行，没什么道理好讲。这种认识不仅令我感到此前都在虚掷光阴，同时也迫使我承认了生而为人的局限。如果你们也曾沉迷于某件事情，大约也就能够理解，在那一刻，我受到了多么真实而深刻的伤害。或许谁都该认命，而我碰巧是在游戏里认了命。

请原谅，我的故事又要分个小岔了。我还一直没说到姜咪呢吧？

当时并不算晚，我走进学校，路过那栋仿苏建筑的宿舍楼却没上去。虚拟和现实世界都没了我的容身之所，这让我像孤魂野鬼一般走投无路，只能循着自己的影子四处游荡。就在晃进学校北侧的那片湖边时，我还在感慨"活着到底是为了什么"。这真是个矫情的问题，当时的我只能这样回答：活着固然不是为了打游戏，但打游戏是让我活得"有劲"的唯一方法。一旦承认了自己在游戏里的溃败，整个儿生活好像都没什么意思了。

这时，我却听到一个声音："活着到底是为了什么呢？"

那一刻，真把我吓得一哆嗦，同时下意识地捂住了嘴巴。但我随即反应过来，我身上的零件还没有那么自行其是，那声音的确不是我发出来的。那是个女声，飘飘忽忽地从甬道下方的某个建筑物背面传来。这就更瘆人了。难不成，真有那种能读人心思的女鬼存在？又难不成，她闲来无事把我给盯上了？

我想赶紧离开，又像被慑住了，不禁答道："这事儿很深刻，我也不明白。"

然后，那栋黑黝黝的建筑物附近发出一声尖叫，听起来比方才的我还要惊惶失措。而我倒稳住了心思，意识到那不是鬼而是个人了。至于什么人会在这样的夜晚、这样的地方发出这样的感叹，好像又不关我的事儿了。我缩了缩脖子，再次想要溜开。

那个女声却又说："先别走。"

我只好站住："还有事儿？"

她说："你过来。"

我稳了稳情绪，循着声音的方向，蹚着草丛找到一条青石台阶，来到紧邻湖畔的一块空地上。这才看清，原来那栋建筑是一座石头牌楼，中间开了个圆拱形的洞。记得有人说过，这是一座花神庙，但具体供奉的是什么花什么神又记不清楚了。一个女孩坐在圆洞底下，背靠石墙，她的背包就放在脚边。四下寂静，笼罩着湖水的寒气，远处只有一片涌动的暗影，隐约可见石舫和小岛。女孩拽过包，拿出手电，朝我晃了晃。

然后她说:"行了,看见了。"

我说:"干吗非得看我一眼?"

"你也没多好看——"她先评价了一句,又解释道,"这儿这么黑,你又瞎搭茬儿,看不见真人,我还以为你是个鬼呢。"

我无声地笑笑,脸上光柱冰凉。原来这姑娘不仅和我发着一样的感慨,就连对彼此的错觉也是一样的。而正因为互相吓了一跳,我倒不好意思立刻就走了,于是也钻进那个似庙非庙的建筑物下方,把背靠在石墙上。墙也很凉,让我一激灵。

她又说:"你没必要非得陪着我,我又不会自杀。"

这话说的,好像她真有点儿活腻歪了,正在策划一起跳湖事件,又好像我有多么关心她似的。被噎了这么一句,我倒来了兴致,吓唬她说:"有没有想过这样一种可能,这个湖边、这个学校里的所有人都是鬼,只有咱们两个是人……"

她撇嘴笑了:"还不如反着想呢——假如只有咱们两个才是鬼,身边到处都是活人,那不是更可怕吗?"

我的假设来自一款名叫《最终幻想》的游戏,后来才知道,她的说法借鉴了一部电影《小岛惊魂》。我们的逗闷子都缺乏原创性,但那时却觉得彼此是如此的与众不同。

这就是我和姜咪勾搭上的过程了。

在有一句没一句的闲聊中,我知道了她和我同级,念的是"经济管理"。她穿了一件米色的西服上装,留着从《瑞丽》杂志里照搬下来的短发,脸上还化着精致的淡妆,如果是白天看见,还会以为她是哪个跨国公司的白领丽人呢。

姜咪告诉我，她还是学生会的一个什么干部，参与组织过不少"高峰论坛"，并和一百多个大腕儿合过影。至于这么一个姑娘为何会在夜里的湖边游荡，则是因为她刚经历了一起轰动性的暴力事件。如前所述，我们学校有个女生用枕头把另一个女生闷死之后跳了楼，那两个姑娘碰巧都是她的室友。一个宿舍四个人，还有一个北京女孩干脆吓得回家去住了，就把姜咪独自留在了屋里。夜里一闭眼，姜咪便会看见两条人影晃动不休，其中的一条人影正举着枕头寻找目标，另一条人影则伸着胳膊，冤枉地指向姜咪的床铺。姜咪还向我透露，那个杀人之后又自杀的女孩患有严重的抑郁症，所以做出极端的事情也不难理解。但问题是，那女孩明明和姜咪的关系更不好，俩人还因为争着去采访某位鼓吹"私有化"的经济学家而吵过架，可到了下手的时候，对方却选择了另一个人，这实在令人费解。难道真是按错人了？

可以说，彼时的姜咪不仅惊魂甫定，而且倍感世事无常。她本来是个很知道"自己是谁"的人，却在一瞬间搞不明白"活着是为了什么"了。当然也可以推想，我之所以有幸与她熟起来，完全是乘虚而入。

我开导她说："既然是这样，你更应该觉得自己走运。偷着乐吧。"

"对对对。"她与其说是在附和我，不如说是在自我鼓励，"所以不管活着是为了什么，只要别觉得自己白活了就行。"

我说："当然，怎么叫白活了，我们还可以再分析一下……"

她却打断我:"不要谈人生了,没劲。"

于是,我们的谈话总算没有发展成文艺青年式的务虚会。后来我发现,这也很符合姜咪的一贯作风——即使有过片刻失常,她也能迅速让自己恢复理智。

当风逐渐又凉了几分,好像把姜咪吹醒了。她突然想起,还有一个实习公司的"企划案"没做完,所以到头来还是得回宿舍去。而既然共同消磨过一段失魂落魄的时光,我表示可以陪她走回去。姜咪没说什么就答应了。我插着兜跟在她斜后方,两人肩头错落,隔了一步之遥。

在路上,我们的对话也退回了寻常范畴。她问我是哪儿的人、学的是什么专业。得到简短的回答以后,她又说,回头可以找我帮忙做做高数作业什么的。这话听着半真半假,我也半真半假地答应了她,然后给她留了个BBS账号。来到女生宿舍楼前,一些情侣正在取暖似的抱团儿,管宿舍的阿姨则像鹰隼一样监视着他们,我尴尬地朝姜咪挥挥手,也没说声再见就走了。

甬道上,银杏落叶飘荡,遍地流金。我想到,这还是自己第一次和我妈以外的异性相处了那么长时间呢。那女的也没打嗝儿,怪不得我总觉得缺了点儿什么似的。

没过多久,姜咪居然真在网上找到了我,不由分说地让我下楼一趟。我和她碰了头,看见她把短发在脑袋后面扎了个鬏儿,倒显得眼睛又大了一圈。旁边支着一辆半旧自行车,她面向我指了指它,并在我跨上车时,矫捷地把自己放在了后座上。

路上每到拐弯,我都担心会把姜咪甩下去,又猜测她会不会揽住我的腰。这念头让我大腿紧绷,但姜咪很擅于掌握平衡,她还拉开背包,递给我一摞习题。

7

刚开始,我和姜咪的关系仅限于做做题、讲讲课什么的。虽然我的成绩不怎么样,但应付一般院系的高数课程还是不在话下;而姜咪的记忆力很好,笔头子也相当利索,在她的帮助下,我得以破天荒地交齐了"中国革命史"和"马哲"之类的公共课论文。除此之外,还有些事儿也顺理成章地发生了,包括路灯下的拥吻和去商务酒店开房。上述经历,说来并不稀奇,但我心里总会伴随着某种震惊感。

自从青春期伊始,我就被淹没在了题海之中,对异性虽有向往,但也仅限于看着杂志里的照片"放一枪"。那毕竟是个单向度的行为,不必征求"理惠"她们的意见,因此我从未考虑过自己在女孩眼里是个什么形象。而和姜咪在一起后,我仿佛才有了照镜子的习惯。在镜中,我看到了一个长相并不讨厌、从某些角度还颇具观赏性的家伙。又因为从小到大凡事都听我妈的安排,我还被调教出了无可无不可的待人接物方式,这大概也让姜咪那种强势的、以压人一头为乐的伪"女权主义者"觉得舒服。

记得出去开房,大多数情况下我都像个海绵垫子,心甘情愿任其驰骋。

还有些感触就近乎"哲学认识"了——我陡然发现,姜咪是如此真实,她背后的那个世界更是如此真实。打个比方,姜咪清楚地意识到,知识会为我们铺开一条进阶之路。她们院系涌现过多少商界传奇,我们专业培养过多少技术精英,那些震耳欲聋的名号被她挂在嘴边,都快在我耳朵里磨出茧子来了。与那些恢宏的人生图景相反,失败的例子也是现成的——譬如我们身在家乡的父母。姜咪她爸是个郁郁不得志的计生办小干部,她妈则是产科护士,两口子一个送人结扎,一个替人接生,从事着截然相反的工作,但如今都殊途同归地准备"内退"了。和我家相仿,她家也住在一座小城的老街上,因为来了北京,寻常人的寻常生活,在她看来就是凄凉、惨淡的了。

以爹妈为戒,姜咪时时自勉:"我可不要那样活。"

她还鼓励我:"能有今天不容易,你得多为将来想想。"

姜咪的焦虑感染了我。和她朝夕相处,我也不得不考虑起了一些问题:我来北京是要干吗呢?我上这个大学又是要干吗呢?归根结底,这些问题都是从"人活着究竟为了什么"之中派生出来的,但却不再虚无缥缈,并带有下身即将失禁般的紧迫感。自从住进那栋苏式宿舍楼以来,我就把大部分时间都耗费在打游戏上了,我这么做,又是在"图什么"呢?鱼哥,小熊,

"康德姆"……沉溺于游戏的玩家或许各有原因,而我自诩是个理智的人,便也尝试着像分析别人一样分析自己。

属于我的原因,大致可以分为两个层面。首先当然是我妈,她长期以来致力于将我培养成才,为了实现这一目标做出的种种限制令我逆反,于是我心怀报复,执意去做那些过去不被她允许的事情。在印象中,她最不能容忍的就是我去"镧儿厅",因此当我上了大学,貌似获得了自由,使用自由的方式却是在电脑前画地为牢。但相形之下,另一个原因则更加本质:那恰恰是出于对"真实的世界"的恐惧。大城市的光怪陆离让我提心吊胆,与之相伴的还有对手头拮据的无奈、对见识贫乏的自卑、对前程未卜的担忧……而我又不是姜咪那种意志强悍的人,我只能选择躲起来,把电脑屏幕当成庇护所。游戏一开始,我就没什么可怕的了。通过游戏,我也得以把那些看似遥远、实则火烧眉毛的现实问题搁置了起来。

那么现在,当意识到"真实的世界"无可逃避,又在"游戏的世界"里遭到了史无前例的挫败,我该在两个世界之间如何选择?这时影响我的就不只是姜咪了。我说过,我是个被妈带大的孩子,于是又给我妈打了个电话。

在此前,这种例行公事的报平安先是从每周一次减少到了每月一次,后来就只在逢年过节才会"意思意思"了。还有时我妈打到宿舍里来,我却因为怕耽误打游戏而拔了电话线。拨着家乡小城的区号,我对那串数字排列颇感陌生,但随即,干燥、阴沉、灰蒙蒙的气息扑面而来。我妈接了电话。如我所料,她去早市买了菜就靠在床上看电视。听到我的声音,她也并未吃惊,径直问起我吃了什么、穿着什么,仿佛我上次给她打电话就在昨天而不是上一个季节。我怀疑在日复一日的孤寂中,我妈已经对时间丧失了概念。

我依次回答了她,又总结:"都挺好。"

"那就好。"我妈欣慰地说,"你要是缺钱,就去找你爸……"

我说:"不缺钱,上次给的还够花。"

我妈更加欣慰地"唔"了一声,似乎就要挂电话了,但一串紧促的嘞儿声又把我拽了回来。我听见她说:"不对,你肯定有事儿。"

知子莫若母。我也"唔"了一声。

我妈却换上一副神秘的口吻:"谈女朋友了,是不是?"

自以为知子莫若母。我只好又"唔"了一声,向她大致介绍了姜咪——当然只限于其常规情况,而非我们之间的"深入了解"。这已经足够我妈兴奋的了,伴随着嘞儿声不断,她还拿出了一副开明母亲的样子:"你们要互相帮助,不要互相耽误。"这又让我想起上高中时,她是怎么处理一起以我为主角的情书事件的。当时她拿着那封题为"你是我的安在旭"的表白信,冲进教室,劈头摔在我们年级最时髦的女孩脸上:

"我儿子可是要考'某大'的,耽误了他,你负得起责任吗?"

又对班主任说:"这个姓安的,估计也是个坏分子,你们最好查一查。"

在我妈的概念里,男女关系的最坏结果似乎就是互相"耽误"——各种方面、各种形式、出于各种理由的"耽误"。她的这一理解,大概是从她和我爸的婚姻中总结出来的。而现在,情况比之往昔又有不同。我妈既已开明在先,进而思维跳跃,还把话题转移到了更为私密的领域。她兀自碎叨着,打着嗝儿,毫不顾及我的尴尬,先暗示我"你是男孩儿无所谓,可别耽误了人家姑娘",随后又说到了多年以前,发现我闲来无事"放一枪"的那个夜晚。那也是我初识"瓦西里"的夜晚。

当时我到卫生间去洗漱,印有"理惠"的《环球电影》已被塞在了单人床的褥子底下。但等我端着脚盆回屋,却见我妈站在门口,脸上布满绝望的错愕。再看向她身后,真相大白,桌面上那团皱巴巴的卫生纸暴露了一切。记得我的第一反应不是遭到冒犯,而是深感抱歉。我妈没说话,铁青着脸回了自己房间,伴随着一记嗝儿声关了门。第二天早上,一切如常,但她多给我煎了个荷包蛋。吃饭时,她才突然说:

"你大了。但你要懂得和欲望做斗争。"

还说:"那件事情也不是不可以,一周最多一次。"

我意识到,按照我妈对我那井井有条的管理方式,她甚至会把"放一枪"的日子标注在挂历上,就像我将要面临的模拟考试一样。正是在那之后,我戒除了中学时代唯一一点儿兴趣爱好。每当意识漂浮,堕落的念头涌起,我宁可立即去冲个凉水澡,再趴回桌上做一套"黄冈数学"。我的成绩也突飞猛进,考"某大"已经不再是说说而已的期望,而是变成了现实可行的目标。为了实现它,我妈又托关系把我送到省内一所"超级中学"去读高三。那是个著名的高度白酒产地，除此之外，最大的产业就是高考了，在堪比战时军队的作息制度和"大排名"的压力下，我就连"放一枪"的兴致都没有了。

转眼到了如今，我妈谈起往事，却是轻松而怅然的。她又重复了一遍"你大了"，而后说："再往后，你也不用我来管了。"

这话听来竟有诀别的意味，那一瞬间，我甚至怀疑她查出了什么毛病而没告诉我。但在我的询问下，我妈反倒感到滑稽，又嗔怪我"你别咒我行不行"。那么她的意思还是说：我既然来了北京又上了"某大"，就再不需要一个身为县城家庭妇女的妈帮什么忙了。扶上马送一程，后面的那一程却远在她的目力所及之外，对于这一点，她心知肚明。

虽然放下心来，我的眼睛却有一瞬间湿润了。我回忆起我妈到底为我做了些什么。

在我小时候，我家当地最大的一家国有机械厂倒闭了，工人无非买断工龄，有点儿能耐的拥向了南方。我爸也去了广东惠州，从技术员干成了工程师，据说还申请了两个专利，但又被开厂的"港灰"据为己有了。站稳脚跟后，他也曾叫我们母子过去团聚，但考虑到我到那边只能在乡下小学借读，而老家穷虽穷，计划经济时代遗留的教育资源却相对丰富，所以我妈还是决定留下来，从而也避免了我作为"打工子弟"四处漂泊的命运。小学之后是初中，初中之后又是高中，经年累月，我父母的那段婚姻也就名存实亡了。我爸是否另找了"傍尖儿"也不知道，我只听到过我妈在电话里跟他摊牌：

"只要你把孩子读书的钱凑齐了就行。"

为了照顾我,我妈还辞去了在粮食收购站当会计的工作。除了在家操持我的吃喝,她一有工夫就往学校跑,直到我十几岁了还扒着窗沿偷看。有时去省城的舅舅家探亲,她自然要领着我遍寻名师,那些老师在里屋给我补课,她就在外屋给人义务做扫除。而现在,忙碌的日子已成过往,我妈也被浓缩成了一段在昏暗的卧室里靠着床头看电视的剪影,仿佛只有间或一嗝儿证明她是活的。她的嗝儿倒是越打越频繁了,原来是着急才打,现在只要说话就会不断返气。

忆及此,我对我妈脱口而出:"你放心,我会管好我自己。"

我妈说:"女朋友要说得对,你也得听。有空把那姑娘领回来我看看。"

达成协议之后,我们挂了电话。而我心里已然有了了断。事后想想,也可以这样解释:我是经由姜咪想到了我妈,又为了"对得起"我妈,才决意从游戏里脱身的。这两个女人帮我在"两个世界"之间做出了选择。人嘛,总不是为了自己而活的,对吧?

而为了回到"真实的世界",我想我还应该具有一些更加真实的品性——譬如说,除去争强好胜,也得学会低头服软,甚至有时不妨装装孙子。仿佛是为了交个"投名状",那天晚上,我又去拜访了一趟我们那位"理论物理"副教授。

他也是我能找到的唯一一位校方人士了。其他有门路的老师或分房子或买房子,早已安家校外,李正雄先生却还蜗居在青年教工公寓里。那地方离青龙桥不远，是一片平房边缘的几栋小灰楼，看起来也比其他违章建筑规整不了多少。循阶而上，屋里果然有人。李正雄穿着秋裤给我开了门，秃顶将他身后一扇小窗的光亮反射到我眼里。他低头看了看我手里的处理苹果和半黑香蕉，迸出一句：

"原以为你不是个俗人呢。"

这话让我一窘。但既然已经投身"真实的世界"，这点儿考验也算不得什么了。我讪笑一声，诚恳地做起了检讨。检讨内容和成绩无关，主要集中在态度方面。我为我的长期缺课道了歉，并指出这个行为不仅是对自己的放纵，更是对某种"殷切期望"的辜负。我半低着头，流畅地背诵着腹稿，但李正雄又迸出一句：

"跟我说这个干吗？我他妈又不是那些搞政治思想工作的。"

我被他让进门。没料到屋里会这么局促，统共十来平米，一道布帘子把房间分割成两个部分。面积较大的一侧摆了张双人床，床边堆满箱子柜子，床的正上方还挂了几件刚洗完的妇女衣物，海绵胸罩里的水滴滴答答地落在被子上的一个大铁盆中。李正雄介绍说，那是他老婆和丈母娘睡觉的地方，而他本人则栖身于帘子另一头的单人床。床尾放了台电脑，床头悬着一副书架，床中央还架着一张小饭桌。我就坐在饭桌的一侧，头顶着书架上爱因斯坦和海森堡的著作，和电脑前盘着腿的李正雄聊天。

帘子背后叮咚作响，如同雨打芭蕉，倒烘托出了一种古远而清新的意趣。虽然我是来负荆请罪的，李正雄自己却先跑了题，他言辞细碎，颇多激愤，从后勤系统的腐败说到职称评定的不公，还讲了几个关于校领导的笑话。说得口干，径直扯下两根软塌塌的香蕉，跟我一起吭叽吭叽地啃起来。那年头的师生关系也还没发展到互相要挟、互相举报的地步，所以面对学生，李正雄还能肆无忌惮。

记得聊到什么地方，副教授突然又诡异地一笑，然后点开电脑。屏幕上居然跳出一个枪战游戏的界面，未来特种兵正在大战外星人。这款游戏我从没在市面上见过，似乎还没开发完成，许多怪物只是线条勾勒出来的大致样貌。

我不由出神。李正雄则问我："听说你玩儿这东西很有一套？"

我下意识地摇头，他立刻让我"别装"。李正雄接着解释，为了补贴家用，他从供职于一家游戏公司的师兄那儿接了个活儿，帮人家编写代码。这无疑需要熟悉计算机语言，但对他也不是什么难事儿。不过他们团队现在遇到了一个障碍，那就是游戏中的"敌人"行动轨迹过于重复，会让玩家感到乏味。我呆滞片刻，告诉他，如今射击类游戏的主流模式已经发展成了多人对战，而单机游戏即使还有存在的价值，电脑那一方也有必要变得智能一些。我建议他们组织玩家集中试玩，再根据众人的反应习惯建立数学模型，作为游戏运算的底层逻辑。这样一来，游戏的参与者会感到自己正在和真人竞赛，紧张感与投入度都会大幅提高。这并不是一个新理念,很多国外公司已经这么做了。

李正雄若有所悟,在文档里"啪啪"敲了两句话。随后,他又问我愿不愿意充当那家游戏公司的"测试员"。这个要求让我一度怀疑,他是不是在考验我。而确定了对方是认真的之后,我说:"还是算了吧。"

李正雄也嘿嘿一笑,爽快地说:"那就算了。"

不得不承认,我遇到了一个好老师。要知道,我们系里有名的教授早就混成"老板"了,学生如果稍有上进之心,就必须得到他们的项目里去打两年杂。而在那种坦诚的、近乎哥们儿的关系中,我和李正雄啃着烂香蕉,又聊了些什么呢?现在想来,几乎像是痴人说梦了。

伴随着怅然若失,也伴随着心头一热,我向他讲起了自己关于"两个世界"的困惑:即使"真实的世界"确切存在,但有没有那么一个刹那,当人把全部精力和情感投入到"虚拟的世界"之中,于是虚拟也就取代了真实?如果这样的话,两者之间的边界又在哪里?这时,自相矛盾的就是我了。我虽然决意活得"真实",但又向"虚拟"投去了依依不舍的一瞥。而李正雄呢,他歪着脑袋,连口眼都快歪斜了,突然引用了两句古训:

"未知生,焉知死。子不语怪力乱神。"

接着,李正雄才把谈话引回了我这次拜访的主题。他表示,本来已经考虑以缺课过多为由而让我"挂科"了,但鉴于我每次交作业都能涉险过关，有些答题的思路还颇为出人意料，所以决定再给我一次机会。他还告诉我，如果能在这门课程的结业考试上得到一个高分，那么他也可以向系里推荐，把我放到"直博"的候选名单里。反正在那个年头，我们专业的学生首选都是去美国，能留下我这种货色已经算是差强人意了。

伴着对方"啪"地一拍大腿，我恍然而醒。那天从青年公寓走出来，我感到神清气爽，仿佛每一个毛孔都在吸纳着凉风。我获得了前所未有、确定无疑的存在感。

那时我不知道，这并不是一个浪子回头的故事。

这甚至也不是我的故事。

8

我成了普通且安于普通的年轻人中的一员。这样的人比比皆是，注定被一眼看穿。收获还是有的，功课悉数平稳过关，有几门还出人意料地考得不错，这当然得益于自律。因为从未发表过偏激言论又待人和善，我在老师和同学中混出了好人缘儿，赶上学生会改选，还有人推荐我去担任什么干部。虽然姜咪怂恿我"不妨往这条道儿上走走"，但我想了想，还是拒绝了。我宁可去捞取一些看得见摸得着的好处——在即将进入大四的那个暑假，我也学起了计算机编程，并开始替中关村的那些科技公司打工。大鱼吃小鱼，小鱼吃虾米，钱分到我手里就比干苦力也多不了多少了。

那段时间里，我也再没登录过"对战平台"。比之戒烟戒酒戒手淫，想要戒掉游戏的瘾头无疑更难——也怪不得在某组织发布的"成瘾性报告"中，游戏直接被列为"电子毒品"。个中苦楚，毋庸多言，但我每每在最后一刻忍住了——哪怕随后面临的是百爪挠心的折磨。我会由此变得魂不守舍，暴躁不安，和姜咪之间的裂痕，就是在这种情况里埋下的。当我不再好脾气，她又拉不下架子，很多小小不言的事儿都会上纲上线，最后演变成殃及家人的中伤。她指出，我妈老想靠打悲情牌来控制我，我则反唇相讥她爸她妈市侩得要命。我们像对中年夫妇一样在学校里大吼大叫，吵架的结果常常是姜咪十天半个月不理我，而利用这段时间，我正好可以挨过戒断反应的后遗症。

等那阵难受劲儿过去，我俨然又变回了一个正常人。想到此前的失态，我每每后悔不迭，觍着脸去找姜咪求和。姜咪这一点倒挺好，不会得理不让人。她只会哼出一声"下不为例"，然后捎带一句：

"你是不是精神分裂了？怎么说变脸就变脸？"

我说："你就当我更年期了吧。"

当然我也明白，倘若说我果真顶住了诱惑，根本原因还在于知道了人"应该"怎么活着。两个世界，一真一假。真的假不了，假的真不了。通过对自制力的磨炼，我证明了自己的精神并不孱弱，这似乎也预示着我将在"真实的世界"里有所作为。

这时再想起鱼哥和小熊，就如同两个失散多年的故人了。

那天在"地下"网吧惜败后，他们曾经来找过我。但我明知他们听见了我在宿舍里趿拉着拖鞋走动的声音，却没开门。走廊里吵吵一阵，不久归于寂静。我露头看了一眼，门外空空如也。因为再没登录过游戏账号，我也不知道他们是否还在网上跟我联系过。他们是怎么想的？也许他们都看出了我和他们骨子里"不是一路人"？或者，他们懂得玩家的关系本该是一拍即合、一拍即散？无论如何，比之于"康德姆"对"瓦西里"的纠缠，我的这两位战友就显得潇洒多了。

此后的日子里，我还是见过他们一次。那是个春天，学校里的猫正在发情，我和姜咪好像又在怄气，中午从食堂出来，各自绷着张脸。朝食堂对面扫了一眼，我发现花坛上攒动着许多毛茸茸的肉球，猫儿中间，并肩坐着两个球形的人，在太阳底下竟也是毛茸茸的。一大一小，都佝偻着背，身后背着高可过头的双肩包。鱼哥和小熊各捧一只盒饭，正在狼吞虎咽地扒拉着，旁边还放了一塑料袋垃圾食品。鱼哥不断剥开食品包装，将鸡腿和卤蛋挤进小熊的饭盒里。看起来，他们刚在外面"刷"了一夜。

在某个瞬间，他们仿佛抬头，向我投来一瞥，我下意识地转过身去。当我绕过花坛再一回头，就见那对朋友已经起身收拾东西了。鱼哥把食物塞进双肩包里，胡噜了一把小熊的脑袋。在猫的簇拥下，那场面温馨，仿佛他们长久以来都在相依为命。

我悲从中来,恍若隔世。远望鱼哥和小熊的背影,我好像找到了两个世界的边界。但那边界过于辽阔,烟波浩渺,我想我是跨不回去了。

自然,我又想错了。而意识到这一点,又得从我和姜咪的同居生活说起。

大学的最后一个寒假,我基本待在家里。过年期间,我妈得以带着我到各路熟人面前展示了一圈儿,那架势就像她领养了一只大熊猫。年夜饭照例只有我们两人吃,我妈再次感叹我"长大了"。但当我表示靠打工已经能够养活自己,无须再管我爸要钱时,她却又打着嗝儿说:

"干吗不要?我这些年也不能白被耽误呀。"

按照我妈的逻辑,我从我爸那儿拿的不是生活费,而是她的补偿款。坐拥两笔进项,我益发"抖"了起来,于是打算回北京后,就到校外租房子住。这个计划看似很有必要——李正雄诚不我欺,已经替我写了封"直博"的推荐信,又勉励我多看一些研究生阶段才需要接触的资料;而宿舍里的人出国的出国,工作的工作,万事尘埃落定,已经进入了狂欢的阶段,严重地影响了我那来之不易的健康作息。同时再考虑到姜咪,争吵已经让我们的关系岌岌可危了,如果过过小日子能修复感情,那又何乐而不为呢?

我把想法试探着对姜咪说了,不料她的反应比我还热烈。这时我想起来,她那间宿舍毕竟是出过人命的。箭在弦上,刚一开春,我开始绕着学校给自己找窝。

那年头还没什么中介公司，出租信息大多由房主和"二房东"在BBS里自行发布，要不干脆在电线杆上贴张告示，告示底部被剪成一排纸条，上面写着电话号码，好像被扯掉几绺胡子的脸谱。顺着这两条渠道，我奔波了几天，把目标锁定在学校东门外的一片平房。那儿的破败程度和青龙桥相仿，但藏匿的内容更为庞杂：有出售"鱼香牛丼"的伪日式居酒屋，有专门招徕伪知识分子的人文社科书店，还有"电影人"开的咖啡馆——店名照例来自某位"斯基"。住在那里也能分别满足我和姜咪的需要——我去图书馆查资料和到打工的公司接活儿交差都很方便，她呢，还可以时不时地戴着耳机呷着咖啡看着电脑，当街扮演独立、充实而又不忘享受生活的"新女性"形象。

当年的物价普遍比现在少了个"零"，我相中的房间才要几百块钱，位于一个敞亮的小院儿里，配有天窗、网线和上下水。此时就轮到姜咪出马了，她和那位留着鸡窝头的女房东接洽，三下五除二又把价钱往下压了压。我则去了趟马甸附近的宜家商场，汗流浃背地扛回几件简易桌椅。一切准备停当，只等着迎接新生活了。

搬家那天，我和姜咪一人往脑袋上披了件旧背心，从屋里往外扫着浮土。在呛人的灰尘中，始终混淆着一股肉味儿，浓郁而黏腻，香得令人生疑。趁歇口气的工夫，我撑着腰到院儿外侦察了一圈儿，只见小院儿隔壁也是一个小院儿，但要局促得多；门半敞，里面支了个低矮的煤炉子，炉子上咕嘟着一口发黑的铝锅，锅盖底下露出两只肘子来。它们肥硕、油亮，仿佛寓意着丰衣足食。姜咪也跟了出来,嗅着鼻子说她饿了。余晖裹挟着空气里的漂浮物,照得她的蓬头垢面熠熠生辉。我开玩笑说给她偷个肘子吃,但话音未落,就从那院儿里扬起一个北京老太太的声音,有如唱戏:

"敢——"

我们忙不迭地跑回屋里,一边咳嗽一边相拥窃笑。

我和姜咪的确度过了一段好时光。虽然我们还是在校生,但课程都已结束,有大把时间在小窝里厮守。姜咪开始找工作,当她描眉画眼地出去面试,我就写写程序看看论文;等她顺道拎着肉和蔬菜回来,我们就一起做饭。喂饱自己之外,我们甚而请客,在院儿里拼两张歪腿桌子,把各自的同学叫来大吃大喝,有时还喊上李正雄。毕业季等于分手季,很多"陈世美"被宣判上了狗头铡,很多"秦香莲"觉悟成了"出走的娜拉"。而蓦然回首,我们几乎成了诸多情侣中硕果仅存的一对儿,不免有种劫后余生的庆幸。

一旦撇开"个人生活"的话题,众人的情绪又会转为昂扬,纷纷抒发起了对前途的向往。当世界还算年轻的时候,你也恰好年轻,这才是值得庆幸的事情。在新世纪的最初那几年,除了信息爆炸,好像各行各业都在爆炸,至于我们,就像烟火特效里的群众演员,一边奋勇冲锋一边摇旗呐喊,同时期冀着自己也能在下一幕中担任主角。颇为矛盾的是,几乎所有人的雄心壮志都被固定在了"财富"这个单一维度之内,但所有人又都变成了天马行空的浪漫主义者。记得有天啤酒喝完了,大伙儿凑钱让小卖部再送一箱来。一位穿蓝布大褂的老大爷边数空瓶子边听我们吹牛，突然插了一句：

"要再闹'运动'，你们丫都得是革命对象。"

我们把这话当成了美好的祝愿，纷纷举杯："狗富贵，猪相忘。"

但几乎是话音刚落，我的幸福生活就戛然而止了。一天晚上，李正雄突然找到了我。当时我和姜咪都快洗洗睡了，却听见他在小平房外低声叫门。我披上衣服闪出来，身穿小碎花睡裙的姜咪迅速从里面掩上了门。李正雄的头顶亮如满月，却将脸照得发红。我们穿过胡同，融入一群披头散发、满胳膊洋铁皮的三毛范儿女青年中间——后者正在抽烟聊天，畅想着到西藏去"找自己"。路边有个卖麻辣烫的小车，李正雄过去买了一把，翻回身来递给我几串。俩人伸着脖子吃，满嘴流汤，咝咝啦啦地叹息。

也没铺垫，李正雄问："你找没找工作？"

我说："当然没有。"

他又问："也没准备考研？"

我说："政治外语都没学。再说报名都来不及了。"

他不语，继续咝咝啦啦，吞进一条青菜叶子。我随即反应过来，是哪方面出了问题。但我竟然表现得还很镇定，听着李正雄说话，间或点头嗯嗯两声。这倒把李正雄晾了出来。作为一个还没学会打官腔的"青椒"，他解释起来更加艰难。大致情况是这样的：班上有个学生干部原先打算公费出国，结果美国那边的审核没通过，查出他的论文有代笔嫌疑，只好翻回头来谋求出路；偏偏他又有个舅舅是科技口儿的主管领导，捏着好几位教授的重大项目，所以该帮的忙大家还是要帮。"直博"就是最现成的替代方案了，但名额已定，一个萝卜一个坑，又要把哪个倒霉蛋顶掉呢？扒拉扒拉，好像只有我了。也怪我前两年过得太舒服，基本没怎么去过教室，这就成了现成的把柄——那哥们儿炮制了一封举报信交到系里，指出我早够得上开除的份儿了，顺道还揭发李正雄不顾原则，帮我蒙混过关。只不过他没解释清楚，李正雄跟我非亲非故，干吗要和我沆瀣一气呢？可惜我不是个千娇百媚的女同学，否则就很容易说得通了。

听到这儿，我居然跑题了，懵懂道："对呀……我也闹不明白。"

李正雄就"嗐"："这还不明白，你被人捏着'短儿'了……连我都成了池鱼。"

我说："不不不，我是想问，您当初干吗要帮我呢？"

李正雄沉吟半晌："还记得你来我家时说的话吗——关于两个世界什么的？"

我一时更加犯起了迷糊。李正雄却跳回了一年多前，接续着我当时的话头论述起来：从"量子跃迁"到"薛定谔的猫"，从"时空折叠"到"多元宇宙"。按照那些神乎其神的理论，世界就更加难以揣测了——它很可能是由一层、两层乃至于无数多层平行的维度构成的。如此一来，不仅"真实"没有我们想象中那样真实，就连"虚幻"也有可能在某个地方实际存在。

李正雄进而告诉我，我是学生里第一个和他谈起这些的，而我的那些奇思怪想刚好暗合了他在专业上的涉猎领域。

弄清这一点后，"直博"泡汤的事儿反而没那么重要了似的。那天晚上，李正雄留下句"走一步看一步吧"，然后我们两下散去。回到小平房里，姜咪还倚在床头翻看着一本管理学大师的发财心得，我坐到桌前，打开电脑，噼里啪啦地乱点一通。脑子里却清楚了很多：事已至此，不仅没有转圜的余地，并且我就连闹上一闹都不太可能了——那还会进一步连累李正雄，天知道会再让他吃上什么"瓜落"。恰因这位不得烟儿抽的副教授对我不错，我才应该显得识趣一些。于是我又开始奋笔疾书，起草一份检讨材料。至于电脑里存放的物理学资料，我想我是用不上了，啪啪一点，就把它们都删了。

而在这个当口，姜咪恰好将书一合，两眼迷离地望向我。记得她说过，我心无旁骛的样子特别招她喜欢。但这时，我那满心的愤懑、不甘和屈辱终于涌了上来——方才就如文火烹锅，表面没动静，水却早已沸了。环顾一圈儿，我找到了发作的借口，是她扔在床上的那本书。我腾地站起来，怒视着她与彼得·德鲁克：

"你能不能别这么庸俗——我都忍了不是一天两天了。"

回首往事，我必须承认自己的品性有多么恶劣：我自以为世道不公，但转眼就把不公转嫁到了别人头上。上述逻辑的牺牲品当然是姜咪。那些日子里，我三天两头地找茬儿和她吵架，并且丧失了过去的自省能力，吵得越来越坚决、越来越不可理喻了。很多个夜晚，姜咪简直是被我像泼妇一样骂出了家门，孑然一身在学校附近游荡，最后睡回到她宿舍里那张鬼影幢幢的木板床上。可也怪了，在这一轮的斗争中，她倒一改往日的强硬，变得相当隐忍，即使受了委屈还试图帮我"想办法"。我写了那封检讨，但却拉不下脸来把它送出去，是姜咪单独找了一趟李正雄，托他把材料交到系里；通过学生会里的关系，她还给我的那位顶替者带了话，大意是诱人以服就算了，没必要致人于死。姜咪不仅表现得深明大义，甚至充满母性，就算我是个混蛋，也应该体会到她的苦心。

然而屋漏偏逢连夜雨。没过多久，又出了一档子事儿。

那消息是在我刚接受完系里的第二轮谈话时传来的。我妈打了我的手机，我还在支支吾吾地隐瞒着自己的处境，她却径直通报我，她和我爸离婚了，"红本儿变绿本儿"。说实在的，这一变故并不显得多么突兀，再考虑到我父母的关系，我几乎应该恭喜他们结束了漫长的互相"耽误"。谈及此事，我妈也确实口吻轻松，连她的嗝儿声都显得清脆婉转。但她的另一句话却戳中了我的心窝子：

"反正也把你送出去了，还上了'某大'……我们终于可以各过各的了。"

说得好像他们此前不是各过各的。而我却产生了一个判断：恰恰是我的存在毁了我们的家。如果我从小不是个好学生，我妈就没必要带着我留在老家，致力于把我培养成才，那么她和我爸至今仍有可能是一对正常夫妻。这些联想让我那刚刚被唤醒的理智灰飞烟灭，进而对姜咪展开了更加赤裸、丧心病狂的欺凌。我动辄对她加以辱骂,摔盘子砸碗的动静把邻居都招来了。有两次我甚至憋不住想对她动手,原因是她摔门而出的时候横了我一眼。更荒唐的是,那时我给自己的"恶"找到了由头——不是她把我拽回到"真实的世界"中来的吗?假如我在这个世界过得并不舒服,那好,就让她来承受后果吧。

我失魂落魄,并涌起了自毁的冲动。正是在这种心绪下,发生了后面的事儿。

记得那也是在夜里,姜咪又被我欺负急了,悲愤地宣布"再也不回来了",夺路跑了出去。类似的誓言通常是不作数的,我没着急,倒因为没了吵架的对手而空落落的。愣了会儿神,我才觉得应该出去了——哪怕她已经被藏在哪个犄角旮旯的坏人戕害了,我好歹也得履行收尸的义务。或者说,当时我麻木到找不找姜咪已无所谓,我需要的只是换个地方自怨自艾、舔舐伤口。

胡同漆黑一片,我紧贴砖墙,穿梭在坑坑洼洼的土路上,脚下的塑料拖鞋噼里啪啦地打着"板儿"。这声响以前听过无数回,但转眼之间,宇宙不再缥缈,生活不再奇妙,而我终究不知往何方去,只能在夜色里漫无边际地游荡,游荡。当我经过几个格外破败的院落时,才发现自己并非孤单一人——从角落里,不时会冒出几条人影,他们拎着桶和刷子,在墙上写下了巨大的"拆"字,笔力遒劲,大字的外面还会画上一个圆圈儿。这倒是个诡异的现象,然而当时我全没在意,只是和那些街头书法家互相躲避着,仿佛各自都藏着什么亏心事。当他们打开手电欣赏创作成果,我慌不择路地跑了起来。

跑到熟悉的地方才站定,喘息甫定地叉着腰。这才发现又绕回了家门口,头顶那盏瘪了多日的路灯居然亮了。一闪一灭,嗡嗡作响。

从不远处那条街上,嘎吱嘎吱地骑进来一辆三轮车。此时胡同里只有我们两人,当我迎上去,与他擦肩而过,恍惚觉得自己与一段树桩发生了交错。我还看到那人身材敦实,乱发齐耳,戴副宽大的塑料眼镜。他按在车把上的手粗壮而皴裂,像在冰水里泡过。我们都没话,各自前行,把背影亮给对方。我突然想到,这种姿态在游戏里是致命的。我还闻到了炖肉的香味儿,那气息在夜里畅通无阻地飘荡着。

而后,身后的三轮车钝涩地响了一声。我回头,看见他伸手掏裆,拉住车闸。

他望向我,我也望向他,并打了个招呼:"瓦西里。"

9

我的回忆不得不中断了。把小本交还给姜咪后,她又对我进行了无休无止的讨伐——垃圾食品自然是罪状之一,此外,她还怀疑我在背后嚼舌头,说了她和她们家人什么坏话——诚然这事儿我也没少干。假如小本向姜咪透露了我们的娱乐项目，那么招来的抱怨也许更多，幸好这孩子不傻，嘴巴在关键的问题上把得很牢。

姜咪声称要和我"算账"，至于算账的方式，则更加匪夷所思。

又一个早上，门被气势汹汹地擂响了。开门之后，只见姜咪抱着胳膊站在走廊里，身后跟着一位同样面色冷峻的小时工。她也不打招呼，径直指了指屋里，小时工扫了眼地板上的垃圾小山，立刻提出得加钱。三言两语议定，后者便麻利地开始干活儿了。

姜咪这才皱眉道："小本说你这儿像猪窝一样，看来真不假。"

难不成她把我这儿收拾停当，是为了让我在干净的环境里继续替她看孩子吗？然而这话我没问出口。姜咪可以在任何事情上替我做主，这也是我们在过往的岁月里形成的默契。尴尬的倒是我，她这次没带着小本一块儿来，我竟不知可以和谁说话了。既然猪窝被强行占据，猪也只好自谋出路。我说了声"你坐，你坐"，就要出门。

其实不用客套，姜咪已经端坐在我的工作台前了。她还掏出平板电脑，接入了一场视频会议。就连我的Wi-Fi账号她都有，"湖里的驴"。往平板上扫了一眼，我还看到了奇怪的一景：先是一段动画特效，主角是条鱼，周身鲜红，但再一细看，却发现它无鳃无鳞，全由细密的金属零件拼接而成，尾巴和鳍还能变为螺旋桨。这条鱼从燃烧的熔岩里跃了出来,冲向天空。从什么时候开始,网上流行的全是这种"蒸汽朋克风"了?而当我一愣,片花已经结束了,画面拉开,亮出了一条方桌后的几个"黑西服",都戴着墨镜。这就是要跟姜咪开会的人吧。有一类资本家总是热衷于稀奇古怪的仪式。

而在姜咪开口说话之前,我已经从屋里闪了出去。直到走出电梯,暴露在烈日下,我才琢磨出自己想去干点儿什么。那念头从昨天晚上就有了,让我几乎一夜未能成眠。

"瓦西里"这个名字令我忆及往事,也令我捡起了一个绵延不绝的悬念。

我掏出手机,在微信上找人。对方是家游戏设备商店的老板,我们认识也是基于业务往来。当市面上有了新游戏,他会找我把密码破解掉,于是他那儿的会员就能玩儿到"国行"之外的原版了——无非黄色暴力内容得以保留。因为是在打法律的擦边球,大家都很谨慎,每次只在微信上招呼一声,然后约好地方当面聊。这次对于我的求助,游戏店老板倒挺轻松。我问他,是否见过一个自称"瓦西里"的男孩,他说有印象——他那个店里也有展示用机,在每种射击类游戏排名榜首的都是这个名字。老板还说,为了避免因"剧透"而影响销量,他关照过伙计别老让那孩子白玩儿,只不过背地里没人听他的。原因也很简单:在那种地方干活儿的都是些游戏迷。

"你要真想找他,可以到我店里等。"他又对我说。

我挂了电话,扫了辆小黄车,歪歪扭扭地往"通利福尼亚"

的城市综合体骑去。因是小本儿经营，游戏店自然不会堂而皇之地开设在商场顶楼，而是偏安于建筑群侧翼的地下室里。门脸不大，内部别有洞天：墙上挂着4K电视，货架上摆满了官方渠道允许展示的光盘卡带；至于品类，从"PS"到"任天堂"都很齐全。说实话，我很少走进他们店里，这是因为每当置身此类地下场所，看到人们专注地厮杀，总会让我想起另一个地方……同时感到烈焰上身般的灼痛，连呼吸都仿佛堵塞了。而当我忍受着不适，低头插兜从电视的荧光中穿过，旁边那几个头扎小辫、一脖子纹身的营业员却像没看见我一样。在他们眼里，我也许只是个走错了门的大叔，很快就会茫然无措地转出去。

老板在逼仄的里间等我。他热衷于在大班椅里跷着脚，隔墙有眼地监控店面的动向，神态像个西西里黑党，而桌上的工夫茶具却暴露了他从福建山区带出来的底色。

我打个招呼，一边给自己倒水，一边抬头盯着桌上的电脑屏幕，他则甩手把两张有待解密的游戏卡扔到我面前。无利不起早，这种做派让我踏实。闲坐许久，茶过两泡，摄像头拍摄的实时画面并没有什么动静。在门可罗雀的上午，店员们无非是自己打游戏，不时有人溜到地面上抽烟。老板没话找话，和我聊起了行业动向。他说到，最近国内公司在VR领域发力很猛，推出了一批独立的游戏厂牌。大势所趋，他也考虑开辟新货源，再摆两台"虚拟现实"的机器试探一下市场反应。

我听得疲沓，恰逢看到店里又进来个人，挥手打断了他的聒噪。画面像素不高，但能辨识出来者肩头瘦削，脊背弯曲——

正是此前见过的那孩子。他留了个圆寸头，T恤衫外还套了件橘红色的马甲，马甲上印着个外卖公司的 logo。对于这位外卖小哥，店员们倒挺热络，围拢一处，品头论足地看他打游戏。这家店里的局域网也是我布的线，里屋的电脑除了摄像头，还能连接外面的游戏机，我拽过键盘，将画面切换到那孩子的操作视角。

他在玩儿的是一款常见的战争游戏，逼真程度已经远远超过了当年的《反恐精英》。别人把打不过去的关卡存档，留给他来攻克。接手之后，毫不意外，又是一场个人炫技。我发现他还是个全能型的选手，无论使用镭射枪还是手柄，都能打出极高的精确度。可以推测，如果给他换成鼠标，效果八成也差不多。

这么想着，我在键盘上敲了两下，通过电脑接入了他的游戏。

见我主动下场，老板诧异地哼了一声，随后将大班椅让给了我，自己去一旁重新沏茶。我端坐，操纵另一人物，与隔壁那孩子并肩作战。上次只是观摩，此时亲测，才体会到这是个多么可怕的玩家。如果说李世石对阵"阿尔法狗"时，是和一台具有人脑想象力的电脑对弈，那么我就像与一个堪比电脑运算能力的人脑进行比赛。也得庆幸我们在这场战斗中是伙伴而不是对手，否则非被他给虐爆了不可。

几个场景过去，我只能勉强跟上他的节奏，叹了口气，心里怦怦直跳。

当然，我并没有跟他比试一番的意思。在游戏里跟人好勇斗狠，这早不是我这个年纪该干的事儿了。东西都随身带着呢，自从上次想起"瓦西里"后，就从杂物箱里找出来了。我掏出一个U盘，插进电脑主机。当年的存储设备容量很小，好在接口仍能通用，U盘里的软件我也做了改写，可以适用于现如今的大多数操作环境——画面一顿，程序生效，当我重新切回游戏里，"我"就不是原来那个"我"了。

我的枪法有了飞跃性的提高。原先只能模糊锁定而无法精确瞄准的目标，现在皆为囊中之物。不仅准，而且快，鼠标扫过之处，敌人身上再隐蔽的弱点也不会漏网。我的积分很快赶了上来，而且开始跟那孩子"抢人头"，很多他刚盯上的对手却被我率先开枪击中。这个变化无疑扰乱了那孩子的心智，他在跑位时越来越顾忌我的动作了。隔壁传来"哇哇"的叫声，是那几个观战者正在惊叹。

只有游戏店老板看穿了我的伎俩，皮笑肉不笑："没劲了啊。"

我却又按了两下键盘，退出游戏。当我走进外屋，就见那孩子正捧着手柄发愣。他一定没想到这家店里还藏着一位高手。他的身上照例出了许多汗，令T恤衫贴在肩头。身后的老板对店员们使了个眼色，那些雕龙画凤的年轻人便散开，我得以坐进沙发，轻松地打了个招呼。他没吱声，眼光扫了扫我，倏然闪开——到底是个孩子，八成来自闭塞、困顿的环境，因而与人打交道的第一反应不是自我展示而是自我保护。此外还能断定，上次在商场里，我记住了他，他却没看见我。

我咳嗽了一声，等他缓过神来："刚才那局，我打得怎样？"

他又躲了躲我的眼睛："刚开始不行，后来变厉害了。"

我笑了，坦率地说："那不是我打的。"

他一愣，又往四下打量，愈发显得狐疑。

我把话说得更明白了："我作弊了。"

四下人等哄然"哦"了一声，那孩子却一言不发。看起来，他还没弄明白是怎么回事儿。也许真有这种人，他们痴迷于游戏，但却不懂得游戏也能作弊。这就好像来自穷乡僻壤的运动员"苗子"遇到了专业教练，从此才听说世界上还有一种东西名叫"兴奋剂"。

我尽量通俗地对他解释：我用一个程序"黑"进了游戏系统，让电脑替我完成了瞄准和射击的步骤，而电脑无疑比人手更加敏捷。类似的"作弊器"有很多种，只要你愿意，还可以在游戏里像崂山道士一样穿墙而过，或者拥有阿基里斯一般的不坏金身——只不过那种弊作得太假了，只能自己过瘾，没法在比赛中使用。

听得他瞠目结舌。倒是旁边有个营业员和我探讨起来："你说的作弊器在老式游戏上用得很多，可现在的公司都设置了防火墙……"

对这个略通一二的"半吊子"，我露出倨傲的神色："有盾就有矛。"

我进而说，专业人士不仅可以在号称无法作弊的游戏里作弊，甚而能够既作弊又让一般人看不出来。同样拿体育比赛打比方，被人发现了就是兴奋剂，发现不了就是高科技。而听到这里，对面那孩子似乎才从惊愕中抽离出来：

"我打我的机，你作你的弊……你来找我要弄啥？"

他是个哑嗓子，光听声音会以为年岁比真人大了一倍不止。此外，他虽是中原口音，我却猜他在南方沿海待过。这是因为他把"打游戏"称为"打机"——前些年我去广东看过我爸，总会听那边人沿用港腔称呼新鲜事物。而对那孩子的疑问，我又一笑，摊了牌：

"我知道你叫瓦西里，但我想打听的是另一个瓦西里。"

10

我们重回地面，顶着艳阳，往这个发达的郊县边缘驶去。身为一名外卖小哥，他当然有辆漆面斑驳的电动车，但我坐在后座上，很快就后悔了：这孩子骑得不仅慢，而且极不稳当，在游戏里的协调性荡然无存。与路边的车辆交会时，我被吓得直缩脖子。

还记得离开游戏店时，福建老板偷偷拽住我说："如果你有什么好点子，别忘了叫上兄弟'加一磅'。"

我含糊道："我就想找个熟人。"

对方又露出无利不起早的笑:"没劲了啊。"

相形之下,我身前的这孩子倒显得全没心计。当我提出想见"瓦西里",他立刻起身,以一个充满机械感的甩头动作招呼我同往。至于我到底认不认识那个"瓦西里"、认识的话又是怎样一种交情,他连问都没问。而当电动车终于拐上高速辅路,沿着尘土飞扬的大道奔驰时,我又犯起了嘀咕——我如何能够确定,自己想找的"瓦西里"和他所说的那个"瓦西里"就是同一个人呢?迄今为止,我只是被一个代号所吸引,又沿着这个代号缘木求鱼。但我还在说服自己:我见过两个"瓦西里",每个"瓦西里"都擅长射击游戏,打法又如此相近,如果他们之间不存在联系,那么事情也太巧了。

眼下这段寻访之旅,倒像逆着时光行进了。驶过某条不经意的分界线,就到了河北。这里一度成为房地产炒作的热点,不过很快价格腰斩。又开出不远,连楼体本身都遭到了腰斩、再腰斩,最后维持在了三四层的高度上。这就不是新建的商品房,而是本地原有的工厂宿舍了,却不知属于什么厂,工厂早关门了。靠山吃山,临街人家纷纷拆除了围墙,将一层的房子改造成了洗车店、饭馆和色调暧昧的按摩房。开到一家主打"黄泥烤鸽子"的大排档附近,那孩子捏住闸,将电动车停进一个没有树的树坑,又摘下电池,插到从屋里接出来的电源上。我一边活动着几乎弯成罗圈儿的腿,一边环顾四下。景物似曾相识,我老家县城的家属院也是这般格局。与此同时,身后扬起另一声熟悉的招呼:

"妈了个×的,你呀。"

我惊得一悚,回头看见一个瘦男人,四十来岁,嘴上斜叼着一支香烟,嶙峋的臂膀竟也让人想起螳螂来。再一转眼,我才确定此时见到的与当初并非同一个人。眼前这个瘦男人身穿一件胶皮围裙,上面沾了些脏污的羽毛,手里拎着一只容量足有十几升的特大号电水壶。他的眼神既不迷乱也不无聊,而是透出一种烦躁不堪的精明,就像大多数路边饭馆的经营者一样。他的话也不是冲我说的,而是朝向身边那男孩,说完还用脚踢了踢电动车,似乎是嫌对方占了插头,他就没法使用那只电水壶了。

男孩也不答话,弯腰就要把电池拔下来。瘦男人却一拦:"咋就那么不经逗呢。"

这就露出了东北口音。那男人刚说完,另一个套在胶皮围裙里的小伙子端了盆汤面出来,"哐啷"一声放在桌上。从大排档周围又钻出几个伙计,坐下开吃。面是手擀面,夹杂着两根青菜,汤水里漂满了厚重而可疑的油花。众人稀里呼噜,不时腾出手来剥蒜,还不忘给那男孩也捞出一碗。男孩便也坐下,加入了稀里呼噜的合奏,眼却一直垂着,直扎到碗里去。吃了□,他干脆扭过身去,亮出一个脊背,马甲挂在上面呼呼兜风。

□□□晾在一边,俨然成了空气。但片刻,我才意识到男孩在躲□□——那个瘦男人顾不得吃面,而是蹲到地上,接着又有俩伙□□□一只笼子来,里面装满了鸽子。都是肉鸽,肥硕而迟钝,互相□挤着"咕咕"叫。瘦男人探出长臂,从笼子里抓起一只鸽子,另一只手揪住它的脖子。鸽子"咕"了一声,被"咔嚓"一拧就断了气。开膛放血、清除内脏。我这才明白,那只电水壶是用来烧水熥毛的。"咕"一声又"咔嚓"一拧,"咕"一声又"咔嚓"一拧。鸽子们都不知道退缩,转瞬变成了光溜溜的躯壳,被依次丢进一个大铁盆里,它们的肠胃心肝以及羽毛则混淆一处,落入路边的阴沟,如同开了一片暗红色的花。

呆看片刻,连我都觉得心惊。那瘦男人持续着有条不紊的劳作,迅速消灭了一笼鸽子。又有俩人把盆抬走,经过满脸煞白的男孩身边,还有人跟他开玩笑:

"对付起鸟来,你姐可比我们在行多了。"

或许他真有一姐,而男孩只是不语。又有人瞄了我一眼:"他干吗的?"

男孩似乎这才想起我来,他又朝我机械地一甩头,拔腿往大排档的后厨里去。我逃也似的跟上他,一前一后上楼梯。我们之间的沉默从通州延续到了河北,这时仍没人说话。我只觉得上面那人裤裆飘荡,如同没长屁股。这就到了三楼,一路上闻到越来越浓烈的酸臭味儿。每层三户,男孩在中间唯一没装防盗门的那道门前站定。

门没锁,一推就开了。我伸着脖子捂嘴,差点儿真吐出来。

一里一外的居室,门厅里到处都是笼子,贴墙罗列,一直延展到阳台上,数不清有多少,就像每只笼子里的鸽子也数不清。鸽子们在吃、在拉,散发出浩大的味道,使人如同置身于一个禽类养殖场。也不知邻居们是如何忍受这种环境的,或许大排档的老板支付了一笔不菲的赔偿费用。而这个养殖场里居然还是住着人的。男孩拐过门厅，又推开一道卧室门，从那里面露出一条影子。

那几乎是个人形雕塑：体格敦实，穿件油脂麻花的衬衫，裸露在外的皮肉像结了壳儿般僵硬；他的头发更长了，乍看像团用旧了又涮干净的墩布头；那副塑料眼镜却不见了，暴露着一双硕大、外凸的眼珠，仿佛会随时掉进衬衫的上兜里。他坐在床边的小马扎上，面前摆了件铸铁器具，学名大概叫作碾磨机，一头插着个漏斗，另一头的出口通往一只塑料脸盆。将剥好的玉米粒放进漏斗，再一摁动电钮，玉米楂子就散落到盆里了。他低着头，肩头肌肉耸动，按住震颤的机器，仿佛它自己会跑一样。我立刻反应过来，他加工这玩意儿不是为了熬粥或者蒸窝头，而是在给鸽子们准备饲料。

我还是觉得这屋里有点儿不对劲儿——再一趔摸，原来既没电脑也没电视，别处随处可见的电子屏幕，在他这儿只剩了桌上的一部手机。就连那手机都不是智能的，而是只能接打电话的"老人机"。床头还有一样家具吸引了我，那是一把椅子，硬木打制，分量十足，椅背两侧延伸出一道圈儿来，通体流淌着乌光。很显然，它属于更加古远的年代。

椅子的主人是个活在网络之外的人，但无疑，又是我要找的人。

我没开口，他却惊醒一般抬头，看向那男孩。伴随着起身，他的右手忽然抖了两下，幅度不大却快如过电，带动着一侧的脸都抽搐起来。极其突兀，他又绽放出一派喜气，大张着嘴哈哈两声,都快把扁桃腺喷出来了。男孩也报以同样夸张的笑,还与对方互拍肩膀。

他管男孩叫"鸽子赵",男孩管他叫"瓦西里"。而在我的印象中,几乎从没见到这俩人笑过。看来他们把笑都留给同类了。

我又在一旁干晾了许久,才被重新发现。他们一同转向我,四个眼珠子闪闪发亮。随即,被称为"鸽子赵"的男孩便转身离开卧室,走到门外的过道里。他在层层叠叠的鸽子笼前站定,歪着脖子,脑袋像鸟类一样转动,还发出了咕咕的声音,如同在用鸽子的语言和鸽子说话。这举动无疑是古怪的,但我却又把注意力转回了屋里。我一时忘了屏气,放任令人作呕的酸臭味儿涌进鼻腔,打量着对面的"瓦西里"。

他大概也有四十了吧,容貌彻底"苍"了,宽而扁的额头布满皱纹,深如斧凿,鬓角灰白相间;但他的神色却逃过了岁月,呈现出透明的光彩。这是一种何其诡异的返老还童,像把孩子的心智移植到了中年人的躯壳里。

他望向我时,我也望向他,并打了个招呼:"瓦西里。"

就让我回到多年前的那个夜晚吧。

当时的我失魂落魄,却发现宇宙依然缥缈,生活依然奇妙。风从远方来,在写满笔力遒劲的"拆"字的胡同里隳突穿行,我被吹得影子打颤,头顶忽明忽灭的路灯,面对着三轮车上稳如树桩的人影。我曾在"地下"网吧见过他,他又替我打出过"入魂一枪",我还从"康德姆"口中听说过他。即使有了这些交集,我们仍算萍水相逢，但我脱口叫出了他在虚拟世界里的名字。

那人"哎哟"一声，瓮声道："是瓦西里·扎伊采夫。"

他也不问我是如何知道了他叫"瓦西里"，却先向我强调着历史上那个"瓦西里"的全名。我一笑，直到他从三轮车上跨下来，幅度极大地招手，这才重新迈步，走到他面前。他掏兜，哗啦钥匙一响，捅锁眼进院儿，是我所住的小院儿隔壁的那道门。门里架个炉子，炉子上一口铝锅，彻夜发散浓香。两间偏房，还连接着半扇私搭乱盖的厨房。弄清这个布局，又让人怀疑这里原先只是过道，后来两头一封，才成了长条形的院落。

从一堵墙后传出呼噜声，粗犷而曲折，中途带有令人揪心的停顿。而那位被称为"瓦西里"的同龄人悄然弯腰，从锅里拎出两根肘子，笨拙地用脚拨开厨房门钻了进去。片刻出来，一根肘子已经不见了，另一根被切开花，摊在盘子里，上面还盖着一张蒲扇大的烙饼。他又抬了抬下巴，示意另一扇门。我开门进去，闻到冲鼻的霉味儿。

一拽灯绳，屋里亮了起来。比我租住的那间平房要小得多，除去床、方桌和脸盆架子之外也摆不下什么了。也没看见电脑，连电视也没有。他在桌前站着，把烙饼扯成两半，用其中一半卷了几团肘子，专注地啃起来。咀嚼肌大幅涌动，脖子陡然粗了又弹回去。

啃了半晌才瞪我："吃呀——你。"

我呆看着那张饼状的扁脸，发现他的目光是直的，戳到我脸上，蓦然一疼。而我还没客套，他又吭叽吭叽啃起来："爱吃不吃，我可饿了。"

看起来，他好像刚干了什么重活儿，没准儿当初扛那些显示器是他的常态。在他的示范下，我也只好饼卷肘子，吭叽吭叽啃。肘子炖得稀烂，入口就化，那股浓香填满了体内的缝隙。俩人吃得尽兴，又拿搪瓷缸子咕咚咕咚灌酽茶，缸子一看就是老物件儿，上面画着一个背枪的苏军战士，底下一行俄语。再沏水时，他又笨拙地碰响了脸盆架子，却从隔壁惊出一声喝骂，是个老太太的声音，中气十足，语调悠扬，如同唱戏：

"你个小杂宗操的——"

骂完之后，呼噜接踵而至，也不知是醒了一瞬还是在说梦话。而"瓦西里"突然竖起一根手指头，俩鼓眼球朝指头尖儿上一挤，对我"嘘"了一声："别吵着我姥姥。"

我又没出声儿，吵也是你吵，我想。而他那番诡秘的挤眉弄眼，又给神态里掺入了某种和身材全不搭调的童趣，让人想起迪士尼动画片里胆小如鼠的野兽。接下来，我就被他拱了出去，俩人回到院外，手里各自握着半截麦克风似的烙饼卷肘子，好像打算当街对唱一曲。而接下来，我却看见这人做出了一连串儿的举动——他先"嚯"地一拍大腿，然后用手大力搓着胯骨，进而开始抓耳挠腮，最后又"嚯"一声，抱头蹲在地上。

当时我只是看愣了，还担心他会扑上来咬我一口。而此后接触渐多，我才慢慢适应了他这种看似杂乱无章、实则自有逻辑的举止。我还明白，当别人一晃神的工夫，他已经在无数念头之间辗转了无数个来回。我甚而怀疑，他和我们这些常人并不处在同一个维度。山中一日，世间千年，他活在那座山中。

他那"松狮"般的脑袋终于抬起来，表情纠结不清，那是向往、抗拒、犹豫、不甘和无奈的杂糅。也真难为他，还要对我说出这个世界的语言：

"你把我的瘾头勾上来了。"

11

自从在校外租房，我就和那个"瓦西里"隔院儿而居，但他却像幽灵般在我身边游荡，迟迟未能与我重逢。这固然可以解释为"必然的巧合"——在这片嘈杂的外来人口聚居地，谁又会对谁真有印象呢？但我还是倾向于另一个理由：当人处于不同维度之中，每每会维持着彼此孤立的存在，迎面相见不相识。

就像"瓦西里"后来说的："我在街上见过你，但你没看见我。"

至于那个晚上，当我神魂颠倒，不觉间便踏回了两个世界的分隔线。另一双眼睛重新睁开，眼中人恍然再现。他说他的"瘾头上来了"，我立刻明白了那是什么"瘾"，并且感到自己的瘾头也上来了。此前长久苦苦支撑的自律，就像糖块外面的那层糯米纸，拿舌头轻轻一舔就漏了。我问他是去"地下"还是"飞宇",他却一律摇头。我只好把他带回了自己那间出租屋。姜咪还没回来,目前是死是活都不知道。

我下载了"对战平台",和他在屏幕前坐了一夜。基本都是他操作,我旁观。也很奇怪,他在平台里却不用"瓦西里"这个名字,只以游客身份登录。而我又得以解开了游戏中的一个谜团——以前就发现,很多身经百战的老手也会被菜鸟"爆"了,原以为是混战中的流弹所致,这时才知道往往并非如此,他们是被匿名杀手盯上了。"瓦西里"的跑位方式完全不循常理,几乎是无遮无拦地暴露在火力网下,但在毙命之前,他已经射出了本局唯一一发子弹,将对方最"硬"的带头大哥当场洞穿。对他来说,这一枪命中就算达到目的,本人生死则置之度外。他的手法也常是"甩狙",和当初替我打出的那一枪如出一辙。他能在晃动、跳跃甚至坠楼的过程中命中目标,但在外行眼里,那不过都是偶然罢了。

他本人的状态同样奇特。玩家总会紧盯屏幕,而他却在大部分时间里目光四散,如同走神,只在开枪时才突然两眼发亮,肩头紧绷,好像那一枪凝聚了全部体力,又仿佛刚完成的不是一次射击而是一次射精。

打了不知多久,他才毫无预兆地把鼠标一扔,嘟囔一声"差不多了"。这时再看他的脸,便觉得和缓了许多,仿佛有什么紧张的、冲突的力量被排遣了出去。当我接手电脑,示意他到一边的床上歇会儿,他刚把屁股放上去却立刻弹了起来。我以为床底下又闹耗子了呢,随即才意识到床上散落着姜咪的两件小衣服，被子里还残留着不属于男人的气息。这反应又让我想笑，我只得帮他在床上腾出一块空地，拿手拍了拍。

而对我在游戏中的表现，他全然不予关注，呆坐一会儿，居然打起了呼噜。等睡醒，天已大亮，阳光穿透窗帘，给水泥地刻下深邃而明亮的沟渠。他起身四望，仿佛不知道自己为何身在此处，我问他要不要吃点儿东西。虽然有肘子卷饼垫底，但我早饿了。

他摇头："我姥姥该着急了。"

临出门又道："明儿见。"

等他离开，我兀自蜷在床上睡着了。一觉睡到黄昏，看了眼窗外悬浮的夕阳，心下竟极踏实。我从床下翻出一只旅行袋，把姜咪的书、衣服和洗漱用品塞进去，然后出门骑上自行车，到学校里去找她。

姜咪一直待在宿舍，也许正在等我。刚从我手里接过那包东西，她就哭了。她一定很想找个东西靠一靠，但那东西又不是我，因此只能攥住身边的门框，指甲几乎抠进木头里去了。过往人等纷纷看着我们，在他们眼里，这一定又是一场毕业在即的分手大戏，伤感而重复。被她的眼泪冲刷，我心里一颤，话到嘴边就改了个念头。或者说，在来的路上，我也不知自己到底是个什么念头。我让她"别傻"，又解释说自己这么做的原因并不是"她想的那样"，而是需要单独的时间与空间来"调整一下状态"。我说我知道她"受委屈了"，但也请她体谅我——我他妈的也不容易，对吧？

到这时，我才把我父母离婚的事儿告诉了她。姜咪哭得更加淋漓了，我又成功地唤起了她的同情心和责任感，使得自己在她面前不那么像个王八蛋了。解释的结果，是姜咪终于靠到了我肩上，我则虚与委蛇地抚摸着她的后脑勺。这番拥抱的结果，又是我拎着她到校内超市采购的水果、香皂和卫生纸，独自返回了出租屋。至于"调整状态"云云，那当然是即兴放屁，我已经迫不及待地想要开机上线了。

临分别时，姜咪小声问我："你是不是讨厌我了？"

我答道："除非我先讨厌我自己。"这么说的话，我确实也不能算撒了谎。

此后那段日子，我们形成了全新的相处模式：姜咪不再到我那儿过夜，更别指望能时刻黏在我身边；每隔两三天，她可以去给我做顿饭或者送点儿日用品，其他时间则必须让我享受充分的自由。这几乎造成了我们不再相见，因为在大多数白天，我都在床上呼呼大睡。有时睁眼，陡然发现屋里变干净了，我还会迷糊着想：哟，这田螺姑娘还没当腻歪呢。而在醒着的时候，我像个戒毒失败的瘾君子，既懊丧又快乐地渴望重操旧业。只不过当我回来，"另一个世界"的景象为之一变，这是因为身边多了个"瓦西里"。

当夜色深沉，街上人声归于寂灭，我走出院儿外，果然看见他坐在三轮车的车斗里等我，形同一段刚被砍伐的树桩。"明儿见"的承诺得到了兑现，继而明日复明日。我也不作声，掉头回屋，那树桩便拔地长高，跟我来到电脑前坐下。跑位，瞄准，开枪，身边的一切都淡去了。我们轮番上阵，不再匿名，而是用我的账号横行在对战平台之中。每每是我先闯入激战正酣的房间，向那里成绩最好的玩家提出单挑，一旦力不从心，立刻由"瓦西里"换手。结局必然又是精准爆头，屡试不爽。

和当初在"地下"不同，此时我就坐在"瓦西里"身边，目光灼灼地死盯着他。我不仅将他的姿态烙入脑海，就连他在开枪之前眨了几下眼都数得清清楚楚。然而对我来说，"一发入魂"始终是一个谜。我只看见他腕子一甩，枪就响了，其动作如同条件反射。我也模仿过他那信手拈来的射击方式，并期冀着自己能在无意之间领悟到什么"心法"，结果却无疑是东施效颦。

直到一天，我把鼠标一推，叹了口气，又将电脑让给了他。沉溺于游戏却卡在了游戏的瓶颈里，这让我绝望。我还猜测"瓦西里"执意隐瞒着一个秘诀，如果我横下心来询问，他会像当初一样逃之夭夭。我拿起一个姜咪带来的苹果，开门出去，凑到水龙头下洗了洗。等回来刚要啃，看见他正盯着电脑出神，便将那苹果放到他手边，转身去洗一个新的。

这时听见他说："不对呀。"

我回身，却见电脑上播放着我方才的对战录像。他什么时候关心起我来了？我竟有些发慌，但又装作平心静气，问他到底哪儿"不对"。

他嗡声道："时间不对。"说完咬了口苹果。

我愈发战战兢兢："你说的是什么时间？出什么差错了？"

他转过身来,直勾勾地盯着我,嘴里嚅动,汁水横流。然后他才重新开口,说在我开枪的一刹那,"时间没有慢下来"。我仍一头雾水,说时间怎么能慢下来呢?我本来还想补充一句:按照相对论的原理,也许时间的确不是均匀前进的,但发生那种现象,首先要使物体的移动速度达到光速以上。然而再一想,这话可以拿来和李正雄探讨,眼前这位"瓦西里"却不一定听得懂,于是也就省略了。我猜他虽然住在学校附近,然而从未正经八百地坐进过任何一个课堂。

他却摇头说不,又说在他开枪射击的瞬间,时间的确慢了下来。其言辞笃定,而我忽然想,这样一个人,大概是不会夸张更不会撒谎的,于是又问他时间慢下来将会怎样。他告诉我一旦时间慢下来,他就能够不急不忙地进行瞄准并锁定目标了。这就更玄乎了。我怀疑,所谓"时间慢下来"只是他的主观感受而已,就像我在打游戏打得入迷之际,同样会感到"真实的世界"不再那么真实了。

因此我走了走神,回答他:"权当你说的是真的吧。"

他眼神一暗,大概有些失落,这倒令我产生了歉意。我又找补:"那就再让我看看……时间是怎么慢下来的?"

他不语,兀自在电脑前操作起来。这次他的打法更加邪门,每每站在敌人面前任由对方瞄准,直到听到枪响才把腕子一甩。假如是真实的战场,这就相当于他在子弹飞向自己的途中还能从容不迫地反击。敌人无一例外都被"爆头"。难道在他眼里,四下横飞的弹道就像电影特效一样缓慢铺展,远方的人影则迟钝得如同蜗牛？我明白，他试图用这种方式来证明自己的话。但在我这里，时间照常流逝，从未减速。

恰因为此，我仍旧被困在瓶颈里。然而又和上次不同，我并未对游戏突然丧失兴趣，反而越发投入其中了。他的操作毫不花哨，却如同在刀尖上跳舞，洋溢着惨烈的美感。那年头尚未兴起"主播"这个职业，但我第一次体会到，游戏的乐趣并不在于亲自下场，就像真正的球迷无须去和职业球员同场竞技。我想起了鱼哥的论断：游戏这个领域迟早也会产生自己的明星。我还记得，那几乎是我和"瓦西里"之间话最多的一个夜晚。在此之前，我也会拐弯抹角地跟他搭讪，他却好像没听见一样，给我的感觉，这就是个现实版的"套中人"，又仿佛他的喉咙里含着团火，因此说话本身成了一种折磨。但刚才，我们居然进行了颇为费神的讨论——尽管那讨论无疾而终。

耗到天亮，他又嘟囔了一句什么，大概是想到了"姥姥"，甩下鼠标就走。我惯常是不送他的，这时却起身跟了出去。从背后看，旭日在他肩头升起，一头乱发如在燃烧。跟了几步，我才又问："你是什么时候觉得时间变慢了的？"

他还残存着昨夜的对话能力，半张着嘴歪了歪头："也就半年前吧。"

根据"康德姆"的讲述，那大约也是两位"大神"在"地下"遭遇的时候。我又追问："在那以前，你也叫'瓦西里'？"

他说："以前瞎打，没起过名字。"

我说："后来干吗叫这个？"

他说:"知道这人,是个神枪手。"

我说:"从电影里看的?"

这么说时,我又想起了那本封面印着"理惠"的杂志,并且仿佛回到了几年前的那个夜晚。那时我虽然刚"放过一枪",但仿佛行走在广阔而寒冷的平原,心中充满理想。而对于我的问题,他却再次答非所问:"时间慢下来也不好。"

我愣了愣:"怎么不好了?"

他说:"时间里有个缝儿,我怕我掉进去就爬不出来了。"

这又超乎常识了。我也把话题岔开:"对了,你到底叫什么?"

这次他给了个清晰的答复:"我叫张京伟。"

12

张京伟,他有个普通的名字,近乎乏味。恰因为此,在此后的日子里,我仍习惯把他叫作"瓦西里",仿佛唯有那个代号才适于指称其人。

他呢,甭管叫什么都应,应了又像全没听见。这又会令我想起那一幕:在暗夜里,一个螳螂状的男人对他进行着层出不穷的辱骂,而他无动于衷。现在我怀疑,那并非怯懦也非忍辱负重,完全就是对外界缺乏感应能力——或者说是兴趣全无。他像一台自行其是的机器，只要内部齿轮维持运转就能心满意足。

但就是这么个人，却成了游戏中的传奇，尽管他并不自知。

略加分析，上述状态其实也没什么矛盾的，我们可以解释成"不疯魔不成活"，进而推测，那些"怪人"身上往往会滋生出令凡俗之辈望尘莫及的特异能力。类似的故事屡见不鲜，音乐家有贝多芬，数学家有约翰·纳什，计算机科学方面还有大名鼎鼎的艾伦·麦席森·图灵，如果把这些天才放到日常生活中加以考量，也许个个儿都够送进安定医院的了。而对于"瓦西里"其人，我的感想主要如下：如果一个人所擅长的事情恰恰毫无用处，那么他存身于世的形象，是否注定只能是个全无价值的怪胎呢？

就着这个问题考虑下去，又要涉及当年的大环境了。尽管鱼哥一口咬定"游戏产业大有可为"，但通常人们认为，沉迷此道的无非是些一败涂地的loser。在新闻里，类似的悲剧不断上演：多少大好青年因为深陷游戏而荒废学业、六亲不认，在他们身后，又有多少家庭支离破碎，多少母亲奔走呼号。不必扯到别人，我自己就是个现成的例子，而反观"瓦西里"，游戏对他的控制可比对我深得多。

这人不仅对"真实的世界"缺乏认知，与人交流也存在着障碍。和他相处，就像隔了堵看不见的墙。而对于他的行为习惯，我还发现了一个特点，那就是什么事情一旦在他那儿形成规律，便会严格而僵化地执行下去。有段日子里，每当打游戏打到口渴,我总会洗上两个苹果,其中一个放在他的手边,但后来姜咪自己也忙得不可开交,就没时间定期给我提供补养了——苹果断了档,他却总会在某一局结束后把手往桌上伸去,抓起一把空气再茫然半响。对他来说,那个苹果仿佛相当于一台根深蒂固的闹钟,当铃声不再响起,他不会怀疑钟坏了,而是会认为自己没醒。

还有一天,我由于连续熬夜而疲惫不堪,晚上索性睡过了头,次日黎明才睁眼。等出门,却见晨曦之中,一辆三轮车横在两个小院儿之间,车斗里坐着一截树桩般的人影。这才反应过来,他从昨天就在等我了,一夜没动窝儿。当时除了歉意,我还感到后脖颈子发凉。见我出来,他却毫无怨言,起身跟了过来。我回屋打开电脑,他又挂着一身露水坐了过去。跑位,开枪,爆头,一如既往。没过片刻,阳光爬上窗户,穿过缝隙射到他脸上。

他照常挤了挤眼,照常把鼠标一扔,照常嘟囔:"我姥姥该着急了。"

他姥姥还等着吃肘子呢。一锅两个,一个是他的夜宵,一个是"怹"老人家的早饭。这也是个恒定不变的规律,就像他入夜以后必定会骑着三轮车回家一样,还像他回家以后必定会到门口等我、再跟我打上一夜游戏一样。在这些规律的限定下,究竟在空无一人的胡同里枯坐多久,对他来说倒像无所谓了。也许在他的感知里,时间不仅能"慢下来",同样也能"快上去",只要他想,一眨眼也就过去了。唯一不同的是那天走时,他的眼珠子瞪得格外突出，鼻翼呼哧呼哧地扇动，整个人儿笼罩在一团焦躁之中。大概是因为游戏还没打够吧，他的"瘾头上来了"却来不及缓解。这么想时，我的歉意更浓了。我往前追了两步，手搭在他的肩上，但那皮肉竟像烫手一般，旋即令我抽了回去。

我问他："要不……回去再玩会儿？"

他停步，目光几乎撩了我一个跟头。又一转眼，他重现了当初那一串儿动作："嗐"地一拍大腿，然后用手大力搓着胯骨，进而抓耳挠腮，最后又"嗐"一声，抱着松狮般的脑袋蹲在地上。片刻起身，裹起一阵风，冲出院儿去。一人多高、宽达两尺的大铁门半关着，被他的肩头蹭了一下，轻飘飘地反弹了几个来回，哐然之声却如同擂破了一面鼓。我心惊肉跳，耳朵里嗡嗡了许久，而这时，他已经钻进了隔墙那个狭窄的、长条形的小院儿，进而制造出了更加杂乱的声响。肉香也飘了出来，啪啦一声，好像盘子碎了。隔壁又扬起一声中气十足、抑扬顿挫的吟唱："你个小杂宗操的——"

那一刻，我忽然浑身一震，逆着阳光颤抖起来。他那不可理喻的举动戳中了我心里什么地方，让我萌生了不可理喻的悲伤。如同"一发入魂"从虚拟空间呼啸而来，枪声一响，原本坚固的东西烟消云散，原本在乎的东西也无足轻重了。

在后来的日子里，我的状态也变了，进入了一个新境界。我惊奇地发现，自己的游戏技术又提高了许多，虽然距离"一发入魂"仍是遥不可及，但曾经令我绝望的"瓶颈"总算有了松动的迹象。那无疑是种巅峰体验，假如一定要打个比方，我想引用一段在电视上看到过的吸毒者的自白：

"就像脑子被洗过一样。"

这种状态也在反噬现实。学校自然不去了，那帮家伙爱怎么收拾我就怎么收拾我好了。我还关了手机，从而杜绝了我妈随时对我打嗝儿的可能性。比较麻烦的是姜咪，只有这个徒有其名的女朋友还对我不离不弃。毕业临近，她在一家外企谋了个职位，人家要求她提前适应连轴转的加班，但只要一有空闲，她就会跑来看我一眼。那常常是在清晨，"瓦西里"已经想起了"姥姥"，刚离开我这儿，我则歪在床上半梦半醒，门外还停着一辆公司报销的出租车，所以姜咪连话也顾不上说，只对睡眼惺忪的我略点一下头，然后就轻轻掩门走了。对于她的这个习惯，我的看法是：或许因为宿舍里出过一桩惨案，她便担心我也会弄死自个儿，而看到我还活着，她就放了心。

基于这种判断，我觉得自己只要继续喘气儿就算对得起她了。当她推开没上锁的门，一定看见了电脑还开着，看见了屏幕上闪动的3D画面；从我那困倦不堪、几近虚脱的样子，她一定早知道了我所谓的"闭关"到底是在做些什么。但时至今日，我也不打算向她隐瞒了。迷迷糊糊之间，我还在这样安慰自己也安慰姜咪：毕竟她撞上的不是我和哪个娘儿们滚在床上，对吧？就算我心里没有她，可也没有别人嘛。我心里谁也没有。

于是也就有了此后的那一幕。直到我和姜咪分手之后很久，当我再回到电脑前，脑中仍然会浮现出类似的幻觉：我的一旁坐着"瓦西里"，另一旁则坐着姜咪；他们分侍在我左右，彼此之间却互不相视。这场面很像时空错乱，然而它确实发生过。

那天半夜，当我和"瓦西里"正在鏖战，姜咪就推门进来了。她可能是刚加完班，突发奇想地来看看我，也可能是一直想跟我"谈谈"，但却知道我只有在夜里才是清醒的。小院儿阒寂无声，门外漆黑一片，她的高跟鞋在水泥方砖上磕出脆响，然而我和"瓦西里"都戴着立体声耳机，别说进来个人了，就算房塌了我们都不会察觉。

试想姜咪站在门口，模样是那么俏丽。夜风带着她的脂粉味儿涌进来，熏得我脸上一紧。这时"瓦西里"正手持鼠标，用他那记经典的"甩狙"撂倒了一个敌人。随即，姜咪又动了起来，她从饭桌底下搬出一把圆凳，并排放在我身边，静静地坐下。至此，我似乎才意识到屋里多了个人。电脑前方，仨人静坐，左边是个树桩一般的粗壮汉子，右边是个明艳的职场丽人，中间则是个面黄肌瘦的邋遢鬼。

不知"瓦西里"是否注意到了姜咪，他嘘了口气，将手从电脑桌的搁板上抽回来，像电影里的日本人一样撑在膝上。我则接手了他的操作，继续射击。

姜咪这才对我说起话来。因为耳机的阻隔，她必须提高音量、一字一顿，才能保证声音钻进来。她把言语组织得有条不紊，焕发着理性的光辉。她说到了打游戏，表示过去从没看出我有这个爱好，还以为我跟一般男生不一样呢；而既然别人能打，我当然也可以打，但打得这么忘乎所以就不应该了。进而，她指出我陷入了"网瘾"，按照精神病学诊断原则，完全可以归入心理顽疾，"这就不能不有所警醒了"。听到这里我还想，为了这段论述，她一定专门查阅了相关资料。而我手指翻飞，也没看她一眼。

姜咪不屈不挠，继续着她的宣讲。她又把话题扩展开来，说到了我的处境：到底要不要毕业了？要不要找工作了？打游戏能养活自己吗？如果不能的话，将来又指望谁来养活？她？还是我妈？姑且只说我妈吧，我妈独自把我养了这么大，这难道还算不上含辛茹苦吗？这时她倒一改对我妈的轻蔑，转而替我妈痛心疾首起来了。

她还质问我："你也太自私了吧？"

这时，一旁的"瓦西里"突然一胡噜脑袋，让耳机箍在了脖子上。他好像也被姜咪吵烦了。我手上却仍没停，仍对姜咪置若罔闻，又"唔"了一声。

面对我的反应，姜咪好像说疲了，她叹了口气："你要是不回来，我可走了。"

直听到这儿，我才终于对她的话走了心。她说"回来"，我要从哪儿回？回到哪儿？在那一刻，我甚至猜测姜咪头脑中也存在着"两个世界"的划分。但她随后那句"走了"又再清楚不过了：她不仅要从我的房间里走掉，还要从我的生活里走掉。但我对此深感欣慰，并为分手不是我提出的而如释重负。

于是，我也迸出一句话："那你走好。"

我还有句话没说出口："咱们就别互相耽误啦。"

然后姜咪哭了。上次在女生宿舍门口，她流下的是希望的眼泪,这次就是绝望的啜泣了。但绝望之于虚妄正与希望相同,因而她直到此时,仍然意犹未尽,又继续对我说了一连串儿的话。她这时不再看我,却盯着她不明就里的游戏界面,嘴里如同呢喃。她又回忆起了我和她在湖边初次见面的情形。彼时野旷天高,四下鬼影幢幢,她本来神情恍惚,但听到有人隔着甬道与她搭话,突然涌起了初夏荷花般的温柔。

姜咪说:"当时我想,如果你想和我认识,我就认识你好了;如果你想送我回去,我就跟你走好了;如果你想跟我做朋友,我去找你也无所谓。"

她又说:"我不知道活着是为了什么,原来不知道,现在也不知道。但我一直在想,我这样一个人,独个儿活着大概是没什么意思的。我不是那种能把日子过出意思来的人,但我猜你是。现在看来,我猜错了……"

说到这里,姜咪站起身来,走出门去。我歪头往外看了一眼,只见她并不熟练地踩着高跟鞋,在墨蓝的天空下身形摇曳。这时,游戏里又有两个对手跳了出来,试图用冷兵器偷袭我。而就在满屏幕的血光扑面而来之际,我却瞥到身旁有个人影也在飞速闪动。"瓦西里"不知何时站了起来,循着姜咪的背影追去。他仿佛脚不沾地,无声地接近姜咪但又慢了下来。他似乎想拽住姜咪,却像被扎了一下似的把手缩回来。

姜咪有所察觉,回身站定,凛然地逼视他。

我也跑了出去,带着一头雾水的烦躁。电脑前只剩下我一个人,再坐下去好像不是个事儿了。并且没有了"瓦西里",

我也不知道如何把游戏进行下去。

当我追上他们，事情又朝全没预料的方向转了个弯儿。越过"瓦西里"的肩头和乱发，我看见姜咪的眼眶撑大了一圈儿。随着"瓦西里"蓦然转身，便有什么东西声势浩大地朝我袭来。那几乎不是拳头，接触我的脸颊时也没觉得疼，只是感到被风吹离了地面。我手脚凌空挥舞，四仰八叉地躺在了地上。咣啷一响，又有一辆自行车倒了下来。但我和姜咪都没出声，我们一站一卧，面面相觑，又一同看向"瓦西里"。

"瓦西里"却浮现出委屈的神色，还仿佛吓了一跳，绕过姜咪跑了出去。门外还传来他"姥姥、姥姥"的叫喊，而"姥姥"则大概是这条胡同里除我们之外唯一醒来的人了，她用她那老一套的吟唱呼应着外孙子。

就连我都耳熟能详了。我吐出一口血水，含糊不清地附和着："你个小杂宗操的——"

与此同时，我又走了神儿。"入魂一枪"、迎面一拳还有香喷喷的一锅肘子，"瓦西里"的形迹在我身边萦绕，构成了我无法看懂的拼图。而他的存在本身也令我重新焕发了对于"真实世界"的兴趣，原来那世界不仅乏味坚硬，也藏匿了微小的、在不经意间发散出来的幽光。我好像再次发现，我所过着的日子其实是活生生的。我如梦初醒地眨了眨眼，又恬不知耻地朝姜咪伸出了手。她迟疑数秒，弯腰把我扶了起来。

我当时还想告诉姜咪，我有个预感，那个魅影般的老太太迟早将在我面前显出原形，而对于"瓦西里"，我也终将抽丝剥茧地探明真相。我想跟她交流一下，但一转念：经过刚才那番折腾，姜咪已经从我"名义上的女朋友"转变成了"前女友"，她不再对我负有任何义务与责任。既然分手已成事实，就让我尽可能地表现得像个"正常人"吧。我掸了掸身上的土，退后两步看着她。我甚至参考偶像剧里的情节，琢磨着是不是要对她说上一句狗屁不通的"要幸福呀"。

而姜咪的反应让我一激灵。她还挂着眼泪，妆乱得一塌糊涂，蓦然歪头对我露齿而笑。那个干练或温婉、强势或隐忍的姜咪不见了，她变成了一个初识人事的小姑娘。

13

面对往事，我们束手无策，如同眼睁睁地望着野火蔓延。

我也只好在回忆里随波逐流。或许在偶发的、特殊的心理状态下，人的直觉都会准得出奇，没过多久，我果然见到了"瓦西里"的"姥姥"。

那天姜咪声称要走，但没立刻就走，而是又折回屋里，找出药品替我包扎起来。"瓦西里"的力气早有领教，一拳就把我给"花"了。姜咪一边用纱布将我贴成了个戏里的丑角，一边又提到了"瓦西里"，问我跟那人到底是什么关系，知不知道对方的来路。得到含糊的回答后,她也只是投桃报李地"唔"了一声。

她又问:"你怎么变成这样了?"

我无遮无拦地回答她,我他妈的早就是这个德性了。按照她关于"精神疾病"的定义,我自打刚上大学就沦为了一个不折不扣的游戏成瘾者。我还告诉她,当初我之所以和她在一起,多半儿也是受了这种心理障碍的影响:我明知哪个世界才是真实的却又无法"回来",于是便寄希望于另一个人能敦促我、鞭策我,哪怕只是分散我的注意力呢。这就和山沟里有人想买媳妇给傻儿子治"花痴"差不多。

对于我的供述,姜咪表示:"看来我还有点儿用处嘛,只可惜用处不大。"

说完,她真的走了。当天晚上,我睡醒之后,条件反射地打开电脑,觉得坐卧不宁,于是起身走到院儿外。既像预料之中又在预料之外,三轮车上果然坐着一段树桩般的人影。见面一切照旧,我掉头就走,他起身跟上。戴上耳机,枪声大作。等打够了游戏又把电脑让给我时,"瓦西里"全没留意到我的鼻青脸肿,我则发扬了记吃不记打的精神,自始至终也没抱怨一句。那一拳如同落入死水的石子,连波澜也没留下。

他可以莫名其妙地发作,也可以莫名其妙地无所谓,一切反常都是寻常。

然而在那之后,我们忘乎所以的游戏之夜也并未持续多久。原因并不出在我们身上,而是外面有了变化。其实早该有所察觉了：就在学校东门外的那片胡同里，笔力遒劲又画着个圈儿的"拆"字变得越来越多，不仅布满了公共厕所和院墙，连生意火热的店面也难以幸免；居委会的黑板报发出了"早腾退，早搬家，早日住上新楼房"的号召；渐渐地，房地产广告也发进来了，随风乱飘的塑料纸上，勾勒出了一幅美好的图画，就在二十公里以外的回龙观，一座现代化的新城已经虚位以待，"一旦错过，一生遗憾"。

怪不得不少邻居已经提前搬走了，饭馆和酒吧则在进行最后的狂欢。比较有意思的是胡同口多了两个卖劣质皮鞋的摊子，镇日里叫嚣着"关张大甩卖"，但以前谁也没见过他们在这儿开过业。平心而论，比起后来发生在我老家的惨烈进程，北京的拆迁还算是相对平静的，政府牵头，要把那片胡同变成"科技园"，大多数原住民们都和和气气地谈妥了条件。唯一吃亏的大概是我这种没心眼儿的外来户——这时才知道，那位鸡窝头大姐之所以把房子便宜租给大伙儿，就是因为听到了风声。现在她预收了半年的房租却不见踪影，却把我们扔在了掘地三尺的硝烟之中。

还没等到贴封条，水、电和网就先被切断了。那是一次半夜突袭：当时我和"瓦西里"照常打着游戏，电脑突然"扑哧"一声，像放了个蔫儿屁一样黑了屏。我们被封存在伸手不见五指的黑暗中。等我找出一只打火机，啪啦打亮，就见"瓦西里"仍端坐在电脑前，手握鼠标，一抖腕子。那是"甩狙"的动作。难道在他眼里，屏幕还是亮着的吗？我却无端地确信，在网上，在有电的地方，某个对手刚被"爆头"。

然后我起身，到外面去看看究竟。小院大门洞开，循着月光，还能看见厨房外墙上挂着的配电箱遭到了破坏，连电表都被摘走了。所剩不多的几个邻居也被吓了出来，根据他们的推测，为了加速"清场"，拆迁队刚才撬门闯了进来。只不过轰人轰得这么着急，一时半会儿又让大家搬到哪儿去呢？在众人的哀鸣或控诉声中，我又闻到了肘子味儿，还是那么浓郁、黏腻。又动了个念头，我溜到胡同里看了一眼，只见附近的几个院门全都颓唐地半敞着，唯有隔壁"瓦西里"家没被撬开，但门口也贴了张大字报似的告示。内容看不清楚，抬头几个字似乎是"通知书"。

拆迁拆到这一步，他们家大概是硕果仅存的原住民了吧，至于为何要和我们这些租户共进退，这又不知是为什么了。或许对于登记在册的房主，方才那些破门而入的家伙也不敢造次，反正他们绕过了那道小门，又用铁棍、锯条和老虎钳对其他只剩下外来人口的院落展开了攻坚战。我还发现那些人的身影有些眼熟，原来正是当初挥毫泼墨的街头书法家。嗯，北京可真是藏龙卧虎，连拆迁队都文武双全。

我又溜回屋去，再次打亮火机，却见"瓦西里"保持着一成不变的体态。似乎没到想起"姥姥"的时候，他便执意要把这姿势维持下去。我突然有点儿错乱，但这错乱感旋即又被新的念头打断了。我对他说："走，出门儿。"

隔了半晌，他才歪过头来："干吗？"

我重复了曾经有人说过的话："带你干点儿有劲的事儿。"

锁已形同虚设，我们敞着门离开屋里。并肩来到院儿外，他却扭身回到家门口，低头去开门前停着的那辆三轮车。只要离开胡同，他总要骑上车，这也是一个雷打不动的规律。我索性跳上车斗，单膝跪下，一手扶着他肩，一手向前挥动，像舵手驱动船舶，在风雨欲来的海上航行。三轮车吱吱扭扭，如同唱着一出佶屈聱牙的地方戏，绕着学校行驶半圈儿再往北去，扎进了海淀体育场附近那片深夜不息的灯火之中。

"飞宇"网吧还在营业。进门之前，我无端紧张了起来，随即才意识到，这不仅是我的"出关"，也是"瓦西里"的"出山"。我领着他进门，交钱开了两个机位。他似乎对网吧的流程相当熟悉，可见过去没少在这种地方混过。登录账号时，我自然用的是"湖里的驴"，看到他正在迟疑，便甩过去一句：

"让我给'瓦西里'打打掩护吧。"

藏无可藏，也就没必要藏。话说回来，至今我也搞不明白，他为什么要在游戏里隐匿身份。这时他眼中似有精光一闪，接着输入了一个字母组合：VASSILI。而在此后的游戏中，我们无师自通地采取了双人战术。当他手持狙击枪，我就换上一支自动步枪，主动承担起了吸引敌人火力和引蛇出洞的任务。有了前一阵子的互相观摩打底，我们配合熟练，杀伤力也成倍增加，就连那些久经历练的战队都毫无例外地惨遭"团灭"。局域网里的挑战者越来越多，我索性开了个地图让他们排队，然后坐镇堂口，从容不迫地二打三、二打五甚至二打十。那年头的网吧里常有"踢场子"的,但从没有人"踢"得像我们这样霸道,四下洋溢着惊呼或低语,还有玩家在打电话叫援兵。

没过多久,我们便又遇到了"湖里的鱼"和"湖里的熊"。这两个过去的战友不知是什么时候进来的,我们也没搭话,各为其主地投入了厮杀。交火之前,我还学着鱼哥的做派,朝天开了三记空枪。

他们的战术更老道了,每每不急于完成击杀,而是通过令人眼花缭乱的交叉跑位干扰我的视线,并在反复试探中寻找机会。但处于以命相搏的时刻,我的底气无疑更足,因为我知道即使自己成了炮灰,后面还有"瓦西里"的"一发入魂"。他果然没令我失望,有时鱼哥和小熊还没意识到自己已经进入了射程,就在两声枪响里丢了性命。"瓦西里"是笼罩战场的幽灵杀手,头悬达摩克利斯之剑,就连鱼哥和小熊这样的老手也开始心慌意乱。他们改变了策略,开始孤注一掷地围堵"瓦西里",但这正中了我的下怀,一旦他们暴露动向,我也就可以充分发挥革命战争时期的"围城打援"战术了,而这更给了"瓦西里"从容出手的机会。最典型的一局,我已经打光了子弹而鱼哥和小熊同时向我扑来,他们过于着急而忽略了分散移动,当远处一声枪响,两人同时毙命。

一箭双雕,这是普通玩家打上几百局也未见得遇到的巧合。而我们都知道,它是"瓦西里"有意为之。那一刻我几乎相信,所谓"时间能够慢下来"是真的了。

这局结束,纵横排列的电脑之间升起了鱼哥的头颅。他并未四下找寻，只是半闭着那双三角眼，等待我的出现。我迟疑着站了起来，与这位故人遥遥相望。我还琢磨着他是否会质问我当初为什么突然消失、现在又为什么突然出现，然而鱼哥只是对我点了点头，然后走出网吧。我跟了上去，来到走廊，他却突然冲进厕所，还没找到便池就解开裤子尿了一泡，然后才折返回来，舒畅地点上一根烟。

我们在那个臊气冲天的角落里交头接耳，鱼哥向我介绍了他和小熊这段时间的生活。因为我的退出，我们的战队随之解体，这俩人也离开了"地下"，在遍布北京的游戏场所四处漂泊。他们像是云游的"武痴"，遍寻名山，只为悟到传说中的化境。因为沉迷游戏无心他顾，鱼哥在前一阵大陆电子代工厂突然发力、进口配件价格纷纷跳水的狂潮中狠亏了一笔，不得不把他在电脑城里的摊位也盘了出去。小熊则更邪乎，他干脆拒绝参加任何考试，终于引起了远在美国的爹娘的担忧，打算把他空运过去接受心理治疗。

然后鱼哥才问到了我。我说我谈了个女朋友但又吹了，目前能否顺利毕业还成问题。我又意识到，他想问的其实是"瓦西里"。他们至今还在怀念"一发入魂"，今晚终于重新领略了它。但在介绍我的新队友时，我心里又禁不住一阵发虚。

"瓦西里"本名张京伟，就住在我隔院儿的平房里，昼伏夜出，有个爱吃肘子的"姥姥"。除去他和我们一样都是"游戏成瘾者"之外，关于其人，我能描述的似乎也就这么多了。但没想到，倒是鱼哥又为我补充上了一些信息——刚才站起来时,他也看到了我身旁那段树桩般的人形。鱼哥吃力地回忆着,突然告诉我,他本人也曾见过"瓦西里",那还是他在"海龙"练摊儿的时候了。电脑城里除了批发商和二道贩子,总聚集着一些靠替人扛活儿为生的"力巴"。他们是科技产业里的原始工种,出卖的是几千年来从未升级的人类自身劳动。而鱼哥之所以仍对"瓦西里"有印象,是因为见过这人不乘货梯——被一个爱刁难人的市场管理员轰出来了——生将几台捆绑在一起的电脑主机从地下一层驮到了十层。卸货的时候,饶是一条壮实汉子,膝盖也簌簌打着哆嗦,而他都不知道问货主加价,钱揣兜里转头就走。曾经身为"外场人"的鱼哥又向我普及了一条社会经验:越是处于食物链底端的行当,从业者之间的相互倾轧就越赤裸,因此"瓦西里"虽然一度生意兴隆,却很快被其他"力巴"合伙揍了一顿给撵走了,后来去了哪儿也不知道。

但可以想见,"瓦西里"离开"海龙"后,仍在干着类似营生。除此之外,他也找不到什么能养活自己的门路了。不容于帮派,他只好独行,去给那些见不得光的生意在夜里送货。大概他的性格反倒让雇主放心——不光嘴严,就算被执法人员拦下,八成也供不出个所以然来。至此,我和"瓦西里"的初次相遇,也与上述情况对上了号。还得感谢网吧老板圈养了另一个货真价实的痴呆,也即那位螳螂状的瘦男人。而再想到"康德姆"的焦躁和怅惘,又有点儿可笑了:骑着驴找驴,恰恰是他苦苦寻觅而不可得的"瓦西里",给他搬来了游戏设备。那么"瓦西里"替我打出"一发入魂",究竟是基于对我出手相助的感激,还是单纯地像他所说的那样,只是"瘾头上来了"呢?这又只能问他本人了,但他本人偏是说不清楚的。讲到这里,"瓦西里"不仅没在我眼前清晰起来,反而越发云里雾里了。

而在鱼哥看来,发现"瓦西里"的意义,却不在于这些"没用"的地方。他狠嘬一口,把烟掐了,随即又点上一支。也就是在那个人来人往的厕所门口,鱼哥向我透露了一则消息,我则不禁想起了他曾对我和小熊发表过的那段演说。这一次,他的语气不再澎湃,反而刻意捏着嗓子窃窃私语,我都替他喉咙发痒,但又理解,这恰恰说明了鱼哥内心的激动。啊,他的脸上闪耀的是希望之光。

他结结巴巴地说了一通,问我:"怎么样?"

我没言语,对他挤了挤眼,向屋里走去。他默不作声地跟着我,两人之间漂浮着一个悬念。回到电脑前,却见小熊坐在我的座位上,歪着脑袋盯着"瓦西里"。我抬手胡噜了一把他的脑袋,顺势替他清理干净了衬衫领口的两粒饭渣子。小熊这才发现了我,腾地起身,又恢复了一双半睡半醒的死鱼眼。他和我擦肩而过,愣头愣脑地走向网吧门口的鱼哥。

这时"瓦西里"也把鼠标一扔:"我姥姥该着急了。"

即使换个地方,他的生物钟也运行如常。那天回去的路上,我坐在车斗里,和他背对着背,兀自怀着心事。天边晨光乍现,一辆洒水车演奏着《兰花草》的旋律跟上来,水雾弥漫在我们四周,身边横了一条彩虹。彩虹尽头,那片待拆的平房也变成了海市蜃楼,焕发出如梦如幻的色彩。驶入胡同,我突然听见"瓦西里"拉动了车闸。再回过头去,只见他保持着一手掏裆的姿态,仰头看向太阳升起的方向。

我也抬头,手搭凉棚。逆着阳光,我看到了那个场面——

不远处一间平房的屋顶上,摆着一张宽大厚重的中式椅子,扶手盘旋,在椅背处构成了圆润的弧形,又像一副展翅欲飞的翅膀。椅子里有个金光闪闪的老太太,她盘起两腿,端坐如钟,状若飞升,仿佛正往天空中飘浮上去。

我还听见"瓦西里"嗓子里"啪勾"一声:"姥姥。"

14

直到现在我仍纳闷儿,那老太太究竟是怎么把自己弄上房顶的。

考虑到她不光有一身摇摇欲坠的肉,此外还要背负一把明式"圈儿椅"呢,这个难度可就大了——后来我在"通利福尼亚"替人"刷机"时,也曾在附近的古玩家具城见过类似的摆设,都是些老物件,买者多为渴望彰显底蕴的大葱味儿"儒商"。

姑且把视线转回那个堂皇的老太太。说她堂皇,不仅因为她面相富态,绾了个鬏儿的头发梳得油光水滑,而且身上还裹着一件黄灿灿的绸缎大褂。那衣裳简直让人想起龙袍来,只在戏里才有。在它的笼盖下，在朝阳的辉映下，老太太周身散发出夺目而盛大的光泽。她的仪态自然也是极有威势的——从我的角度可以看到，她家小院儿的围墙内外挤满了人，但她却连看都不看他们一眼，只是抬首望天，仿佛正在接受参拜一般。当有人搭了梯子想往房上爬去，她才两指一伸，喝出一声"呔"，那人就龟缩着退了回去。转瞬她又从袍子底下变出一只塑料瓶子来，摇晃两下。人们大骇，这下连梯子都撤了。

"悠着点儿，您悠着点儿。"下面有人叫。听口音是本地人，大约是街道的什么干部。老太太却不再"坐炕"，她跳下椅子，沿着屋顶，咿咿呀呀踱起步来。她的黄绸大褂衣袂飘飘，猎猎飞扬，更像马上就要腾空而起了。

"有本事你点呀……不就是汽油吗？不就是香蕉水吗？在我们那'噶儿'可见多啦。"下面又有人叫。这就是奋战在拆迁第一线的外地人了。听了这番挑衅，老太太也不含糊，果然拧开瓶盖，先往院儿里泼出一股液体，又往自己脚下浇了一摊。随着人们"嚯"的一声，四下跳开，她还掏出一只打火机，"啪嗒啪嗒"按着。只不过早上风大，火苗一直没蹿出来，人们也就迟迟没有看到她变成一只壮丽的火球。

饶是如此，仍把干部吓得够呛。那男人急着喊"别价，别价"，又踹了拆迁队一脚："这他妈是北京，出了事儿你负得起责任吗？"

拆迁队还挺委屈："我们这不也是为了首都建设嘛。"

而至此，一直都在亮相的老太太这才叫了声板，进而开口

113

说起话来。她的嗓音还是那么中气充足,抑扬顿挫,有如唱戏。并且她高屋建瓴,进行着总结概括:"甭管北京外地,不都得讲王法吗?"

底下人一同附和:"那是,那是。"

"可你们眼里有王法吗?端坐屋里,祸从天降,这是哪一条王法允许的?牛不喝水强按头,这又是哪一条王法规定的?"老太太喝道。

此言一出,掷地有声。不要说干部和拆迁队哑口无言,就连附近院儿里的居民们也齐声叫好。这老太太的有板有眼、有理有据折服了大伙儿,人们也许还期待着她再说出一些更有政策水平的话来——那样的话,方才配得上她的龙袍和圈儿椅。但很可惜,刚来了个先声夺人,老太太的控诉便跑了题,大张旗鼓地朝着下三路奔去。她开始质疑街道干部和隔壁的鸡窝头娘儿们"有一腿",否则怎么会给那一家多算了几平米的补偿面积;她转而又推测拆迁队都是一些刑满释放的流氓犯,否则怎么会把撬门扒窗户那一套使得如此轻车熟路。她不光说事儿,脏字脏话也变着花样不绝于耳。唉,这个老太太还是一个典型的胡同老太太,没有脱离劳动人民的本色。

记得在我老家,也有如此这般一个老太太。那位老太太骂街之时,不仅跳跃着锥子似的小脚,还爱赤膊上阵,甩着两只快要耷拉到肚脐眼儿的大面口袋。她所声讨的常是我妈,倒不是我妈得罪过她,而是因为我爸不在家。就好像我爸不在家都是我妈撺掇的,否则才不会背井离乡。那位老太太,我管她叫

"奶奶"。

也记得每次被堵门儿骂完，我妈都会抹着眼泪，打着嗝儿，狠狠地对我说："你将来一定要出去，离开这个地方。"

而现在，我终于"出去"了，但"出去了"又怎样？还不是没有逃出老太太们的包围圈。不过想到这里，我居然出其不意地涌上了一丝暖意。也不知怎么了，自从挨了"瓦西里"一拳，我的脑子似乎被打开了一个窍，有道鲜活的光从缝隙里漏进来，竟照得"真实的世界"也不那么黯淡了。或许因此，我才有了随后的举动。

当时，房顶上的那一幕迎来了高潮：墙角攒聚的拆迁队重又在院儿里搭起了梯子，进而有人猱身而上，眼见着是要攻城了。听他们的吆喝，总算弄明白，昨夜并未对这老太太家发起总攻，也不是出于什么对原住民的优待，而是单把这块最硬的骨头留到最后再啃。就连街道干部都拦不住他们了，只在一旁"何必呢,何必呢"地跺脚乱叫。而那老太太见状,自然又要点火，她这次却有了经验，先从怀里掏出一张纸来，正是原先贴在门上的"通知书"；她把它烧着，如同火炬一般挥动着，作势还要往身上倾倒燃料。

接着，"瓦西里"便从三轮车上蹿了出去。他扎进人堆儿，膀子一横，轻易撞开了扶着梯子的两个男人，然后手脚并用地攀援上去，还胡乱拽住了头顶一个男人的小腿，只一扯，那家伙就像断了线的风筝似的飘荡着，转眼扑通落地。"瓦西里"来势迅猛，好像一列沿着轨道向上飞驰的过山车，但动作又很笨拙，刚跳上房檐，就摔了一记狗啃泥，将那张硬木椅子也碰翻了。这时又有两三个塑料瓶子从椅子上掉落了下来，它们弹跳着，旋转着，有的在房顶上滚动，有的像炸弹一样落向地面。敢情为了对抗拆迁队，老太太也备足了弹药。现在"瓦西里"却抄起了其中一个塑料瓶子，他站起来，拧开瓶盖三抖两抖，转瞬把自己浇了个精透，这也让两个从底下包抄上来的男人"嗷"的一声，又缩了下去。

"瓦西里"对老太太说："姥姥，您别点您自个儿，您点了我。"

他凸着两眼，嘴咧得极大，挂着真挚的、跃跃欲试的神情，仿佛因为能给他姥姥代劳而感到光荣似的。那老太太便定住了，五味杂陈地看着他。风大了一些，吹得她的火把抖了一抖，又溅出几粒火星，像天亮了却没来得及藏身的流萤。人们现在才意识到，这要烧起来可就是动真格的了，活人点天灯。四下寂静，连擅长书法、撬门和心理博弈的拆迁队都闭了嘴。又听得哗啦一声，不知是谁踢翻了那只煤油炉子，肉香益发飘散开来。

半晌，还是干部颤声道："这话儿怎么说的呀，就不能商量吗？"

还劝："孩子，别太实诚，烧了可就什么都没了……有钱也花不了了。"

"瓦西里"却仍重复："姥姥，您点了我。"

这时我也上了房顶。四下人们像被施了定身法，只有我还保持着行动能力，奔跑、攀爬、跳跃，将身子横在了"瓦西里"和他姥姥中间。发现身前多了个人，"瓦西里"只是懵然瞪着我，而我伸手推了他一把，却没推动，于是弯下腰去，用肩膀抵在他的胸膛上，腰腿一齐发力，这才将他移动到两步开外的房顶角落。他也不声不响，上下散发着刺鼻的味道，那来自身上泼洒的燃料。确保他和火源相隔一段距离后，我回到老太太旁边，小心翼翼地摘下她手中的"火炬"，扔到地上又跺了跺。

火熄了，人群才活络起来。干部看看拆迁队："要不先撤，回头再说？"

众人便散去。好在没出人命，已经是大幸。我站在铺了毡布的房顶上，望了眼远处。住了这么久，这还是我第一次从高处眺望那方天地，只觉得平房鳞次栉比，杂乱之中自有一种整饬的秩序。不过心下索然，仿佛大闹一场，演的是别人的戏码。

那对祖孙却先于我恢复常态。老太太说了声"下地"，"瓦西里"就顺着梯子爬下去，又抬手搀住颤颤巍巍的姥姥。等我也下来了，老太太已经把两只滚落在墙角的肘子捡了起来，嘴里嘟囔着"可惜了儿的"。他们没看我，我兀自走出去。

等我快出门时，才听见背后说："小伙子，赶明儿来家玩儿啊。"

虽然屋里断了水电，对于我也毫无影响，反正我需要的只是一张床。彻骨疲倦，直睡到了夜里。我睁眼，看见洞穴般的房间和壁画般的窗影，心下才被一种惯性驱使，出门来到院儿外。胡同里更加颓败了，许多人家堆放在门口的旧家具已被清走，连垃圾箱也踹翻了。那辆三轮车却还停在那里，车斗里坐着个树桩般的人影。

"瓦西里"还酝酿着他的"一发入魂"呢，像忘了白天发生过什么。我正琢磨着是不是再去"飞宇"，但心下忽又一动，便抛下他，推门进了那个长条小院儿。静谧的两间小屋，炉子又支起来了，锅盖蓬勃跳动。我来到"瓦西里"姥姥的那一间门口，屏息片刻，并没听见里面传出呼噜声。

又有一个声音撂了出来："屋里坐呀，别跟那儿杵着了。"

我来，到底是要干吗的？是担忧这老太太又会爬上房顶，还是想起了到人家门口必得跟长辈打个招呼的礼数？这就说不清楚了。或许我的意图还在"瓦西里"身上。我曾经听"康德姆"和鱼哥从不同角度描述过这人，但越听越乱，于是便企图从他最亲近的人口中获得一些信息，进而让那幅残缺的拼图变得完整。总之我进屋，坐在靠门处，屁股底下是把糟朽的方凳，直打晃悠。抬眼看去，对面桌上点了根蜡，已经烧得泪流满面；明式硬木圈儿椅从房顶上搬了下来，在蜡烛的闪烁下流溢着乌光。老太太则站在床前，换了一件磨旧泛白的劳动布外衣，正谨慎地把她那件黄绸大褂在床上摊开，反手抄起茶缸，含了口水，"噗"的一声将水雾喷在面料上；她俄而出门又回来，拎着一只烙铁，将那大褂慢慢熨平。这时才看见大褂上还绣着图案，是几只翩然起舞的仙鹤。

这衣裳到底是干什么用的呢？一个疑问在我脑子里冒了个头儿，但立刻又被淹没了。我听见她一边忙活一边问："你是学生？"

我越发恭谨，连忙点头。然后又补充："快不是了。"

她说:"学生好。我给学生看过宿舍,回来晚了给开门,都知道说声谢谢,这就比我们家那个强多了。"

敢情是位宿管阿姨,不过当阿姨熬成"姥姥",八成也回家歇着了。学校附近平房,住的尽是不同时期的老校工。我又顺竿儿爬:"您管的哪栋楼?"

"早他妈拆了。"老太太的脏话张嘴就来,转而却盯了我一眼,那一瞬目如鹰隼,"这程子,是你带着他玩儿呢?"

我便惶然起来。再溜门缝往外看,树桩般的半条黑影还在。我意识到,我和"瓦西里"通宵达旦的那些勾当,没准儿早被这老太太看在眼里了。别看她打着呼噜说着梦话,但心里跟明镜似的。于是我紧着搪塞:"我们也就打打游戏,您放心,并没学坏……都是高科技。他也挺孝顺的,回家特怕吵着您。"

嘴上越遮掩,心里越不安:这老太太该不会怨我把她外孙子领上了"邪道儿"吧?只是到底是谁引领了谁,这却不好说了。我不过是个小跟班,"瓦西里"才是名动江湖的"大神",不知他姥姥是否知晓他的这个身份?然而又一个没料到,那老太太却收敛了锐气,眯眼抿嘴冲我笑了起来。她还将那黄绸大褂折叠起来,小心翼翼地平放在硬木圈儿椅上,然后盘腿上床,大腿压二腿,又朝我拍了拍床面。

在她的邀请下,我不由自主地起身,挪到她身边坐下,呆看一灯如豆。这又突然让我想起多年以前,我妈向我坦白,我爸"不回家了"的那个夜晚。当时我正上小学,白天刚目睹了我奶奶的一场堵门儿跳脚和甩面口袋。但我妈对我说,也别记恨我奶奶，我奶奶什么都明白。我爸去广东，其实就是我奶奶的意思，她说男人若不能养活老婆孩子，那还叫男人吗？她还说工人若不能施展手艺，那还叫工人吗？但我奶奶又表示，她和我妈之间的权利义务也不能变——我爸都走了，再没人听她骂两句，那还叫个家吗？

记忆中的我妈嗫儿声不断，身旁的"瓦西里"他姥姥却把话说得行云流水。她是这么开头的："这学生，今儿早上让你见笑了。"

我还没来得及摆手，老太太又话锋一转，毫无征兆地跳回了多少年前。按她的说法，当初她家可算得上"正经北京城里人"，不住海淀，而是坐拥紧挨西四牌楼的三间大瓦房，她爷爷还当过酱园的账房先生呢，那把硬木圈儿椅，就是旧宅子的遗存物品，也是她家往昔荣耀的唯一见证。老太太接着又说到，眼下这两间平房是"瓦西里"他爸的，"他们家可就差点儿意思了"——祖辈是京郊农民，后来考了技校，这才进到学校当了电工。至于"瓦西里"他爸和他妈是如何认识的，则又和工作有关。"瓦西里"他妈被分配到公共汽车上卖票，虽然祖上能算账，到她这辈儿脑子却不大灵光，经常出现错账，出了错还得自己赔，所以总站门口哭，一哭两哭，就引起了坐车进城的"瓦西里"他爸的注意。他爸也顾不上去采购胶皮电线了，改为帮着押车，不仅教会了她一心二用、边报站边收钱的技巧，还教会了她看人下菜碟，碰上外地人就多收个三毛两毛的窍门。于是卖票不亏，还有了额外的盈余，然后俩人就好上了。刚好的时候,"瓦西里"他姥姥还不乐意,觉得对方或许太聪明了,但又一想,就女儿那个条件,还真得找个聪明的,只要不坑她就行。

这一点头,就有了"瓦西里"。起初也不养在海淀,而是在早没影儿了的西四牌楼底下,由姥姥带着。"虽是小门小户,可也得让孩子当个城里人",只不过人算不如天算,没过几年赶上了一轮拆迁,西四的房子推倒建了大商场,"那时候傻,还以为是支援国家呢,仨瓜俩枣就把我们给打发了"。而拿了钱,本可以就近再买房子住,偏偏又出了一番变故。"瓦西里"他爸一向心野,加之在"臭老九"扎堆的地方工作,电工低人一等,所以总想成就一番事业。正赶上"十亿人民九亿倒"——他爸俯瞰地图,果断地将目光投向了俄罗斯。当初不尽听说,有拿裤衩换坦克、拿罐头换航母的先例吗?并且他爸的选择还是有情怀作为基础的:从小就爱看卫国战争的故事,上到斯大林朱可夫,下到卓娅舒拉,一律记得烂熟。据说他爸在教室里修灯泡,上面历史系的老师讲课,他还挑人家纰漏:

"不是斯大林,而是约瑟夫·维萨里奥诺维奇·斯大林;不是朱可夫,而是格奥尔吉·康斯坦丁诺维奇·朱可夫;不是华西列夫,而是亚历山大·米哈伊洛维奇·华西列夫……这些都是大人物,咱们必得把名号念全了才能以示郑重,对不对?"

他还老说:"我也就是生错时候了,赶上打仗,手底下起码指挥一个集团军。"

也真难为了老太太,那些人名,连她都磕磕巴巴地背了出来。但又怎么能不印象深刻呢？她的女婿正是背诵着这些人名，前往了"梨花开遍的天涯"——顺手把她女儿也拐走了，单把"瓦西里"留了下来。至于做生意的钱，就是老太太的那笔拆迁款，先后被兑换成了各国货币，经历过风云变幻的增值和贬值，投入过形形色色的贩运贸易，但账总算能算清楚了——刨去吃喝，基本打了个平手。

反正他们一去就再没回来，目前定居在伊尔库茨克。

"这也不怪他们……"老太太叹了口气，神色里却没有一丁点儿的愁苦，反而更显得慈眉善目了，"谁让我们这孩子跟别人不一样呢。"

这时她提到"瓦西里"，总算兜回了我所感兴趣的事儿上。老太太痛说了一圈儿家史，但到了关键处，却又语焉不详了。她只说她外孙子从刚一记事就是这样，"不大听得懂人话"。原以为他傻，再细一观察，非但不傻，有些地方还出奇的聪明。也找医生看过，远不够送精神病院的资格。摊上这么个孩子，一家人的日子可想而知，"只要不在眼前，就担心他会呛死、噎死、掉到井盖儿底下淹死"——这绝不是夸张，曾经有坏小子往他裤裆里塞过马蜂，可他连哭都不知道哭。他就这么不言不语地折磨着别人，自己则受着更大的折磨，让人觉得既可恨又可怜。

"明明是自家血骨，但从不知他想的是什么。"老太太说。

"有时逼得急了，他只说他脑子里有声儿，一响起来就听不见别人说话了。但问他脑子里到底是个什么声儿，他又不言语了。"老太太说。

"老有一种感觉,他不是这世上的人,早晚得回去。"老太太还说。

那么再揣度一下"瓦西里"他爸他妈,这对夫妻一去不回,究竟是为了做生意,还是为了从儿子身边逃离,从此眼不见心不烦呢?对此,我的猜测是:即使两方面的原因都有,后者的成分也要更大一些。这时我不禁又想起了我爸,比起"瓦西里"他爸,我爸似乎还更像个爸。他去南方,毕竟是为了养活我而不是为了躲着我。

而爹妈一走,"瓦西里"就只能由他姥姥拉扯着长大了。

老太太带他搬到了海淀,住在女婿的房里。伺候吃喝自不在话下,光是怕他走丢,教他说清楚家里的门牌号,就不知费了多大心力。为了养活这个"听不懂人话"的孩子,老太太到我们学校当起了临时工。不仅如此,她还一定要送"瓦西里"上学,学校把他踢出来,她就到街道找干部诉苦,硬是让他享受完了九年制义务教育。在此期间,她像我妈对我一样,几乎天天到学校陪读,只不过我妈是防着我跟人打交道,她却是训练"瓦西里"跟人打交道——直到起码"看起来像个正常人"为止。初中毕业以后,她进而尝试着让他干活儿,刚开始是在学校里除草,给食堂搬米搬面,后来就是到电脑城扛大个儿。这点儿技能,对于当时的"瓦西里"竟比登天还难,但老太太却一反常态地发了狠,简直像熬鹰一般,只要出错就关在院儿外不给吃饭,愣是日复一日地把他调教了出来。

恰因为此,才有了今天的"瓦西里"吧。我又往门外溜了一眼。

而说到这里,老太太把眼一瞪,如同与人激辩一般:"邻居都说我狠,可我根本不怕那帮人碎嘴嚼蛆。我最怕的是什么?最怕我死了,这孩子还是个废物。拆迁的事儿也是同样的道理。我们上回吃过亏,这回可不能便宜了丫挺们。什么这政策那政策的,我可不管那一套……我只管一件事儿,别等家里没了人,再没给他留下俩钱,那他可就难了。这孩子爹不管妈不管,到时候谁来管?难道让他们旁人来管?"

伴随着一连串儿的质问和反诘,她的脸色却黯淡了下去,整个儿人缩成了我身旁的一团影子。那影子像火一般跳动,却不具有温度。我呢,被她说得局促,更弄不明白她为什么要对我讲那么多。说到底,我也是个"旁人"。

但这时,我又突然醒过味儿来,摆在硬木圈儿椅上的黄绸大褂哪里是戏服,那分明就是一件寿衣。有些老人具备了撒手尘寰的觉悟,便会提前给自己预备好上路的行头。而对于这老太太而言,这件衣裳还有一个功能——当她穿着它走上房顶,足以彰显誓死抗争的决心,相当于古代名将的"抬棺来战"。

我不禁又一悚。烛光,仙鹤,圈儿椅,斗室之中并无豪情,充满了凄凉的气息。

但老太太却又一笑,眉眼越发鲜活,亮闪闪地从暗影中浮出来。

"这孩子长这么大,从没有过朋友。你们玩儿的是什么东西,我不懂，也懒得管，但我只希望他能有个朋友。你一个学生也没看不起他，这就更不易了，说明你没把他当废物。"说到这儿，她拍了拍我的膝盖，对门口一努嘴，"玩儿去吧。"

我应声而起，往外走去。我的头脑发空，好像里面也有什么声音在响。老太太的话和别的什么事情交缠在一起，四下漆黑，却有新的念头呼啸而来。"瓦西里"跳上车，我无声地蹲在车斗里，在这片即将被夷为废墟的胡同里穿行片刻，我突然开口，向他喷涌出了光芒四溢的术语。万物互联，人工智能，虚拟时空。这些词汇都是鱼哥对我说过的，我又倾泻给了一个"听不懂人话"的伙伴。就在昨天晚上，在网吧厕所门口，鱼哥还对我提起了那个计划，我也把它一字不落地转述给了"瓦西里。"

那个年岁，宇宙缥缈，生活奇妙。马勒戈壁的。

15

我又回到了楼下那家大排档。对饮之人笑容灿烂，简直过分卖力了。

直到日头西沉，才发现燕郊这地方原来藏匿着这么多人。由此也可见，为什么会有饭馆开在一个国道旁的旧小区里，并且这还是一家充满乡野气息的"网红店",瘦男人除了在烧烤架前忙活,还要不时穿梭在饭桌之间,逢人敬酒并免费送只鸽子。对了,现在我才估算出这里为什么要养殖并宰杀如此众多的鸽子。瘦男人的确讲究,即使我们只要了花生毛豆,他仍不嫌弃我们浪费了一张台面,反而送来了两扎兑水啤酒。再一次离开前,他还狠狠胡噜着"瓦西里"的乱发,低声说了句什么,随即发出一阵污秽的大笑。"瓦西里"则缩着肩膀,既想躲开又在迎合,保持着半推半就的架势。

那一刻给我的感觉,就像一只宠物正在表演自己"听懂了"。

我也感到,"瓦西里"在这地方还算吃得开。就在离我们不远处,还有张桌面也几乎空着,桌前坐了个娉婷的女人。她穿条皮短裙,跷着二郎腿,足尖上悬挂着一只摇摇欲坠的高跟塑料凉鞋。她的妆化得极浓,粉底板结,面前摆了杯啤酒却不喝,手里夹着根烟却不抽,神情冷傲得像个被迫退位的欧洲王室。唯有和"瓦西里"对视时,她才略点下头,露出满嘴白牙上的一抹残红。一眼可知,这位燕郊的"女王"在群众中享有崇高的声誉,只不过如果有警方夜查,想必能从她的坤包里搜出几十枚避孕套来。总之有人的地方就有江湖,每个江湖哪怕是小水洼都有独特的生态,关于这女人的身份,唯一能确定的,是当那个被称作"鸽子赵"的快递小哥从大排档后厨出来时,管她叫了声"姐"。

"鸽子赵"还打开了电动车,往后备箱里放进几个餐盒。

做姐的也不看她弟,而是征询性地望了眼"瓦西里"。"瓦西里"则对她报以胸有成竹的笑,又朝"鸽子赵"把手一挥:"乌拉——"

"鸽子赵"便策马驰骋,绝尘而去之际也喊:"为了斯大林——"

"瓦西里"才转回到我这边,做出了订正:"应该是约瑟夫·维萨里奥诺维奇·斯大林……他老记不住。"

我呷了口啤酒,咂吧咂吧嘴。废话多说无益,不是废话的话,却也不知从何说起。"瓦西里"的确变了,他不再自我封闭,取而代之的是一种与人发生联系的渴望。他好像从另一个世界回来了,乐不思蜀地沉浸在这个世界之中。

我也有很多事儿想问他,比如拆迁之后怎么不住在北京,反而搬来了燕郊?再比如他爸他妈有没有回来找过他?又比如他们家的那把硬木圈儿椅还在,可他姥姥呢?但即使从错愕中调整过来,我也没得到说话的机会。判若两人的"瓦西里"的另一个特点,就是变成了一个喋喋不休的话痨。他的声音低沉,语速极密极快,有时让我觉得他的人都隐去了,只剩俩嘴皮子上下翻飞。他反复回味着与我共度过的那段快乐时光,记忆所到之处,详实得令人惊讶,就连许多我着意回想但又无法再现的细节,他都脱口而出。他还热烈地抒发了对我的想念,并强调我是第一个把他"当哥们儿"的人。衣不如新,人不如旧,对吧?尽管我这个"哥们儿"表现得也不怎么样,消失了十几年才突然冒了出来。

"这就说明你没忘了我……朋友一生一起走,你有我有全都有。"他甚至还掌握了酒桌上的片儿汤话,端起杯子跟我碰了碰。

我起了身鸡皮疙瘩,转而烦躁起来,躲着他的眼睛嘟囔:"甭跟我来这套。"

他吃了一瘪却愈发热络,进而表示"我干了你随意"。咕咚咕咚地灌下那杯啤酒时,他又拿眼偷瞄我,仿佛示意我,他正在不辞辛劳地维护着融洽的气氛。而我又从他身上看到了另一个人的影子。没错儿,就是鱼哥……鱼哥现在又在哪儿?

念及此,我感到自己仅有的一丝表情像薄雾散尽,露出苍凉的沙漠。但我反而和他凑近了一些:"我想跟你说点儿正经的。"

他仍打哈哈:"我挺正经的呀,我看你才不正经。"

我不管不顾,一径说了下去:"关于当年那事儿,我还想……"

他眼里精光一闪,面容还未凝固,话先递了过来:"你是来寻仇的吧?"

看来他什么都明白。确定了这一点,我心里竟像石头落了地,但又摇头:"不,我是来道歉的。"

听了这话,"瓦西里"的右手过电般一抖,酒杯滑落到桌上,砰然一响。那位"燕郊女王"点上了烟,冷冷打量我,几个举着各种串的伙计则一齐看向她,仿佛唯其马首是瞻。我怀疑只要她一声令下,这些家伙就会蜂拥而上,把我也串到挂满鸽子的铁扦子上去。好在"瓦西里"随即回身,对那女人挤了挤眼,似乎示意我是"哥们儿"。然后他才又看向我,窘迫地用左手按住右手,仿佛按住了一个不听话的小动物。

"有什么你就说吧。"他一字一顿,像飞快播放的磁带突然打了卷儿。

那就说下去吧,沿着记忆。

重组战队,让"瓦西里"加入进来,这正是当初鱼哥的计划。鱼哥还告诉我,他所预言过的"产业变局"终于初见端倪:一家久负盛名的国外游戏竞赛机构尽弃前嫌,忽略了国内市场随处可见的抄袭和盗版,决定在华开展业务。这种态度当然和慷慨无关——放任如此庞大的蛋糕却迟迟没能切上一块,早就馋得跨国资本家们寝食难安了。而鉴于国内游戏市场尚不成熟,他们即将举办的首场赛事仅限于北京地区。

这是一次半公开的试水,消息只在资深玩家之中流传。由于我前些日子都躲在胡同里,所以竟没听说。至于比赛项目,当然是对抗性最强的"第一人称射击",选取的游戏是《反恐精英》。再说到和我们的关系,鱼哥终于按捺不住激动,又钻到厕所里尿了一泡。他一边甩,一边问我毕业之后有什么打算。

我只好再把那些疮疤揭开一遍,告诉他:"可能得变成盲流了。"

"这不结了嘛。"鱼哥居然振奋地一拍巴掌,"我也差不多,生意越来越难做,工作根本懒得找——本来就想创业,我才不甘心朝九晚五地挤地铁。小熊更别提了,他爸他妈已经断了他的生活费,还说如果再不出国就当没生过他。"

他继续说,就我们的处境而言,这次机会可真是及时雨,比赛夺冠的战队不光会有奖金,还能跟国外的游戏公司签约,成为中国历史上第一批职业电竞选手。到时鱼哥的店铺就可以重新开张,我和小熊也不用为前途发愁了。比起站着把钱挣了更爽的是什么?无疑是玩儿着把钱挣了。但要实现这个目标,难度当然也不小,北京的高手都在闻风而动,其中也少不了"康德姆"。好在我认识"瓦西里",他可以成为我们获胜的保障。

听鱼哥说完,我往他的裤裆处扫了一眼,示意他把拉链拉上。

然后我才说:"这事儿得先问'瓦西里'。"

鱼哥又露出了我们那个学校独有的目空一切:"他又有什么不乐意的?就连咱们都觉得机不可失,何况他一个'力巴'……"

"咱们是咱们,人家是人家。"我打断了他。

我又提醒道,没有"瓦西里",我们赢不了,所以先得摆正态度。

怼了一句,鱼哥反倒放下心来,起码他知道,已经说服了我。我被生活拿住了七寸,也就容不得再推三阻四了。只是想想有些可笑,在通常的观念中,青少年正是为了健康生活才应该远离游戏,我却貌似只有重返游戏才能拿到一份工作 offer。也不知如果鱼哥的计划得以实现,我妈和姜咪又会作何感想。我妈那边固然好糊弄一些,我可以告诉她说,她应该为她儿子敢于做第一个吃螃蟹的人而自豪;但姜咪呢?难道我还能厚着脸皮对她声称,自己正是因为"勇于追梦"才忽略了她、冷淡了她吗?

况且,我们不是已经分手了吗?我为什么还想着回去找她呢?

且不说我,再站在"瓦西里"的角度考虑考虑吧。诚如刚才我所强调的,"我们这样的人"要想咸鱼翻身,全得仰仗他的"一发入魂"。但他果真会接受我的煽动吗?要知道,他姥姥说过,"这孩子和别人不一样"……

恰因这些疑问,我几次想要开口,但始终在"瓦西里"面前保持着沉默。那天离开"飞宇",打好的腹稿还在嗓子眼儿里盘旋,后来就见到了房顶上的那一幕,后来就有了跟他姥姥的那场谈话。直到又一次从他家出门,我蹲到三轮车的车斗里,那些话才喷薄而出。也记得在漆黑的胡同里,他突然伸手掏裆,让三轮车嘎吱一声停下。我正兀自口吐莲花,不由得往前一倾,差点儿从车斗里折下去。

半晌他才说:"你的意思是,还能把游戏当工作?"

我说:"当然啦……不过没人给你评职称。"

他跳下车去,双手捂头,"嗐"的一声蹲在地上。我仿佛听到,他的脑子里又有声音响了起来。我知道,他正在犹豫、彷徨,其斗争之剧烈,如同在两个悬崖之间跳来跳去。我也跳下车斗,紧挨着他坐在路边,按亮手机,微光将他的暗影挖出了一个缺口。

然后我问他:"对了,你为什么给自己取名叫'瓦西里'?"

他像没听见,隔了一会儿才说话。话语断续且走势不明,如同醉酒之人凌乱的脚步。好在相处日久,我能明白,他不仅回答了我的问题,还捎带着透露了许多信息——比如他是在什么时候对游戏上了瘾。和我一样,他最早也是被街头巷尾的"镚儿厅"所吸引,目瞪口呆地盯着屏幕上花花绿绿的画面,此后一发不可收,玩儿得昏天黑地。

"只要一打起游戏来,我就觉得脑子里的声音消失了,总算能清净下来了……也觉得时间变慢了。""瓦西里"说。

反正学校少了他也无所谓,只要瞒着姥姥,别让"您"老人家担心他再被轰回家里就行了。"瓦西里"享受着呆傻少年的特权,沦为网瘾少年也没冒犯了谁。而随着时间流逝,新的娱乐设施兴起,他又从"锵儿厅"走进了网吧,无师自通地学会了使用Windows系统。也和当年的"康德姆"一样,他见证了网络游戏的发展,进而将全部精力投入了《反恐精英》——但也如同一个古怪的悖论,他之所以对射击类游戏情有独钟,反而又和他爸,那个洋溢着英雄主义的电工有关。

突然听"瓦西里"说到那人,我才反应过来,原来他心里还有父母的概念。那么关于他爸,他又讲了些什么呢?只有一件事情:就在一年多前,一个小小的包裹从俄罗斯的亚列宁斯科亚出发,带着寒流凛冽的气息,辗转到达了北京。即便对于邮递员而言,那个乌拉尔山脉的偏僻城镇都闻所未闻,但一去不归的父亲却在那里想起了儿子。在信里,他告诉儿子,这地方是他最崇拜的苏联战斗英雄、神枪手瓦西里·扎伊采夫的故乡。当一个猎户的孩子在密林中苦练枪法,没有人想到他会在战场上屡建奇功,最终击毙了贵族出身的德国狙击手总教官、党卫军上校海恩茨·托尔伐克。"瓦西里同志"将勇气、毅力和技巧发挥到了极致,从而成了普通人的传奇。讲完这个故事,父亲还随信寄来了一件到访亚列宁斯科亚的纪念品,即那个画有手持步枪的苏军战士的搪瓷杯子,而他正在联系义乌的作坊,试图以低廉的价格承包这种小商品的生产和批发。他鼓励儿子学习"瓦西里",克服艰难险阻,不向命运屈服,"有朝一日,你也能打出自己的那一枪"。

以一个旁观者的身份看来,这封信不仅写得没头没脑,简直没皮没脸。做父亲的从没寄回一分钱来,也从没对儿子表达过一分歉意,仅仅进行了一番传销风格的励志。还是那句话,比起"瓦西里"他爸,我那远在南方的爸,似乎还更像个爸。但"瓦西里"却记住了他爸的话。他把他爸关于"开枪"的比喻理解成了字面含义,那就是在游戏里扣动扳机。于是他废寝忘食地苦练,直到练成"一发入魂",于是他将自己命名为"瓦西里"。

"谁也不是从石头缝儿里蹦出来的,对吧?"说到这儿,"瓦西里"抬头看我。黑影之中,涟漪起伏。这似乎是他第一次主动找寻我的目光。

他打游戏不是为了争胜,甚而也不再是为了逃脱脑子里的声响。他想证明自己除了姥姥还有爸有妈。不仅如此,我还明白了他为什么要在游戏江湖里隐匿身份——身为一个没爸没妈又"和别人不一样"的孩子,大多数陌生人都令他害怕。

"你为什么不怕我?"我问,"因为我帮过你?"

"不,因为你把我当成了一个正常人。"他少有地清晰地回答。

那一刻,我心中怦然。但我马上反问他,怎样才算个"正常人"呢?首先得能养活自己并照料家人吧。可他又有多久没到电子市场"扛活儿"了?可见那也不是一项靠得住的营生。难道他还指望着他姥姥再次爬上房顶,从拆迁队手里抠出钱来吗?我话锋一转,又说到了游戏上。在我看来,他根本没有资格浪费那样的天赋。如果他姥姥能看到他靠打比赛来挣奖金、找工作,能相信外孙子不是一个废物,那该有多么欣慰呀。

事后想起那情景,我又觉得可耻。我口口声声都在替"瓦西里"着想,实际上却利用了他,把自己做不到的事情强加在了他身上。而听了我的话,"瓦西里"又作何感想?他抱头蹲着,不时从某个关节中爆出嘎嘣一响,像一块任由流水冲刷的磐石。我却知道,自己的话都戳进了他心里,撬得那块磐石咔然开裂。

说到底,他既活在另一个世界也活在这个世界,像我一样。

我继续说着,鼻子一酸:"你也不必怕什么,有我呢……"

话没说完,就见身前黑影一晃,浩大地朝我笼罩过来。"瓦西里"无声地拥抱了我,勒得我连气都喘不上来了,还感到自己的灵魂被挤了出去。

16

原先就和鱼哥商量好了,一旦"瓦西里"入伙,我会立刻发个短信并带他到"地下"碰头。比起"飞宇",那儿的环境更适于备战。来到青龙桥,三长两短敲门,又伴随着一声"妈了个×的，你呀"，由螳螂状的瘦男人把我们迎进院儿里。

此番登门，"瓦西里"就不是一个"力巴"了，只有那个真正的二傻子有眼无珠——螳螂状的男人跟在"瓦西里"身后，骂骂咧咧，还用脚去踹他的屁股。那男人敏感地察觉了"瓦西里"对陌生人的"怕"，并渴望获得虚张声势的快乐。而这时，我也兑现了对"瓦西里"的承诺。我运了口气，猛然回身揪住那男人的脖领子，将他按在地道潮湿的墙壁上。螳螂状的男人挣巴两下，转瞬尿了，骨碌着眼珠子讪笑。我揪下了他嘴上的香烟，捻灭在"备战备荒"的陈年标语旁。

从此之后，这家伙遇到"瓦西里"就都躲着走了。

对于"瓦西里"，鱼哥没再宣讲什么宏图大志。还得佩服鱼哥的情商，他跟谁都能"自来熟"，当我们开始合练，"瓦西里"经常因为听不明白指令而破绽频出，有时连我都烦了，他却像个极富耐心的幼儿园老师，掰开了揉碎了讲解。也怪不得小熊那种熊孩子别人不服只服鱼哥——而和鱼哥不同，小熊对"瓦西里"的态度就要急切多了。这孩子在游戏方面更争强好胜，成天缠着"瓦西里"单挑，屡败屡战。一度我都担忧，生怕他又把"瓦西里"给吓跑了。但出乎意料，"瓦西里"反而不以为意，当小熊追问他"怎么打出的那一枪"，他还颠三倒四地解答了起来。当然又是"时间慢下来"那一套。

或许单纯的人之间，都天然不存在隔阂吧。看着鱼哥、小熊和"瓦西里"驴唇不对马嘴地各说各话，我产生了一个幻觉：我们是亲密无间的一家人，正在从事和理想有关的非凡事业。

这幻觉仿佛足以抵消长久以来的孤寂、颓丧与虚无。

就这样，我不仅忘记了自己的窘境，并且几乎没察觉到还有别人正在窥探着我们。在"地下"训练期间，我们总是占据大厅一角，紧挨着通向防空洞深处的另一道铁门，一天晚上才用余光扫到，有人佯装从我们身旁经过，驻足打量又匆匆离去。我认出他是"康德姆"战队的成员。比赛临近，对方也在"地下"训练，这倒没什么稀奇的。作为竞争者，他们借机侦察一下我们的动向，当然也是题中应有之意。但我突然想到，我们的所有训练都以"瓦西里"为核心，而当"一发入魂"重现江湖，也就意味着"瓦西里"随时会暴露在"康德姆"的视野之中。踏破铁鞋，该遇上的躲不掉。

我抬头观望，果然在层层叠叠的人头之间找到了"康德姆"。

有如心灵感应，这个庞然大物原本端坐如钟，此时缓缓起身，仿佛平地里长出了一座山。他再现了寻觅的姿态，而那寻觅终于有了方向，锁定了"瓦西里"。我明白，又轮到我替朋友出头了。于是我也站起来，远远接住"康德姆"的目光。不同于和螳螂状的男人的那番斗狠，我们面无表情。就像一个故事，他讲了开头，我讲了中间，现在正不知谁该把它收尾。对望片刻，然后才默契地坐下。

在此期间，"瓦西里"始终盯着屏幕，连头都没抬。

正如多年以后，当我在人声嘈杂的大排档上追述那段日子时，"瓦西里"同样两眼发直。他突然从聒噪转入了沉默，这倒让我感到最初那个"瓦西里"又回来了。但他手里握着的不是鼠标,而是一只扎啤杯子。他的手腕再次抽搐,将刚倒满的啤酒泼在了膝盖上。

我的心一紧,把话岔了开去:"手怎么了?"

他回答:"不是那时候出的问题……很久以后的事儿了。"

我说:"这我知道,比赛期间,你手很稳。"

他像释然,又像持续困惑,嘘了口气盯着我。而我恍了恍神,将记忆拽了回去。

根据网上可查的资料记录,国内玩家第一次在重大赛事上取得突破,大约可以追溯到二〇〇〇年初,一支自发组建的"中国队"以六比〇横扫了"德国队",比赛项目是《星际争霸》。捷报传来,还有人在网上升国旗奏国歌。至于体育总局开始牵头举办全国性的大赛,又要等到二〇一三年,至此,电子竞技才算获得了名义上的官方认可。而关于我们当年参加的那届比赛,如今的孩子们恐怕都闻所未闻了吧,但必须强调,正是那场选拔赛率先引入了职业体育的"星探"和"选秀"机制,这在当年绝对有着破天荒的意义。

可以想见,这场比赛在玩家中引发了怎样的轰动。和我们处境相仿的家伙大有人在,他们都渴望能用一个冠军头衔来证明自己并未蹉跎岁月。这又是一个悖论:最精通于玩物丧志的家伙反而有机会摆脱玩物丧志的骂名。

集训大约持续了半个多月,比赛如期举行。拿到厚厚的报名表,我们见到了身份各异的对手。除了学生以外,他们之中包括无所事事的拆迁户、郁郁不得志的公司职员，居然还混杂着几位资历颇深的"体制内人士"。可以毫不惭愧地宣称，比起形形色色的"野路子"，我们那支战队的阵容是最合理的。我和鱼哥、小熊各显所长，又有早年间训练有素的配合打底，寻常对手往往刚一照面就被斩落马下。而遇到真正的硬茬儿，就是"瓦西里"的表演时间了。当他抵达制高点，一支狙击枪笼罩全场，无论对手怎样隐蔽或狂奔，终究无路可逃。简洁，直接，毫无悬念。众人都是内行，输也输得心服口服，一时间，"一发入魂"的惊呼响彻全场，还有人打到一半就放弃了比赛，径直跑过来观摩起了"瓦西里"的操作。他们一边看，一边忘我地讨论，简直把淘汰赛变成了表演赛。

那年头的玩家，普遍比较单纯，行事有股磊落的侠气。当年的互联网，也还没沾染上那股比现实世界有过之而无不及的陈腐不堪的恶臭。

暴露在陌生人的簇拥与追逐下，别说"瓦西里"了，连我都手足无措。赛场就安设在中关村一栋新建的商厦顶层，每天沿着滚梯盘旋而上，都有人惊奇地看向我们，还有十来岁的中学生围上来索要签名。在这种时刻，"瓦西里"会不自觉地躲到我身后，我则像个称职的保镖，费力地把他和闲杂人等隔开。甚至有游戏设备厂商声称愿意为我们提供资助，应付此类谈判，就是鱼哥的长项了，他像个牲口贩子一样和对方比画着手势：

"等决赛打完，可就不是这个价码了。"

等当天的比赛告一段落，已经是傍晚了。我便坐上"瓦西里"的三轮车，背负夕阳，咯吱作响地回胡同里去。经过此前扛大个儿的所在，"瓦西里"有时会慢下来，歪头看一眼"海龙"电脑城那镶满玻璃的楼体。他的眼神也变了，看上去竟有些梦幻。路过圆明园斜对面的晚市，他还会拐进去买俩肘子，回去交给他姥姥炖上。

吭叽吭叽把胃塞满，天就全黑了。我们带了几分肉醉，各自回房就睡。

对于"瓦西里"作息规律的改变，他姥姥也不多问，顶多嘟囔两句"小杂宗操的"，眉眼含笑。她一定察觉到，这时的"瓦西里"，比以往都更接近一个"正常人"了。他仍活在另一个世界，却有了热情和渴望，甚至还有了尊严和底气。

胡同却比原先更加空旷，所剩不多的邻居几乎都搬走了，拆迁已近尾声。靠近学校围墙的空地上，还停着几台巨大的机械。四下里的动物却越发多了，有猫也有狗，还有在传说中带有灵异色彩的黄鼠狼，它们或喊喊嚓嚓，或叫嚣躁突，在人类留下的真空地带畅快地撒野。这场动物狂欢节令我的睡眠断断续续，但也令我充满勃勃生机，并盼望着与什么无形之物展开搏斗。

终于有天，我失眠了。那是在最后一场比赛的前夜。

此前经过一个星期的车轮战，我们淘汰了十几支来自北京各地的队伍，以全胜的战绩闯入了决赛。我还专门给"瓦西里"做过统计，他共毙敌二百零七人次，占全队一半以上，爆头率高达百分之九十八。不出意料，与我们最终相遇的将是另一个赛区的佼佼者，也即由"康德姆"率领的那几个工科生。

决赛之前有场见面会，主办方效仿拳王争霸，希望参赛选手能擦出一些火花来。但让好事者失望了，我们连拍照的时间都没给众人留下，只在台前略站一站，转身就走。紧跟着"瓦西里"步出会场时，我回头望了一眼，本以为会再次遇到"康德姆"的目光，但这个预期也落了空。对方晃悠着巨大的身体，屁兜里塞着一瓶可乐，隐没在如蝼蚁般攒动的下班人流之中。

倒是蹬车回去时，"瓦西里"突然开口，问了句"他打得怎么样"。

说的自然不是别人。我如实相告，迄今为止，"康德姆"稳居射手榜首位，毙敌总数比"瓦西里"还要高出一百余名。我顺便做了分析：对方的爆头率不高，"一杀三"乃至"一杀四"的次数却极其惊人，这说明他在打法上力求务实，就像由罗马里奥和贝贝托领衔、在一九九四年世界杯上夺冠的那支巴西足球队。

"瓦西里"蹬车速度不减，"唔"了一声。

实话说，我并没有为次日的比赛而紧张。我知道多想无益，决定胜负的不是我。然而当夜我仍没睡着，这是因为我预感到，也许明天一声枪响，"瓦西里"就不再是"瓦西里"，我也不是我了。

再套用一句俗不可耐的话，我猜中了开头却没猜中结局。

我睁眼躺到凌晨，穿上衣服溜了出去。隔院儿紧闭着门，老太太的呼噜高一声低一声。总要有个去处，我贴墙根绕进学校，来到姜咪所在的宿舍楼前坐了下来。晓风残月，我听着头顶银杏树的呼吸，无声地发了会儿呆。我是否期冀着见到姜咪？抑或是企图向她证明什么？还是我相信她能消除我的不安？答案都是现成的，但其实也没有意义。说到底，在这特殊的时刻，我不过是想离她近些罢了。坐到太阳升起，女生楼门洞大开，第一个走出来的果然是姜咪。她熠熠发亮，脚踩高跟鞋的步态已经相当娴熟了。令人欣慰，她脸上的惶然一扫而光，可见同屋那两个女孩的阴魂没有再困扰她。趁她还没看过来，我起身躲到了一辆给食堂送菜的厢式货车背后。一夜没吃没睡，离开时却感到精神饱满。

这天前来观赛的玩家格外多，商场大门被堵得水泄不通。上到赛场，就见前几天摆在这里的几十台电脑都被清空，只剩下遥遥相对的两排。电脑不配键盘鼠标，按照规定，选手们可以自带设备，更有利于临场发挥。这时"康德姆"等人已经在调试装备了。他们共有六人，但因为我们人少，其中两人只能替补。猜硬币选了场地，地图则由主办方抽取，是经典的"沙漠2"，地形宽阔，适于狙击。

裁判重申了规则：比赛采用"大循环"模式，上下半场共三十局，双方轮流扮演"警"或"匪"，先赢十六局者直接获胜。如果平局，则再加赛六场，先赢四局者胜。依此类推，不设整体时限。此外还有一些和"体育精神"相关的规定，比如不能喷图"撒尿"也不能"鞭尸"等等。为了体现正规赛事的风貌，网吧习气自然是要杜绝的。

其他方面的形式也要走一走，外资公司的代表重申了对中国市场的信心，中方则由某位半官方协会的负责人发表了冗长的演说，将举办此类比赛的目的定义为"深入开展精神文明建设"。然后是握手、合影、剪彩。但比赛开始后，鱼哥和"康德姆"还是各自朝天开了三枪，这也意味着我们之间的老规矩没变。

等一交上火，就发现对方是有备而来。以前，他们总由"康德姆"率先发起一轮猛攻，只要重创敌人主力，再由其他几人扫尾也就轻而易举了。但这时，他们的战术变了："康德姆"反而小心翼翼地寻求队友的保护，只在四周绝对安全的情况下才会突然现身；和我们当初对他本人的绞杀相反，对方的主攻对象并不是最具威胁的"瓦西里"，而是我、鱼哥和小熊的三人组合。这无疑是要切断我们与"瓦西里"之间的联系，再尽可能地创造由"康德姆"单挑"瓦西里"的局面。在执行这一战术的过程中，对方的几个帮手也表现得极其坚决，他们宁可同归于尽，也要拖住我们，从而让"瓦西里"暴露在外。到后来，那几个"死士"简直杀红了眼——在"沙漠2"地图中，取胜的条件除了全歼对方有生力量，还有两个附加因素，也即身为"匪"安装炸弹轰掉目标建筑，或身为"警"拆除炸弹化解危机——而他们完全忽略了上述任务，只是追着我们以命相搏，哪怕明知我们在狭小的拱门里设下包围圈，他们也会毫不犹豫地举着手榴弹冲进去自爆。

鱼哥的临场应变也很及时，他示意我和小熊，索性绕开"康德姆"，尽最大可能反杀其羽翼。既然对方追求一对一，那就满足他们这个愿望好了。在这种情况下，每局的前半程也就极其惨烈了。无论哪里升起浓烟，随后便有几条人影前仆后继地跳了进去，紧接着是枪声大作，而当烟雾散尽，每每再没有人跳出来。打到后来，大家都只剩下杀戮的本能——不留活口，也别奢望活到最后。

当序幕落下，战场肃清，终于迎来了这一局的巅峰时刻。整个儿赛场都静了。人们等待着一枪定生死，等待着王牌对王牌。"瓦西里"和"康德姆"两人缓缓移动，警觉地试探着前行，直到在某个开阔地带猝然相逢。

然后枪响，有时一声有时两声，顶多三连发。

有时倒下的是"康德姆"，有时毙命的是"瓦西里"。

通过录像回放，就发现长久以来，"康德姆"一直都在以"瓦西里"为假想敌进行训练。以前他对付"瓦西里"的办法主要靠"躲"，即试图利用晃动降低"瓦西里"的准头，再抓住狙击枪不能连发的特点予以反击。但"一发入魂"从未失手，承认了这一点的"康德姆"便换了个思路，径直和"瓦西里"拼起了枪法——那就是比准比快，有时干脆就是单纯的比快。在这方面，"康德姆"的确也长了本事，比起和我们对战之时，他的枪法更加迅捷凌厉，再加上擅使 AK 之类的自动步枪，这种武器在射速上天然占优，只要抢先击中对方身体，即使不能立刻毙命也足以干扰准星。而高手过招，机会转瞬即逝，这时胜利的天平就倾向于"康德姆"了。"康德姆"放弃了华丽的打法，却换来了和"瓦西里"面对面地一较高下的机会。几局看下来，我再一捏拳，满手是汗。

上半场结束，比分九比六，"康德姆"还领先了三局。

中场休息，鱼哥又钻了趟厕所，回来就提议"瓦西里"改变打法。他指出，"瓦西里"之所以让"康德姆"在时机上抢了先，完全是因为太过追求"爆头"，从而拖慢了开枪的速度。这个怪癖，对付一般人倒无所谓，对付水平相近的对手就画蛇添足了。试想在战场上，爆头是个死，不爆头也是个死，何必非要耍帅呢？

小熊没说话，掏出个汉堡啃了起来。看来他的想法和鱼哥一样。

我把头扭向"瓦西里"，见他端坐在电脑前，照旧形同一根树桩。半晌，他从嗓子里"吭"了一声："不爆头，赢也赢得不漂亮。"

我们哑然，又听他道："我本想试试他能有多快，看来也就这么回事儿。"

听了这话，我心下竟稳了一稳。于是我说："怎么打，'瓦西里'说了算。"

这话说得咬牙切齿。而从下半场开始，"瓦西里"就像换了个人。当我们这些炮灰冲出去搏杀，他连屏幕都不看了，只把手撑在膝上，双眼微闭，如同养神。对面的"康德姆"见他如此，竟也抱起胳膊不动。两人明白，决定胜负的只有一枪。众人明白，他们都在酝酿着那一枪。当前期混战行将结束，他们才有条不紊地移动，路上顺手收拾两个残兵败将，然后跑到地图里最长的一条干道两端，互相等候。

刚一碰面，开枪便射。这时也印证了我的判断，"瓦西里"的枪法居然还有提高的余地。有时"康德姆"分明率先击中了他的腰或腿，但他却能在受伤的同时稳住身形，照常打出致命一枪。更加令人匪夷所思的则是有那么两次，他甚至都没开狙击枪的瞄准镜，直接"甩狙"命中了距离极远的"康德姆"——这种打法只在理论中存在，我从未想象过有人能把它变成现实，其难度不亚于闭着眼睛踢进一记"世界波"。自此之后，对方的分数锁定在了"九"，许久再没提高过。"康德姆"的脚步越来越犹疑，他无疑重现了最初在"地下"遇到"瓦西里"时的心慌意乱。鱼哥和小熊开始交头接耳，似乎正准备庆祝胜利，而对方战队里，都有人面如死灰地放下鼠标了。

我又看向"瓦西里"，他面无表情，脸上笼罩着异样的光。

我也仿佛看到了锦片儿般的前景：夺冠、奖金、签约……被人视为"有用的人"。我想到了我妈，也想到了姜咪。我想象着另一个世界降临这个世界。

以上种种，只需一枪。但从某个时刻开始，那一枪再未出现。

我清楚地记得，"瓦西里"是在比分达到"十五"之后开始失准的。只要再赢一局，比赛就将以我们的胜利而告终。在那一局，他先跑到了有利地形，发现"康德姆"的踪迹后，立刻打开瞄准镜，甩出了一条漂亮的弧线。有如条件反射，我几乎认为自己看到了一片血光在"康德姆"的肩头爆起，然而过了两秒，才意识到自己的感官出现了偏差。

"瓦西里"的确先开枪了，狙击枪的回音犹在耳边，但"康德姆"并未倒下。相反,对方移动如常,跳跃、落地、蹲姿瞄准,回敬了"瓦西里"一串子弹。

电光石火,倒下的是"瓦西里"。"一发入魂"落空了。

众人"噢"的一声,那是叹息也是惊呼。人们与其说是被那场惊天逆转所震撼,倒不如说是难以相信"瓦西里"会出现如此夸张的发挥失常。不仅如此,类似的场面还在反复上演,一次、两次、三次……在此后的比赛中,形势急转直下,"瓦西里"再也没有命中过对手。当对方比分迫近,鱼哥破釜沉舟,决定由我和小熊去迎战"康德姆"。但这更把我们拖回了失败的老路上去,失去了准头的"瓦西里"从秘密武器变成了累赘,对方迅速反超了比分,并在最后一局干脆利落地将我们全歼。凭借"康德姆"一己之力,他们挽救了六个赛点,在加时赛中也没给我们留下机会。胜负已定。

对方起身,走向休息区。"康德姆"又从屁兜里掏出瓶可乐来,跷着兰花指一口喝干。对于夺冠,那人竟无半分表示,仿佛存在的就是合理的。而我又看向"瓦西里",他一动不动,手稳稳握着鼠标,似乎仍然等待着打出下一枪。

想必他也是不甘心的,并且充满费解。然而他只是坐着,不语。有些话他憋了十几年,直到现在才倾泻出来。

燕郊的夜更深了,大排档左近的路灯上发出蚊虫撞击的脆响,头顶不时有蝙蝠掠过。"瓦西里"又在喋喋不休了,反复回忆着那时他是如何站位、如何锁定了对手、如何在恰到好处的时机开火——但他却眼睁睁地看到弹着点落在目标一侧而对方安然无恙……他至今不明白发生了什么。

这还不简单吗？当年我也和他同样百思不得其解，但在今天，这却是个不成问题的问题了。我笑了，招手又要了瓶啤酒，缓缓给"瓦西里"倒上。他接过杯子，手一抖，泡沫泛出来，忙不迭地拿嘴去接。手又一抖，满脸的白胡子。

但一如我所言，在当年，他的手可稳得很。

17

"那孙子作弊了。"我对"瓦西里"说。

"'开挂'你懂吗……他在游戏里加了个暗门。"我又补充。

揭开谜底时,我的语调轻描淡写。"瓦西里"的脸戛然开裂，又像从石头底下剥出一层石头，继续僵着。半晌他才"哦"了一声，那副醍醐灌顶的模样，让我怀疑他从没考虑过我所说的那种可能。当然这也不奇怪，"瓦西里"就算上过几年学，会写自己的名字就不错了，系统能被侵入、程序能被篡改之类的常识，对他来说却像天方夜谭。抑或还有一种原因——他将对手想象得和自己一样单纯了。

其实别说他了，即使是我，也是很久以后才确认了这个事实。在一开始，诚然没人往那方面想，这基于另一个常识：为了保证公平，赛事主办方会设置极其严密的防火墙，能够识别绝大多数作弊程序。然而说到这里，就不得不佩服"康德姆"了。这人的研究生可真不是白上的，加之在游戏中浸淫多年，更对游戏的门道了如指掌——他没有使用市面上通行的那些大路货，而是自己开发了一款作弊程序，代码极为特殊，这就足以让防火墙变成"睁眼瞎"；至于安插作弊程序的手段，则是利用了赛制中可以自带设备的规则，先改装了鼠标，把存储器藏在里面，再从通用接口连入电脑。

对于那款原创"作弊器"的设计，"康德姆"也颇费心机，他抛弃了无敌、隐身等等使自己变得强大的方式，而是令它专门针对"瓦西里"发挥作用。程序一旦启动，会使"瓦西里"的开火出现延迟，子弹停滞一个瞬间才呼啸出膛。时间也许是十分之一秒，甚而是百分之一秒，但已完全够用。"瓦西里"惯用"甩狙"，在高速移动中开枪，差之毫厘便足以令"一发入魂"失准。而这一设计还有个好处，那就是不易被人察觉，连我们这些队友都看不出来。对于作弊的时机，"康德姆"也拿捏得恰到好处，他刚开始全力去拼，直到看出毫无希望获胜时才突然"开挂"。

我又问"瓦西里"："在比赛的最后几局里，你有没有感觉不对劲儿？"

"瓦西里"答道："当然有，觉得枪不听使唤了。"

他早有察觉，但他想不明白更说不出来，而其他人却都认为"瓦西里"承受不了决胜时刻的重压，精神崩溃了。其结果是"康德姆"靠作弊夺得冠军，成为第一位与国外公司签约的电竞选手。此后的情况，也从侧面印证了这个事实。魔高一尺，道高一丈，再去参加更高级别的国际赛事时，面对细致的搜身检查和不断升级的"防火墙"，"康德姆"的伎俩就不灵了。他那支战队的成绩也极其平庸，无法和北欧、韩国的强队抗衡。这导致当初那场选拔赛饱受诟病，资方认为它是个败笔，索性把后几届一并取消了。没过多久，"康德姆"也被提前遣散。或许公司方面早就对他有所怀疑，而之所以没追查到底，不过是给自己留着面子罢了。

大约是在三年前，我又遇到了"康德姆"。非常讽刺，他那时的身份已经是个"反作弊专家"了，受雇于某个游戏公司，主要工作是识破玩家的使诈并协助技术部门修正 bug。而我的营生除了帮人盗版，还有一项外快，就是替那些专业"练级"再贩卖装备的"虚拟财产批发商"改进作弊器。一矛一盾，也就有了交集。他尽职地通过 IP 地址摸到了通州那家游戏商店，在里屋堵住了我。认出对方，两人一呆。

似乎看在以往的情面上，"康德姆"提了个条件：如果我愿意交出代码的写法，他可以不把我的身份上报，从而使我免于起诉。我立刻答应了他。他满意地掏出一瓶可乐灌了下去。可乐变成了无糖的，但气儿还是很足，催出一个声嘶力竭的长嗝儿。

这时，我突然提起了当年那场比赛，问他作没作过弊。

他又一呆，艰涩地反问我："你干吗这么想？"

我说："这些年我也没白混，什么样的作弊器都见过。我知道有一种在比赛里专用的，能干扰对方开枪……我猜制作它的人，一定吃过'一发入魂'的苦头。"

"康德姆"不答。不答就等于默认。然而当我斜眼睥睨着他，慢悠悠地用老板的工夫茶具沏水时，这个减肥初见成效、已经从三百多斤下降到两百多斤的大胖子突然激动起来。他霍然伸出右手，向我展示了虎口处的一道刀疤，语气愤愤不平："知道你不服，但你了解过我付出了什么吗？告诉你，职业电竞选手的日子真不是人过的。为了让我在比赛里手不打滑，那些人逼我做了个手术，把汗腺割了。就是这样，他们还是解雇了我。过去我可乐不离手，后来却想戒也戒不掉，如果不散热，我随时都会晕过去……"

他还说："我好不容易才从游戏里逃出来，这两年找了工作，能过正常人的日子了——可你干吗要提那些事儿呢？"

他不可谓不动情，然而越是自怨自艾，在我眼中就越是可憎。我也伸手，倏然反扣住他的手，他条件反射地一缩，我顺势跳了起来，背向他，将那条"虓肩"牢牢夹在腋下。这人看似庞大，其实竟虚得很，被我控制住，动弹不得。然后，我拎起电茶壶，把开水浇在他手上。背后嗷嗷乱叫，波澜滚滚的肉如同筛糠。

我对他说："疼吧？有人浑身都这么疼过。"

我必须惩罚"康德姆"，倒也不全是因为他作弊，而是为了决赛当天发生的另一件事。也是因为那件事，我欠了"瓦西里"一个道歉，十几年。

大排档上，食客渐渐少了。消耗了不知多少只鸽子，火热的晚市行将结束，车辆轰鸣着绝尘而去，带走了迷醉于人间的魑魅魍魉。就连娉婷的"燕郊女王"也站起身来，步态如走台，一步三晃地经过"黄泥烤鸽子"的招牌，钻进不远处一扇亮着红灯的玻璃门里。

而这时，被称为"鸽子赵"的快递小哥恰好骑着电动车回来了，他姐又把玻璃门拉开一条缝，开口是如同唱戏的河南方言，让他别熬夜，吃饱肚子赶紧睡觉。"鸽子赵"径直坐到他姐留下的那张桌上，桌上又放了一脸盆捞面。对于他姐的工作性质，他习以为常；看到一旁伙计清扫满地的鸽子骸骨，他心惊似的闭了闭眼。

这孩子只在和"瓦西里"对视时，才会绽开笑脸。他们都"和别人不一样"却彼此一样。我感到酒劲儿上来了，头有些昏。"瓦西里"却接过话头，转而介绍起了这孩子和他姐。因为"鸽子赵"从小有点儿毛病，他爸妈出门打工就没带他，如今更不知失散到哪里了。偏是他姐，记着老家还有一弟，更记着自己是从小把这弟弟抱大的，所以又回村里找他——自此姐弟相依为命，随处讨口饭吃。去过广东也去过北京，前两年刚在燕郊扎住脚。

这时他姐已经在"发廊"干了，此处的发廊也有规矩：并不与人真枪实弹地发生关系，只提供用手"放一枪"的服务，这样就算打擦边球。他姐兢兢业业地给半条街的男人都"放过枪"，落下了"很会玩鸟"的美誉，除此之外还有一件事，也为她在业界打出了名声：一次突击检查，她被关了半夜，却拒绝出卖客人的信息，从而让造访过她的人们免去了顺藤摸瓜的罚款。

如此义举，令人肃然起敬。烤鸽子的师傅，也即那个瘦男人放出话来：这对姐弟，店里罩着了。瘦男人还向这女人提出，既然俩人手下都过鸟无数，所以谁也别嫌弃谁，"搭个伴儿算了"。

俩人还真好过一段儿，过后又散了。原因出在"鸽子赵"身上：当时这孩子痴痴愣愣，生活不能自理，瘦男人很难再面对照管他一辈子的前景。孩子他姐心知肚明，也没怨言。那男人呢，心里或许有愧，但脸上不露，不过是退到暗处帮衬着姐弟俩罢了。

听到这儿，我看见"鸽子赵"吃完了面，拎着个空盆往楼里去。他姐还要"放枪"，发廊自然容不下他落脚，好在大排档后厨有的是现成地方。而两个饭盒送到深夜，我猜他又不知拐到哪儿去打游戏了。四下连桌子都撤了个干净，只剩下我和"瓦西里"坐在路灯下，如同棋盘上的两子。

我们仍有义务把这盘残局下完。那就接着讲下去吧。

十几年前，比赛结束那天，我们从商场溜出来，疾行到电脑城侧面的背阴处才停下。"瓦西里"坐在台阶上直喘，我和鱼哥小熊在一旁围拢站着，互相躲着眼神。天快黑了，火烧云被风吹得变幻莫测。"力巴"们也下工了，从电脑城后门出来，被"瓦西里"挡了道，有人踢踢他的屁股，他就挪挪，再有人踢踢，他又挪挪。

我凑过去，拍了拍他肩："走吧。"

他横我一眼："走哪儿？"

那一刻，他就是跳起来再给我一拳，好像也不奇怪。明明是他输了比赛，我却好像欠了他什么似的。迟疑片刻，我滑出一句："你说走哪儿就走哪儿吧。"

还是他蹬车，我蹲在车斗里，后面跟着鱼哥和小熊。我们穿过中关村熙攘的大街，往青龙桥那块地界赶去。在"地下"院儿外又等了些时候，三长两短敲门，那个螳螂状的瘦男人把我们迎了进去。这次倒没那句"妈了个×"了。

我们是网吧里第一拨客人，其他玩家还在赛场见证历史。对于"瓦西里"结结巴巴地提出的"再打几盘"的要求，我们也没有异议。我们都迫切地需要忘掉那场比赛，而又有什么比游戏本身更能转移注意力的呢？但等游戏开始，却发现"瓦西里"的想法和我们不同。他开了"沙漠2"地图，自己占据干道一端，让我、鱼哥和小熊轮番向他进攻。他试图再现和"康德姆"对决时的场景，并要检验自己的枪法是否真的失灵了。

在漫长的"复盘"中，他依然还是那个神乎其技的"瓦西里"。"一发入魂"又回来了。但越是如此，就越刺激着"瓦西里"，他瞪着屏幕,脖子上的青筋都暴出来了。他一边重复着"甩狙",一边口齿不清地念念有词。这时我才想到,其实他比我们都更渴望那场胜利。而他之所以如此,是否因为我说过,他能变成一个"有用的人"?我忽然心虚,感到身边那男人变得可怖起来。他杀气大盛,枪法越来越凶狠也越来越残酷。游戏中人都有通感,我瞥向鱼哥和小熊,他们眼里也藏着畏惧。

又过一会儿,鱼哥打不下去了。他起身往外走去,经过"瓦西里"身后时嘟囔了一句:"你不该输呀……"

他的话无疑是在安慰"瓦西里",同时又像是对周围人说的。不知何时,身后站满了玩家,观摩着我们这群败军之将的最后一场训练赛。这话激起一阵感叹,还有人笃定地说,仅以枪法论,冠军应该颁发给我们。但还有什么能比同情更戳心的呢?连我和小熊也推开了鼠标。我转向"瓦西里",对他说:"算了。"

"瓦西里"站起来,撞开人群就走,与其接触者无不趔趄。我眼睁睁地看着他夺路而逃,片刻才醒神追了出去。钻地道上楼,推门正遇上鱼哥。我问他见没见到"瓦西里",他说没有。我说我得找找他去,擦肩而过时,鱼哥忽然又叫住了我。

我回头,听见他说:"这哥们儿不会出什么事吧?"

我"唔"了一声,搪塞道,不至于。

"我们在这儿等你。"鱼哥道,默然两秒才又开口,"今天再刷一夜,明天就不打游戏了……戒了。该过正常日子了,对吧?"

他的神色凄然,还有几分洒脱。我没来由地相信,鱼哥能说到做到。除了括约肌以外,他的自制力必定远胜于我。而在穿过学校赶往东门外的路上，我也不得不考虑起了那个无可回避的问题：比也比了，输也输了，以后我又该怎么办？我还想起了那一幕——当门外盘踞着推土机，叫嚣着拆迁队，黄袍加身的"瓦西里"他姥姥纵使敢于手举火把登高一呼，恐怕也自知原来的生活并不能长久。山中一日，世上千年，但世上千年浮光掠影，便也牵扯着山中的日月方生方灭，因此那老太太才担忧着她的外孙子。

学校里又结束了一个考试季，后勤干部家的农村亲戚摆摊卖起了西瓜，洋溢着肉香的浴室门外，有女生把脸盆抵在胯骨上，头裹毛巾，模样酷似蜡染画里的少数民族姑娘。气氛如此日常，人群糅杂着大团黑影，我穿一身黑衣，像融化在影子里的影子一般滑过。出了另一端校门，胡同还是老样子。我来到"瓦西里"家的院儿门口，看见三轮车并没停在那里，心里沉了一沉，但还是推门进去。

果不其然，老太太一人在屋里。烛火之下，她又拎着个熨斗，整理着那件绸缎黄袍。刺啦响处，仙鹤如在云雾中飞舞。才几天不见，就觉得她的人都缩小了一圈儿，两腿半弯，随时会跪倒在地似的。脸上是硬撑起来的精气神儿，但已掩盖不住深邃的疲态。她见我进来，嗓子里吭叽了几下才问出声："学生，你来啦？"

我说来啦。又问"瓦西里"回来过没有。

她说回来过。我问又去哪儿了。她说这可不知道了。

见我面露失落，她又嘟囔着骂了"瓦西里"两句，然后说："今儿也不知闹什么幺蛾子,这孩子一进门儿就不对劲儿,摔摔打打的把锅都踢了,我问他,他还发脾气,那眼神儿就跟要杀人似的……这些年他也没这么着过呀……"

她还说:"眼瞅着都要搬走了,他也不说在家多待会儿,拽都拽不住……"

我再看向四下屋里,果然打起了几个包裹,放在那把硬木圈儿椅上。至于搬家的原因,是到底没拗过拆迁队,还是和干部们谈妥了条件,那就不得而知了。为了耗在这房子里,老太太曾经豁出性命,走时却也看不出留恋。而到底人家的事儿,我也没资格多问,转身出门,这才留意到小院儿里的煤油炉子熄了,上面不再架着炖肘子的锅。怪不得刚才觉得鼻子空着,原来是少了这个味道。

身后传来老太太的招呼:"赶明儿来家玩儿啊——就是远了点儿,奔了昌平啦。"

那也是我最后一次登他家的门。还记得当我穿胡同向东走去时,又看到几个巨物缓缓蠕动,围拢在路口一家原来的书店附近。随着轰鸣,机械怪手插入墙壁,将房屋开膛破肚。胡同被迅速蚕食了一角,此后的下场可想而知。偏在这时,又听见不远处的街面上传来尖厉的鸣笛之声,如同空袭警报。接连一串儿消防车从北面开来,被拥堵的车流困住,灯光闪烁得半边天都红了。拆房就拆房,难道顺道还带放火的吗?我被尘土呛得咳嗽不断,辗转腾挪,迈过碎石跑到街上。往来行人无不驻足,探头观望。

听他们说,着火的地方不远,就在"青龙桥"的一个防空洞里。

消防车声势浩大地拐弯儿,我又依稀听人说,烧了个网吧。

18

像一切天灾人祸,关于那场大火中遇难者的名讳,几乎无人记得了。

我是在午夜时分才赶回了"地下"。随处可见警车和治安联防队的身影,居委会门口挤满了疏散出来的群众,还有老爷们儿只穿了条内裤披着被单在街上乱窜,好像正在举办一场拙劣的"超人"模仿秀。往人堆儿里扎去时,我被反复盘问身份并喝令"甭凑热闹",后来才抽个冷子从一条小巷斜穿了进去。紧邻救火现场,秩序反而井然起来。消防队员轮番冲进去抢险,救护车则整装待命。铁门早被踹开,却望不见火,我只觉得脚底板发烫,看什么都是重影,空气像刀片一样刺着嗓子。

夜风吹过,四周凉了下来。心也拔凉。

离得不远,还有一块空地上放着几排担架,还有些干脆蒙上了被单。暗夜之中,那惨白的颜色触目惊心。又逡巡片刻,忽见人群一乱,从门里冲出来几个身穿橘红制服、头戴面具的抢险队员。在一人的臂膀之下,我赫然看见了小熊。

我分开人群冲过去,把他搂在怀里。当我抹去他脸上的污迹,露出来的仍是那张白净的娃娃脸。他一边说话,一边就哭了:"你跑哪儿去了——我怕呀。"

那一刻我想到,游戏里的小熊胆儿是最大的,脚下落了个手雷也敢直冲过去。我紧搂着他单薄的臂膀,对他叫喊:"别怕,我在这儿呢!"

俩人声嘶力竭地嚎了会儿,我才梦醒一般问:"鱼哥呢?他没跟你在一块儿?"

小熊怔了几秒,回答道:"是鱼哥先发现着火的……当时他又出去撒尿了,走到楼梯口就退回来,说快跑快跑。别人还以为他说的是在游戏里快跑快跑呢,后来才醒过闷儿来。我们坐的地方最靠里,我吓得动不了,是鱼哥冲过来把我拽了起来……但往外走时,我就听不见他的声音了。地底下一团黑,到处都是烟,什么都看不见……"

我又问:"'瓦西里'呢,回来过没有?"

"没有。"小熊反问我,"你不是找他去了吗?"

说完又开始哭。他的嗓子带有锈铁般的粗粝,仿佛人还没长大,声音就提前老了。又嚎啕许久,我们才从劫后余生的震撼中缓过劲儿来。归根结底,我们是两个幸运儿,因此我们还能站在这里呼天抢地。而鱼哥呢?

饶是如此,我却并不很为鱼哥担心。我甚至继续庆幸:按照小熊的说法,正是鱼哥那危机重重的膀胱让他率先发现了险情。

他有着从容的时间上演一出尿遁，并且还能顺便提醒别人。从某种意义上讲，鱼哥还算得上是个英雄呢。就像在游戏里，他也总能处乱不惊，运筹帷幄地发号施令。基于这个判断，即使到了后半夜，警方对获救人员进行了登记，我们却并未在花名册上看到鱼哥的名字，我还是一厢情愿地轻松。不光是我，就连小熊也认为鱼哥是被先赶到的救护车拉走，送到医院去做检查了。

我又打了鱼哥的手机，电话通了却没人接。而小熊已经恢复了冷静，说这更证明鱼哥已经钻出了防空洞——如果人在火里，手机也会被烧焦融化，那么听筒传出的应该是"无法接通"而非正常的彩铃。他进一步补充：

"没准儿鱼哥正捂着裤裆躲护士呢——那泡尿肯定已经蹿出来啦。"

说到这里，我们还不合时宜地咯咯笑了两声。而在小熊也被送上救护车之前，还有警察动员人们现场指认遇难者，但对于那些裹上了塑料袋，或焦黑一团或残缺不全的人形躯壳，我们都连看也不敢看了。

火情在第一时间得到了公布。网吧自然全被烧毁，连带遭殃的还有几处民房。有关部门由此才发现，防空洞里居然隐藏着一个既无执照，也缺乏必要消防设施的营业场所，而它的幕后老板则是一位在本地势力颇大的"老炮儿"。此人立刻被控制了起来，经他供认，当初是在承包人防工事的修缮工程时动了因地制宜的心思，原打算效仿重庆的"洞洞火锅"开个餐饮，又不好意思熏着街坊，这才试水了一把高科技。那年头的媒体还比较敢说话，立刻有报纸评论员指出，这种人的"上面"一定还有保护伞，于是顺藤摸瓜，又牵扯出了两个不大不小的贪官。当然这就是后话了。又当然，火灾之所以引发了社会震动，还在于遇难者达到十六人之多，且大多是附近几所高校的学生。进而有消息曝出，经过现场勘查，警方在网吧里发现了大量可燃物的残留痕迹，由此判断，这是一起罕见的、骇人听闻的纵火案。对于案情的侦破，也成了公众瞩目的焦点。

而从那天起，我不得不重新开始了住校生活。之所以没再回出租房，是因为那里已经变成了一片真正的废墟。远近灰尘弥漫，无数台机器正在影影绰绰而又震耳欲聋地作业，不仅"瓦西里"，连他家都不见了。一夜之间，我们学校的一侧着了火，另一侧则在拆房，这可真是一个多事之秋。直到这时，我才意识到自己也失去了一个"家"。

值得一提的是次日凌晨，当我晃荡到学校东门外，却又望见工地一侧多出了个毡布大棚。那里面人影晃动，录音机播放的吹拉弹唱之声飘散开来，让人怀疑是在办什么红白喜事。走近才看清，大棚上挂了好几条横幅，写的尽是"控诉""抗议"和"腐败"之类的字样，同样笔力遒劲，书法水平不亚于拆迁队。再看那些人，还尽是三分面熟的，其中就包括把房子租给我的鸡窝头大姐。我浑浑噩噩的正想躲开，大姐却一眼发现了我，热烈招呼起来。她全忘了坑过我房租的事儿，倒问我"东西搬走没有"。

这才想起，我的全部家当都被埋在碎砖乱瓦里了，其中就包括那台二手电脑。但我懒得再提，只是反问她见没见过"瓦西里"和他姥姥。

"那老太太？人家可精着呢。"大姐不忿地撇嘴，"她愣是'绷'到最后一刻才搬，前脚刚出门，后脚推土机就进来了……所以听说他们家拿的钱是最多的。同样是拆迁，凭什么同地不同价？凭什么我们这配合的倒比不配合的吃亏？这不是欺负老实人吗？正是因为这个，大伙儿才决定来闹一闹。"

大姐又说："当然闹也未见得闹得出结果，有枣没枣打三竿子。"

而当我忍不住打了个哈欠，却又听见大姐说："不过这人呀，也真是各有各的命。那老太太比谁都能耐，偏偏摊上了一个傻外孙子。原先就觉得那孩子神神叨叨的，昨儿晚上倒好，干脆跑丢了，没影儿了——到处都在拆房，万一把他砸死怎么办？大小也是条性命呀……所以干部们还得帮着找去。找了大半夜，他倒自己溜回来了，这时候精神就彻底失常了，连蹦带跳的还打人，按都按不住，嘴里只说他再也'不开枪'了……"

我一凛，哈欠悬在半空，插嘴问："他说什么？"

"说再也'不开枪'了。"大姐复又感叹，"这都哪儿跟哪儿呀，满嘴说胡话。还是干部说得对，人都成这样了，多要俩钱儿又有什么用……"

这时我才打完了那个一波三折的哈欠，转身往学校里走去。我彻骨疲倦，只想把自己封闭起来。宿舍里没人，室友们早已离校，连铺盖卷都被管理员扔了，只剩下我蜷缩在光板床上，像只被剥去了壳儿又陷入冬眠的乌龟。我关了手机,长时间地一动不动,因为极少进食,连上厕所都免了,有尿就撒在几个空瓶子里再从窗口倒下去。

这招儿很方便,也没人上来抗议了。而我这么做时,倒像在祭奠着谁。

这种状态持续了将近一个星期,结束它的又是姜咪。她一定担心我也在遇难者名单上,四处打探之后,才终于踹开宿舍门找到了我。宿舍里臭气熏天,空气混沌,她咯噔咯噔地走到床前,弯腰把我揪起来,一巴掌闷在了我脸上。

妈的,他们怎么都把我的脑袋当成了一只破砂锅。我的鼻血喷溅而出,在她的米色套裙上染出了两朵梅花。我听见姜咪说:

"你就打算彻底烂掉吗?"

我还没来得及搭腔,她已经掏出一台簇新的三星手机,拨了个电话又递给我。她原来就存了我家的号码,为的是防备我妈找她"谈一谈"的时候被打个措手不及,这时候却派上了用场。电话里传出熟悉的嗝儿声,那是故乡的气息,是母亲的气息。

我妈固然不知道我经历了什么,她只是责怪我这么久都不跟她联系,又问我毕业之后到底想干什么。她还说,幸亏"人家姑娘"劝她别着急,否则她就要坐着火车来北京找我了。身为一具行尸走肉,我无言以对。我只是有些诧异:怎么经历了前几年的鞭长莫及和放任自流,我妈突然又关心起我来了?她那急切的口吻,让我想起了小时候被严加管束的状态,这让我既熟悉又不适应。

我持续着沉默,我妈却愈发动起了感情,嗝儿声里都夹杂着哭声了。这两种生理反应交替进行,使得她的话语断断续续,但她的声调却前所未有地温柔。更加出乎意料,她毫无预兆地开始了自我检讨:"以前把你逼得太狠了,想的是别'耽误'了你,但翻回头去再看,万一把你逼出什么毛病来,又何尝不是另一种'耽误'呢?后来你上了大学,我觉得完成了任务,还觉得你远远地超过了我,我就没资格管你了,但我忘了你其实一直都没真正长大……不是太紧就是太松,你这些年过得不快乐,其实有我的错。"

我妈还说:"现在多说也没用了,我只想告诉你,你得对自己的生活负责。毕竟活好活坏,都不是给别人看的,自己能高兴起来就行,对吧?"

这段抒情稍显鸡汤:对自己的生活负责,说得好听,但哪儿他妈的有什么自己的生活?此外我还感到羡慕:来北京上大学的是我,率先"开悟"的却是我妈,一位赋闲在家的县城妇女。然而我"唔"了一声,嗓子里却哽咽。我赶紧背过脸去,生怕被姜咪看到自己有可能奔涌而出的眼泪。总之,我和我妈再次达成共识,自己有且只有一个母亲或儿子,对方是这个家庭不可分割的一部分。挂断电话后,作为这场亲情大戏的总导演,姜咪再次行使了她的权力。她不由分说拽着我下楼,把我发配到食堂、服装店和澡堂子去吃、去穿、去洗。当我脸色苍白却香喷喷地走在阳光里,感到自己的每个毛孔都在喷薄,上下焕然一新。

也正是从浴室出来，经过"百年纪念讲堂"到系里去办一些必要的手续时，我看到了那片蜡烛。它们高高矮矮地簇拥在那幢雄伟的、意义宏大的建筑物脚下，一律都已熄灭。残烛是被泪水凝结在了地上。也没鲜花，也没挽联，从而更像是一场"为了忘却的纪念"——这仿佛是我们学校的传统，记得上大二时，在美国误炸我国驻南联盟大使馆的事件中，也曾有人这么做过。

这次的纪念，无疑是关于几天前那场火灾的。在穿梭过往的人群中，我又发现有两个女人坐在台阶上，其中一位手里捧着一幅遗像。看起来，她们比我们也大不了几岁，穿着素净而整洁，神色哀伤，眉眼中氤氲着来自南方水乡的温婉气息。如果不是在遗像上看到了那张熟悉的脸，我绝想不到她们和鱼哥会有什么关系。没错儿，照片上的人正是鱼哥。我像被电打了一般，呆立许久，慢慢凑了过去，坐到她们身边。女人们看了看我，彼此却并未交换目光。片刻，其中更年轻的一个问我，是否认识她们的弟弟。

我说认识，顿了顿又补充，其实也没那么熟，并不是一个系的。

她说不熟都有心送他一程，可见她弟这人还行。我说那可不。

闲聊一般，她又告诉我，鱼哥是老小，前面有两个姐姐。鱼哥不光是家里第一个考上大学的，即使在他们那个文脉悠久的县里，也是少有的进入我们这个高等学府的"读书种子"。知道他出事儿，爹妈年纪大了没敢让来，只能由姐姐们把弟弟接回去。她们办完手续，本来要立刻返程，但看到学校里有这么个自发的仪式，便又临时决定多留一天。留下也不知该做什么，就在这里坐着，姑且算个答谢。

而我低头，瞥见她脚边的旅行包里还露出一沓报纸。女人似乎明白我的意思，顺势掏出来递给我，说这是关于她弟那事的报道。至此，我才仿佛正式确认了鱼哥的死讯。报道中提到，鱼哥是第一个发现网吧着火的人，但他折回来叫别人的时候相当冷静，等到自己逃生却慌了神。他走错了路，没跑向出口，而是鬼使神差地钻进了大厅侧面的另一道铁门。那门通向防空洞的更深处，连接着曲折狭窄的隧道，因此鱼哥不是死于大火本身而是死于缺氧窒息。鱼哥的遗体也是最后一个被发现的。当时火已扑灭，消防员正在进行撤离前的扫尾工作，恰好听见了微弱的手机铃声，这才意识到洞里的角落还有人。摸到鱼哥的遇难地点时，他们看到他把胸前的衣服都扒碎了，手指在墙壁上留下了纵横交错的血痕。

鱼哥手机上最后一个留存的，原来是我的号码。也许拿到遗物后，他的姐姐们还试图联系过我，但我却关了机。那时我只想让自己清静下来，什么也不愿听什么也不愿想了。想到这里，我嗓子一抽，几乎当场发出悲声。声浪回旋在我体内，但我还是咬动着咀嚼肌，坚持把那篇报道读了下去。从"专家采访"可以看出，舆论已经开始转向，他们追问，为什么年轻人会不分昼夜地流连于网吧？不仅是消防安全，电子游戏的产业乱象是否同样需要反思？与之相比，倒是警方的态度更加务实一些。有高层人士表态，务必要"给受害家属一个交代"。但很遗憾，火灾现场及其邻近区域并未安装监控录像，这给破案工作带来了相当大的困难，因此有关方面也"鼓励群众踊跃提供线索"。

当所有文字从眼前滑过，我像个藏在河里又被冲上岸的逃兵，不得不和自己的过往裸裎相见。我把报纸还给鱼哥他姐，站起身来就走。在一旁待得很不耐烦的姜咪快步追上来，狐疑而警惕，提醒我走错方向了。她说李正雄正在系里等我，还说如果再不"拿出个态度"就晚了。我回身，近乎狰狞地反瞪她，目眦欲裂：

"死了人呀，命比天大，你懂不懂？"

姜咪被我吓着了。我不再理她，迎风朝校门而去。我只知道自己必须做点儿什么。一样的道理，再不做就晚了。

而在多年以后，当我戳动着微信里姜咪的头像，仍在受到她不厌其烦的催促。今天天刚黑下来，她就通知我，公寓已经收拾干净了，她还订购了足够的健康食品储存在冰箱里。这么做的目的，当然是让我继续替她看孩子喽。她说下午那个视频会"取得了重大成果"，并毫不遮掩地炫耀，这是一个前所未有的"大案子"。微信里得不到回复，姜咪又开始拨我的电话，而我干脆调成了静音。时至今日，我还是那么不识抬举，尤其是在面对一个风韵犹存的女资本家的情况下。我掩饰性地摆弄着手机，目光却游移在"瓦西里"的脸上。这是一张稚嫩时就已显得苍老、苍老后又永葆稚嫩的脸。当我又一次忆及自己当年的所作所为，似乎就连后悔都显得无的放矢。我清楚地记得，那时我踽踽而行，沉浸在悲悯之中，我想着鱼哥变成了一捧灰，被他姐捧在怀里。我们失败了,而他死了。

我出了学校东门,却拐了个弯,走进了临街的派出所。见到警察,对方还以为是丢了自行车之类的小事,不耐烦地让我填完表回去等信儿。听说我要反映和纵火案有关的信息,这才一时郑重起来。驻扎本地的市局专案组接待了我,向我问话的是个鼻毛茂盛的老警察。至今我都惊异于自己是如此镇静,我开宗明义地告诉他,我怀疑自己认识那场火灾的制造者,他的本名叫张京伟,但我习惯于将他称为"瓦西里"。

关于作案动机,我的推断是,"瓦西里"在电竞比赛中落败,于是恨上了一切和游戏有关的事物,进而想要烧了网吧。其心态听来不合常理,但又有哪个穷凶极恶之徒会遵从常理行事?参照美国电影《沉默的羔羊》和《七宗罪》,我们或许也能洞悉一二。另一个有力的佐证在于,"瓦西里"早就表现出过将一切毁之而后快的暴力倾向——对于这一点,拆迁队也曾目睹。作案时间就更好证明了。网吧着火之前他逃了出去,着火之时不知去向,着火之后又神志不清地跑回了家,由此构成了完整的逻辑链。

更为关键之处,还在于作案工具和作案手法。此前不久,我曾在"瓦西里"家见过若干装满可燃物的塑料瓶,因而可以认为,正是他姥姥启发了他,间接地酝酿了这场纵火案。当初他就不计后果,声称要点了自己,可后来却点了别人。在案发当天,他第一次回家无疑是去拿燃料了,返回网吧放了火,此后像孤魂野鬼一般游荡了很久,才重新出现在人们的视野中。

说到这里，我又补充，鉴于"瓦西里"在作案时很可能已经陷入疯狂，因此本案不仅涉及执法机关，也应申请专业的医学机构介入。

那位老警察也许很少遇到像我这样条理清晰、论证严密的报案者，他叹为观止地看着我，鼻毛在呼吸中迎风招展。愣了片刻，他问我是不是学生，我说是；他又问我也玩游戏吗？我说当然玩。他咂吧了一下嘴，说他儿子也玩，做梦都喊打喊杀。然后他才敲了敲桌子，递过来一张记录单让我签名。

他又说："提醒你一下，这不是小事儿。你确定对自己的话负责？"

我坦诚地看着老警察，就像今天坦诚地看着"瓦西里"。时隔多年，因果循环，生活似乎回到原点又打了个结。所以我对他们的表态也如出一辙，有如一段剪切复制的蒙太奇。我叹了口气，苦笑着说：

"事情和我有关，再不负点儿责任，我他妈还叫个人吗？"

19

就这样，我检举了"瓦西里"。他姥姥说过，我是他唯一的朋友，我却致力于把他送进监狱。那段往事也成了我的魔怔。

在此后的生涯中，我摆脱了一些事儿又陷进了一些事儿，忘掉了一些人又认识了一些人，很长一段时间，我甚至都想不起我妈和姜咪的长相来了，但每当夜里独处，"瓦西里"的脸却总会在不经意间从黑暗中升起来，升起来。

离开学校后，我在不同时期回去过。别处也不去，只在东门外转上一圈儿。我目睹这片地方从平房变成了工地，从工地变成了新兴的"科技园区"，此后还建起了隶属于校方的奢华酒店——不少轰动一时的学术丑闻都发生在那里。当年的老居民踪迹全无，出没其中的尽是各种机构的头头脑脑和腰缠万贯的关系户。多说一句，我们这所发祥了革命的大学，也在此后的年月里变得越来越像革命的对象，有位胡同老头儿的闲话一语成谶。而循着"瓦西里"他姥姥透露过的信息，我还去过二环路里的西四和六环路旁的回龙观，所见皆是拔地而起的玻璃大楼和面目不清的人山人海。新城迅速变旧，旧城不断翻新，无论新的旧的，一律将原子般的个人彻底淹没。

其实对于在北京找到一个故人，我一直不抱希望。去到那些地方，似乎只是为了把"瓦西里"的足迹再走一遍而已。但更令我沮丧的是，即使在网上，在虚拟空间，我也没发现一点线索。这些年来，游戏产业经历了反复洗牌，国外巨头拓展了专业设备的市场，本土公司则针对智能手机研发出了大量"手游"；相比之下，《反恐精英》那种"PC时代"的产品几乎已经无人问津了。某些怀旧的老玩家还会造访一个名为"CSGO"的对战平台，但即使在那里，我也没发现还有谁能打出"一发入魂"。至于近些年风靡起来的射击类游戏譬如《绝地求生》也即"吃鸡",充斥其间的就是一茬儿新人了,他们之中流行着新的术语新的风尚,备受羡慕的也不再是技术高超的"大神",而是那些出手阔绰的"人民币玩家"。有钱就有装备,有装备就能碾压一切,像我们的生活一样,游戏的逻辑也变得蛮横而赤裸。两个世界终于合流,或者说,我时至今日才发现它们本来就是一体,压根儿不存在另一个藏身之地。年纪大了,生活不再奇妙,宇宙不再缥缈。

但谁又能想到,我会在"镧儿厅"里遇到一个枪法出神入化的古怪孩子,又被他带到和北京一墙之隔的燕郊,终于再次见到了"瓦西里"呢?

这其中的阴差阳错,似乎再度超越了我的认知。按照近几年的时髦说法,一切都是"算法"决定的,但又要怎样一台巨大、繁复的运算工具,才能穷极世界上所有显见的隐藏的变量,预估到每一次蝴蝶扇翅和南美飓风,从而保证了我和"瓦西里"在此时此刻、以如此的面目狭路相逢呢?在大排档里,在路灯下,在广袤平原的残破一角,我看着我的朋友"瓦西里"。我的呼吸悠长,牙关咬紧,强令自己的心不要怦怦乱跳。

交底的时候到了,我向他讲述了那场检举的过程,也解释了检举的原因——他没有放火我却一心以为他放了火。这时我才发现,多年以前陷入神志迷乱的并不是他,反而是我。我当初的念头越是笃定,此刻的愧疚也就越深越浓,如同雾化成了水,水填满了河床,又如同眼睁睁地看着另一个自己正在回忆里溺亡。更让我自惭形秽的是，我从来没把"瓦西里"当成过"正常人"，却用"正常人"的标准怂恿了他；我连自己算不算得上"正常"都不得而知，却代表世上所有的"正常人"审判了他。

那场火灾的真相大白于天下，则是在我被轰出学校，又在北京漂了一段日子之后的。按照报案时留下的手机号码，老警察联系上了我。辨认出对方的声音，我仿佛看到两丛鼻毛迎风招展，而他本着"有案必破，公开透明"的精神向我通报，我所提供的情报看似有理有据，其实破绽百出——

首先是作案时间。虽然网吧附近没有摄像头，但经多方查证，警察却在位于学校宿舍区的邮局门口发现了"瓦西里"的踪迹。邮局外有一邮筒，深绿色，圆柱体，那年头几乎没人写信了，所以一般人还以为它只是个摆设。比对"瓦西里"的照片，当天值夜班的女营业员立刻认出了这个蓬头乱发、魂不守舍的年轻人。她还反映，看见"瓦西里"扒着邮筒缝儿往里窥探时，是在午夜前，正与网吧着火的时刻大致吻合。也就是说，如果邮局营业员的记忆可信，"瓦西里"便拥有了不在场证明。

更关键的是作案工具。老警察曾带人赶往他家原址，很快就在废砖乱瓦中找到了我所说的那几个塑料瓶。拧开盖儿才发现，里面盛的全是大量兑水的清漆，闻起来味道倒是刺鼻，但根本无法点燃。又向"瓦西里"的姥姥求证，老太太痛快地交代了上述液体的用途，说话时洋溢着得意的狡黠：

"我是迷惑那帮孙子呢……香蕉水？哪儿能真用那玩意儿。

为了对付拆迁队，回头再把自个儿给点了——我傻呀我？"

就连我提议过的"精神鉴定"，他们居然也照办了。为"瓦西里"做出诊断的是北京的一家精神疗养院，结论为，他虽然与人交往时存在障碍，但不妨碍基本生活，更没有暴力方面的隐患。医生还强调，"瓦西里"这种病例在人格方面，反而呈现出了温和与内向的特征，与其担忧他们会制造破坏，倒不如担心正常人会戕害他们。而当下医学的发展方向，正是尽量让他们回归社会，只不过国内在这方面起步很晚，条件也有限。

我的检举被警方认定无效。不过老警察让我放心，他们不会追究我"报假案"。在他看来，我只不过是对一个朋友的死无法接受，于是将原因归咎到另一个朋友身上罢了。我的心情他能理解。这个推测当然有其道理，我很感谢他，不过我知道，我之所以执意举报"瓦西里"，还有着更加曲折的动机：大火照亮了两个世界之间的模糊地带，让我又一次从虚拟中惊醒，也看到了现实最为残酷的一面——那就是实实在在的死亡。死亡确定无疑，死亡不可逆转，游戏无论怎样渲染也无法重现它的震撼性。我被鱼哥的死吓破了胆，感到必须有人为它负责，同时我又是如此自私而懦弱，希望通过怪罪"瓦西里"来摆脱内疚，洗刷本应加诸自己身上的负罪感——要知道，让"瓦西里"卷进那场比赛的人毕竟是我。上述心理过程不足为外人道，就连当时的我，心里也不甚清晰，也是后来对自己的灵魂进行反复解剖才得出的结论。还需要补充的一点是，那场精神层面的手术既漫长又痛彻心扉，全无麻药可用，也让我意识到，比之于自责，认清自我同样是令人备感折磨的惩罚。

再转回当初，听着老警察的话，我还产生了旁逸斜出的疑问——关于上述情况，他干吗专程向我通报一声呢？现在的警察有那么尽职尽责吗？怎么对我这种小角色是否"情绪稳定"也在意起来了？面对我的质疑，老警察反倒显得支支吾吾了。从电话里，我听到了气流穿过鼻毛的嘶嘶杂音，如同风钻出了茂密的丛林。半晌他才说：

"首先还是要对你表示感谢……你的线索虽然不准确，但也提供了一个可贵的思路。我们意识到，这场纵火案的嫌疑人也许并不出于寻仇之类的直接目的，完全有可能是一时冲动的'无因犯罪'，而具有这种潜在可能的人，精神多少会有些不正常……"

我顺着他的话问："听这意思，你们逮着放火的人了？"

老警察说："已经控制起来了，目前还在进一步取证。根据规定，这方面我就不便透露了——不该问的别多问，我想这道理你也明白。"

我又问："你刚才说了'首先'，还有'其次'呢？"

"其次就得说说被你举报的人了，这孩子……哪儿哪儿都不对劲儿。"老警察的语速变慢了，每个字儿都仿佛在白齿上经过打磨才吐出来，"根据你反映的情况，我们的确找到了张京伟，也就是'瓦西里'。他家被拆了，临时住在回龙观的安置房里。带走他时还出了点儿岔子，我们让他去局里接受调查，他呢，本来也规规矩矩上了车，可没开出多远，突然拉开门跳了下去，要回去找他姥姥。当时是在高速路上，真把我们吓出了一身冷汗。为了防止再出意外，只能给他上了铐，手脚都用麻绳捆起来。这一幕又被过往群众拍了下来，我们还得一个一个地做工作，劝人家删了照片。这年头的执法环境啊，真没法儿说。而既然把他列为涉案人员，那么该过堂也得过堂，该'上手段'也得'上手段'——你别多想，并不是刑讯逼供，无非是预审中必要的心理攻势。不过也得承认，对于他这种精神格外脆弱的人，我们没掌握好分寸……连三进宫的'老炮儿'都禁不住'唬'，又何况他？审讯到一半儿，就根本进行不下去了，他要不抱着脑袋说'里面有声儿'，要不哭着叫'姥姥'，还有两次干脆瘫在地上口吐白沫……幸亏取证工作配合得比较迅速，很快排除了他的嫌疑，不过肯定也给这孩子造成了不小的伤害。我们既不忍心也不放心，把他送到了精神疗养院，这才得出了刚才提到的那份鉴定。不过你知道，精神病院并不是强制机构，他本人也不属于必须时时加以监控的类型，所以后来他姥姥出了事儿，就只能让他出去了……"

听到这儿，我一悚："他姥姥……又怎么了？"

"摔了一跤。"老警察说，"小的要找老的，老的也不闲着。那阵子老太太天天到派出所闹，说我们冤枉了她外孙子，我们解释办案流程，但她全听不进去——径自搬把硬木圈儿椅，穿身明晃晃绣着仙鹤的寿衣，堵在门口骂街，都快成当地一景了。没想到事儿还是出在她的道具上，骂就骂吧，干吗非要备上那么一身行头呢？一天骂到我们下班，她也下班，挤公共汽车去回龙观，正上车时，脚就踩着了寿衣的下摆，打了个绊，从台阶上滚了下来，沉甸甸的一把椅子正砸在身上，她当时就起不来了，还是民警把她送到了医院……"

至此，我知道了"瓦西里"接受调查时发生了什么。老警察对他那些惨状的描述言犹在耳，我也能想象他姥姥身穿黄袍端坐在圈儿椅之上，对着派出所破口大骂的壮烈景象。当初她在房顶上还是身手矫捷的，这时却脚下无根……她的外孙子被人说是纵火犯，背负着十几条人命，她那二十多年的辛苦碎了一地，心也碎了。

正如老警察所说，在我接到那通电话时隔不久，关于纵火案的侦破结果也向社会进行了公布。放火的就是在"地下"网吧给我们开门的那个男人，长着一副螳螂般的身体，口风极脏。新闻里说，他也是乡里的农民，早年受过点儿刺激，精神不太正常，被家里人撵了出来，自此不闻不问；至于纵火动机，是他在网吧看门期间，也对游戏发生了兴趣，但又遭到了其他人的奚落，从此怀恨在心，终于一天从停在街边的"摩的"油箱里抽了一瓶汽油，回来就把防空洞给点了。点了之后他倒全身而退，不紧不慢地溜达到街上看火。因为没签合同也没发工资，所以警方排查网吧工作人员的时候，竟把他遗漏在外。直到又听幸免于难的玩家反映"还有个傻子"，这才找到了他。面对质询，螳螂状的男人也不隐瞒，一五一十供认了罪行。电视上还有一段他接受采访的录像，先是一声"嘀——"盖住了那句"妈了个×的"，然后振振有词：

"不让我玩儿,那就谁也甭想玩儿。"

而这时,我仿佛才想通了另一件事,那就是螳螂状的男人干吗老跟"瓦西里"过不去。原以为那是一个精神异常之人对另一个精神异常之人的欺凌,但现在看来,或许是一个垂涎游戏的门外汉对"大神"的嫉妒。尽管"瓦西里"不愿在人前现身,但这男人总到大厅里游荡,于是能从旁观者的角度辨认出是谁打出了"一发入魂"。我又不免联想,在我初到"地下"的那个夜晚,如果没有螳螂状的男人追着"瓦西里"踢屁股,也就没有"瓦西里"替我出手那回事儿了吧,此后也不会有我们的认识和鱼哥的死,甚而我也不会遇到姜咪……从某种角度来说,正是螳螂状的男人引发了这一切又终结了这一切。世界如果真由"算法"主宰,那么加诸我们身上的这则运算,又透露出了怎样的讽刺意味啊。

我也记得,老警察在行将结束通话时,还流露出了一丝感伤。他说办案多年,什么人没见过?但也不知怎么搞的,总对"瓦西里"念念不忘。他没冤枉"瓦西里",但却觉得对不起"瓦西里"。究其原因,或许还和自家孩子有关——老警察告诉过我,他儿子也对游戏上瘾。原先他又急又气,为此打掉过儿子一颗门牙,可接触过"瓦西里"之后,气也气不起来了,反倒怀了有苦难言的内疚。最后老警察劝我:

"对你来说,这事儿就算翻篇了……好好儿过日子吧。"

我又哪儿听得进去。他一个不认识的警察尚且如此,何况我是"瓦西里"唯一的朋友。我不得不去寻找"瓦西里",断断断续续而又伏延千里。我的寻找虽然长期无果，但也不能算是完全徒劳，根据一点一滴的信息积累，我还在尝试着拼凑出"瓦西里"的去向——就像在刚认识他那会儿，我也曾经从别人的说法里拼凑出了他的来路。

比如说，按照老警察提供的地址，我去过"瓦西里"他姥姥摔伤后住过的那家医院。提起老太太，急诊科的护士同样印象深刻。伤员被送来时大多衣着凌乱，如此盛装打扮的可不多见。尤其是躺在担架上，老太太还问：

"给个明话儿，我死得了死不了？"

急诊忙，护士说话也冲："死得了死不了，这不是您考虑的问题。"

老太太居然畅笑两声，一抖黄袍的袖子，带动着几只仙鹤振翅欲飞："我是说，要肯定是个死，这身衣裳就甭给我扒下来啦——咱们不费那个事儿。"

又谈及她的病情，果然不甚乐观。医生说伤在髋部，对于老年人，这被称为"人生最后一次骨折"。外伤还不是关键问题，经过进一步检查，又发现老太太早已是一身的病了：肝肾功能衰竭，脉管炎和肺栓塞，心肌也肥大得有正常人的两倍……她每天吃一只肘子，但却堵不住腹腔里的千疮百孔。当被问到是否知晓这些情况，老太太却闭上眼不吱声了。医生就明白，又碰上了一个心知肚明但却"向死而生"的老病号。

果不其然，当那老太太重又睁眼，哼哼了两声，然后就说："治？我拿什么治？再说我要只顾着自己，他可怎么办呀。"

而不久，老太太嘴里的"他"就来了。在护士的描述中，那位外孙子乍看倒没太多异样，只不过接触起来又让人感觉"怎么都不对劲儿"。这当然也是"瓦西里"留给大多数人的观感。听医嘱、陪床、办手续……这些事情都办得顺顺当当，人家怎么说他怎么做，但自始至终都显得"愣愣磕磕"的，好像人明明在这儿，一颗心又不知飘到哪儿去了。病房里几个老人，都是家属轮班照料，互相之间还有扯皮的，唯独他是日夜操劳地连轴转。麻药劲儿过去以后，他姥姥疼得睡不着觉，一句接一句"小杂宗操的"，而他就在床边守了两夜没合眼，出来时脸都是木的。

护士也看不下去了，说你别这么个熬法，长久不是个事儿。他还木着，半晌从木头缝儿里迸出一句话："我小时候发烧，我姥姥也这么守着我。"

听到这儿，我脱口又问："对了，他有没有跟他姥姥说过什么……比如再不开枪了，还有他没放过火……"

面对我的纠缠，护士已经很不耐烦了，上下扫了我一眼："我看你脑子才真有毛病吧。"

当老太太暂时脱离危险，那些错综复杂的病症又无法处理，"瓦西里"就把她从这家社区医院拉走了。走时不能下床，雇了辆面包车横抬进去。我循迹又找到位于回龙观的安置房时，倒是见到了负责拆迁善后工作的街道干部，只不过人家说，并没见过老太太的踪影，只有她外孙子回来过，办妥卖房手续之后，就又离开了。

我一愣:"卖房?他们哪儿还有房可卖?"

"拆迁不是分了套居室房嘛,还没拿到手就提前卖了。"干部站在一条川流不息的高速公路旁,指了指对面工地里的空中楼阁,"这么干的人也不少,分的房子多就急于变现,拿了钱有赌博的有'吸粉儿'的,最次也得买辆奔驰过过瘾,守在村口拉黑活儿。不过他家不一样,统共就那么一套房,卖也纯是为了救急。因为匆忙,还被买家狠狠压了价。我也问过老太太的外孙子,往后你们住哪儿啊?可你也知道,那孩子的精神……不大对劲儿,就跟听不懂人话似的,撂下一句'得给姥姥治病',扭头就走。知道他家不容易,街坊们还凑钱给买了点儿慰问品,我说你把点心拿上,把花生油拿上,把香蕉苹果拿上,他倒好,一甩手打落了一地,倒好像跟谁有仇似的……"

当那干部从兜里掏出一块脏乎乎的稻香村牛舌饼,物尽其用地塞进嘴里嚼了起来,我也意识到,对"瓦西里"和他姥姥的寻访终于断了线。房子,他们居无定所;治病,他们四处求医。城市表面漂浮着许多走投无路的人,因为脚下没路,便也失去了可供定位的坐标。顺便插一句,在那个阶段,我的处境也不允许自己再晃荡下去了。我留在了北京,如愿以偿地上了上了"自己的生活",但却随时可能因为贫困而活不下去。我得吃,我得住,我得像个成年人那样养活自己。这是个起码的标准,我也曾经振振有词地向"瓦西里"宣讲过它。于是我也像他一样,在走投无路里找起了路。我们泯然众人,再不相闻。

但现在,我又在面对着"瓦西里"了。

虽然和他对坐一晚,空啤酒瓶排在桌上拐了弯儿,但我依然为这场重逢而震惊。宿命,因果,算法。错怪,怀念,愧疚。我甚而又产生了类似于当年的幻觉,恍惚间以为眼前所见都不是真的。再说得具体点儿吧,我来了,见了他,但除去那句发霉过期的道歉,此外又能和他说些什么?"瓦西里"反观我,不语,凸出的两眼闪闪发亮,竟浮现出近乎慈祥的神色。那神色我曾在他姥姥脸上见过,是在说到他就我这么一个朋友的时候。

"瓦西里"忽然又笑了。这一笑,俨然是个"正常人"了。

他扶案而起,快步走向路边,来到一棵虽在盛夏却光秃秃的树下。我也跟过去,和他分立枯树两侧,与风声共鸣着尿了一泡。那急促的、哗哗作响的水声,又让我想起了另一个朋友。我便也笑了,抖了一抖。重逢到底有着疗愈效果,当精神和肉体都被清空,以往那些念头不敢触及的往事,这一瞬间像个温馨的笑话。

往回走时,我看见"瓦西里"突然站定,双手捂头,身子低了下去。他只蹲了一半又停住,半弯的腰腿保持着岌岌可危的平衡。在黑夜里,那背影像截树桩,又让我想起了第一次见到他时,他背负着十几台显示器的模样。我还感到,此刻他的背上虽然空无一物,但多年以来,那重负从来未曾卸去,而他必须死撑着才不会被压垮。

我叹了口气,把手放在他背上,感觉烫手。

我对他说:"你还在怪我?当然啦,你应该怪我……"

他摇了摇头,打断了我。

我又问："我有什么能补偿你的，你直说。"

他又笑了，目光里有几分腼腆。他站直，面向我，一只干硬皲裂的大手裹着风探过来，在我肩上轻轻拍了拍。然后他说："正巧咱们碰上了，我想求你帮个忙。"

20

从燕郊回到"通利福尼亚"，已经是次日凌晨了。公交早已停运，那地方的网约车又很不规范，加之进京诸多限制，连着两个司机漫天要价却放了我的鸽子。到头来，还是"瓦西里"叫来"鸽子赵"，让那孩子带我跑一趟。

我便又坐上了电瓶车后座，在漆黑的国道上颠簸。风从"鸽子赵"的嶙峋瘦骨中漏了出来，吹得我睁不开眼。车轮飞转，咿咿呀呀，如同唱着一段佶屈聱牙的地方戏。

一路却没话。好容易蹭过检查站，明亮得亦幻亦真的建筑群在我们面前铺开。和燕郊那种"睡城"不同，北京即便入夜，各处灯火也会不眠不休。"首善之区"的管理者仿佛不能接受这地方存在黑暗的死角，而从卫星云图上看，我们的地球一定像得了顽固的白癜风。但一转眼，电瓶车甩了个尾，停了下来。

顺着惯性，我险些从车座上飞出去。一抬头，便发觉来到了那座"城市综合体"附近。高楼通体透亮,像刚烧出的琉璃一般从内部焕发出光芒来。商场正门的广场上,或卧或坐挤满了人。但这不是一场群体事件,而是一场娱乐事件,男孩女孩们挥舞着荧光棒,人群上方,一面巨幅屏幕夺目地闪耀着,把半个夜空都染成彩色的了。

又一恍神,我却看清那屏幕里播放的,是一款游戏的3D画面。

这让我突然想起,在这个广场上,我曾经见证过一些激动人心的历史时刻:先是在二〇一八年,传奇战队IG远征仁川,击败了欧洲老牌劲旅FNC,首次代表中国获得了《英雄联盟》赛事的世界冠军;而在同一年的雅加达亚运会上,中国国家队又打破韩国队的垄断,实现了电竞项目"零的突破"。那两场决赛在各个商区的巨幕上都进行了实况转播,各大媒体还纷纷转发了官方机构的贺电,这似乎意味着一个事实:"打游戏也能为国争光。"这一产业自身也在迅速完成正规化、职业化的转型,形形色色的俱乐部如同雨后春笋,电竞选手和"网红"一样,成为这个时代最令人艳羡的职业。

而每当看到类似的新闻,我都会无比清楚地意识到自己老了。我及时更新了八核电脑CPU、光纤网络和曲面液晶显示器,但我本人却像过时的电子产品一样面临淘汰。现在,我几乎是巨幕之下唯一意志消沉的人,从电瓶车后座上费力地坐直,揉搓着涩涩作痛的颈椎。

广场上的盛大场面,我倒很快就看明白了。那是一款游戏的首发式，别出心裁地选在午夜举办。反正此道中人大都是些晨昏颠倒的夜猫子，而这个时间段还不必和"广场舞大妈"争抢空间。更为引人注目之处，则在于那款游戏本身自带的"黑科技"。开发者采用了眼下最为热门的VR技术，它超越了屏幕的限制，能在玩家的三百六十度视域中进行场景再现，从而营造身临其境的效果。在产品展示环节，一位敷粉施朱、男女不辨的"鲜肉"佩戴着状如眼镜的"头显"设备，传感器将他的躯体动作解析成游戏中人物的行为，再通过服务器上传到巨幕。当虚拟成像与真人完全同步地手舞足蹈时，还有一群漫画少女从天而降，为难得出门的宅男们奉献了一场肉山肉海的声光电奇观。

音响震耳欲聋，我却兀自出起了神。让我恍惚的是巨幕上的游戏场景，有如电影航拍镜头般气势宏大。那幻境中，平原广阔，炮声隆隆，白雪飞舞。四处陈列着报废的"虎式"和"T-34"坦克，废墟之下，露出身穿二战期间苏德两军制服的残肢断体。画外音用瘆人的语调解说：这是一九四二年冬天的斯大林格勒。

镜头追踪，锁定了如潮水般冲锋的人群中的一个背影。那是个苏军战士，斜背一支磨损严重的狙击步枪。通过精密的渲染技术，游戏制作者将枪口流动的乌光都做出了金属质感。这人气喘吁吁地跑动，皮帽两侧蒸腾出若隐若现的白雾，在一堵断墙附近，他突然卧倒，举枪瞄准。沾满污痕的瞄准镜里，一条黑影倏然闪过。俄尔枪响，震得真实的人群一颤，如同风吹落叶。但很可惜，开枪的时机不对，操纵者也没能控制住呼吸的节奏,这一发并未命中目标。几乎同时,远方的枪也响了,弹道精确地划了一条弧线,贯穿虚拟人物的头颅。"爆头"极其逼真,我甚至能听到颅骨碎裂的咔嚓声。

"鲜肉"嗷地叫了一声,摘了VR眼镜又揉了揉眼睛。这时便有位婚礼司仪范儿的主持人走上来,问他"什么感受"。受访者娇嫩的嗓音同样不辨男女:

"哇,血溅了人家一脸哟。"

主持人立刻插嘴,这正是全新一代"虚拟现实"技术的震撼效果。除此之外,游戏中每种武器的性能都参照原型"百分百复制",尤其是最考验技术的狙击枪,还将实时的风速、气温和枪身损耗等因素计算在内,这也是同类游戏中前所未有的。他进而宣布,随着这款名为《钢铁绞肉机》的FPS游戏上市,制作方将会举办一场规模空前的电竞比赛,在比赛中脱颖而出的选手,都有机会成为职业战队的一员。至于此举的目的,当然是旨在"振兴民族科技"喽,说到这里,他们又打起了土味儿十足的悲情牌,在措辞中极力把"花钱"和"爱国"扯到一起,甚而喊出了"不买不是中国人"的口号。

我本来就困了,台上那番聒噪更让我头脑发昏。直到巨幕上画风突变,切换出一段新的片花,我才像被针扎了一般打了个激灵。

那是游戏公司的动画logo,我清楚地记得,自己曾在姜咪的平板电脑上见到过它。其内容是一条金属怪鱼跃出岩浆,鱼身通红,仿佛它虽然被炸透了、烤焦了却浴火重生。记得上次窥视姜咪的视频会议时，我还看见了几个煞有介事的"黑西服"，但在此刻，众目睽睽之下，那些家伙却把自己藏匿了起来。事实上，中国的科技资本家分为两类：一类有着歇斯底里的表演型人格，热衷于四处充当人生导师乃至邪教教主；另一类则刻意低调，近乎做作地营造着神秘感——看来这家公司的创办者属于后者。

广场上，一些观众双手合十，高举过头，对那条鱼做出了膜拜的姿势。假如不是"托儿"的话，可见那家公司在年轻玩家中享有崇高的声誉。我又把目光转向了"鸽子赵"，他手扶车把，望着屏幕，两眼如同死灰溅出火星。

也正是这时，我记起"瓦西里"说过，他想请我"帮个忙"。那话貌似酒后脱口而出，但细品又不像。想到这里，我从电瓶车后座上跨了下来，扭头往街对面走去。用眼角余光扫了一眼"鸽子赵"，我暗自做了个决定：如果这孩子没叫我，那么此事作罢。直到我走到马路中间，也没从背后的喧哗与骚动之中分辨出他的声音，但当一辆洒水车演奏着《兰花草》的旋律驶到近旁，在飞扬的、色彩斑斓的水雾里，有条影子飘了过来。"鸽子赵"骑着电动车跟在我身后，因为不得不压低车速而歪歪扭扭。那一刻，我意识到"算法"仍起着作用，涉及我们的那则运算里，也许包含着一个新的变量。

"鸽子赵"反手指指后座，那意思是让我上来。

我对他说："离家不远了，我'腿儿着'回去就行。"

他没说话，尽忠职守地跟着我。洒水车缓慢地开远，留下一地清新的水味儿，令我裤裆发凉。跳上街对面的马路牙子，我忽然一笑，问他一会儿去哪儿。"鸽子赵"懵懂地沉默，我便建议他去位于"城市综合体"侧翼地下的那家游戏商店，去了提我，福建工夫茶爱好者自然会安排他的吃喝，再给他提供休息的地方。看他还在迟疑，我强调说，他昨夜基本没睡，立刻回燕郊我也不放心。不光我不放心，他姐也不放心。

"鸽子赵"口将言而嗫嚅，我又说："'瓦西里'托付那事儿，我自有安排。"

然后我踹了脚电动车的轮子，阻止了他再跟上来的意图。我穿过没有花的水泥花坛，钻栅栏进了一片小树林。那儿有条布满狗屎的小道，通向我住的那栋公寓。

上楼进屋，晨曦从唯一一扇朝北的窗户里透进来，照得四下里一片铁灰。天快亮了，但今天是个阴天。上了个厕所又开冰箱找了瓶喝的，我发现我几乎不认识自己的房间了。姜咪在屋里留下了一些微小但却显而易见的痕迹——比如卫生间里有她的面霜眼霜，再比如冰箱里的国产啤酒换成了"依云"矿泉水和鲜榨果汁，又比如起居室里飘着淡淡的幽香，这就很难分辨出是花瓶里那束百合散发的，还是残留了她身上的香水味儿了。我被熏得打了个喷嚏，像兔子一样耸动着鼻翼。姜咪这么做，是不经意还是处心积虑？总之，她又让我想起了学校东门外的出租平房。那时她走了，却把气息留了下来。但和当年一样，我已经没有力气去缅怀什么。我既疲倦又难以入眠，只想朝着有光的地方发会儿呆。

我开了北窗，让风透进来。天上日月同辉，方生方灭，似乎寓意着一切都处于过渡阶段。我的脑子空了一空，旋即又被填满。回忆套着回忆，还是再从细枝末节讲起吧。就在昨夜，我和"瓦西里"撒了泡尿，重新坐回大排档。因为叫车未遂，"瓦西里"便给"鸽子赵"打了个电话，他还叮嘱那孩子出门前跟他姐说一声。不过那是"燕郊女王"的业务高峰期，她腾不出手来接电话，所以连带我也要守着空瓶子多等一会儿。

在此期间，"瓦西里"又回答了我的另一些问题。

比如我问："'地下'着火那天，你到底去了什么地方？"

他说："邮局呀……就在你们学校里。"

果然和老警察所说一致。"瓦西里"他姥姥当过宿管阿姨，他自小便对那里门熟路。而我又问："那你去邮局又要干吗呢？"

他说："寄信呀。"

我问："给谁寄？"

他说："给我爸。"

我问："怎么突然想起干这个？"

他说："我想告诉他，我到底还是没当成神枪手。他给我写信，鼓励我学习'瓦西里'，可我让他失望了。我还想问我爸，我是不是注定是个废物？"

原来如此。再梳理一遍他在大火之夜的行动轨迹吧：当时鱼哥刚放完他人生中的最后一趟水，小熊还坐在电脑前发愣，也许螳螂状的男人正怀揣汽油，骂骂咧咧地从街边赶来——"瓦西里"却甩下了我,孑然离开了"地下"。他先回家找了纸笔,然后来到邮局,借着路灯,趴在邮筒上歪歪扭扭地写了那封信。他爸给他来的信,想必已经看了无数遍,烂熟于心,连俄文地址都能鬼画符似的描摹下来。而等写完,恰好碰上值夜班的女营业员出门,便又问还能不能发信。人家挺耐心,说邮局下班了,但邮筒不是现成能用的嘛,顺带又卖给了他几张大面额邮票。那信就寄出去了,奔向遥远的伊尔库茨克,而后他才又回家去。写在纸上的话语犹如天问,在他心中回荡;脑子里面,那根深蒂固的声音也越来越响,轰然如同雷鸣。因此当街坊四邻和拆迁队终于找到他,面对的就是一个困兽犹斗的"武疯子"了,他只吼叫着一句话:"再也不开枪了!"

再后来,警察也找上门来了。因为我的检举,"瓦西里"遭受了连轴转的审讯,越发神志不清,终于被送进了精神疗养院。直到洗清了嫌疑,他姥姥又摔伤了,他才被放出来。想到这里,我脸上再次发烫,但我的念头却被拽向别处:

"那你爸呢,有没有再给你回信?"

他眼神凝滞:"没有。"

我说:"该不是你留的地址有问题吧……胡同不都拆了吗?"

他喉结"咕隆"一动,咽了口唾沫道:"但搬到别处之后,我回到原来那家邮局去打听过,人家说没有信来。后来我又写过两封信,留的是新地址,一样没有信来。这时我就明白了,我爸压根儿不想跟我保持联系。他心血来潮想起了我,过后又把我给忘了。或者他是怕我怪他,索性不认我这个儿子了……要是那样,他可想多了,我有我的事儿干,也腾不出时间怪他……我还有姥姥,我得伺候我姥姥。"

话音低沉,听不出半点儿怨恨的意思。此时说起他爸,就像在说一个陌生人,然而"瓦西里"在经历了人生中唯一一次拼搏与失败之后,想到的却是那个陌生人。我又问:"对了……你姥姥呢?"

问那话时,我的心也一沉。其实早就猜到了答案。

"瓦西里"便回答我,他以前不知道姥姥的状况,进了医院才发现,姥姥长久以来都在硬撑。姥姥面儿上鼓着精气神,内囊早耗尽了。而他非要把房子卖了,就是想给姥姥治病,姥姥已经瘫在床上,再拗不过他,只好依了。幸亏有当初房顶上的那一番闹,除了卖房的钱,还得了一笔拆迁补偿款,从此他们租住在北京各大医院附近,一家效果不好就再换一家。在有的医院混熟了,医生护士看他们不容易,还推荐"瓦西里"干些杂活儿。扛氧气瓶子和搬运器械总是不在话下,他由此重操旧业,又成了一个"力巴",算是不再坐吃山空。

统共也就支撑了两年多,姥姥终于还是没了。人家安慰"瓦西里",对于长期卧床的老人,这种结果已经算是很不错的了。"瓦西里"还记得姥姥走时的样子,已经瘦得萎缩干枯,好像被子底下的身体都被蒸发了。姥姥说不了话,但嘴唇动一动,"瓦西里"就知道她想问的是什么了,于是回答:

"圈儿椅我带着呢,在租来的屋里搁着,有空我就擦擦。"

姥姥的嘴唇又动一动,"瓦西里"又说:"您那黄袍我也熨好了,仙鹤一只没少,等回头……我亲手给您换上。"

姥姥的嘴唇还动一动,"瓦西里"就"嗐"了一声:"怎么忘了这茬儿了。"

说完飞跑下楼,到街上去买肘子。一般饭馆还不行,须得"天福号"才能炖出和姥姥手艺差不多的味儿。自从卧床,医生明令不能吃油腻东西,怕消化系统受不了,姥姥的这一口儿竟断了。而等他拎着肘子再跑上来,姥姥已经闭了眼,嘴唇也动不了了。

"瓦西里"便一愣,坐到床边的凳子上。他好像掉进了时间的缝隙。过了不知多久,他才流出泪来,扯破嗓子嚎道:

"姥姥,您倒是尝一口再走呀——"

而姥姥走后,也有相关的工作人员问过他:家里还有什么人需要通知?人家说,死者为大,要是还有亲人,就算常年不联系,政府机构也能想办法找到。但"瓦西里"却说不必费那个事儿了,家里没别人了。从那时起,他自认是个孤儿。

伊尔库茨克,亚列宁斯科亚,就此与他无关。不仅如此,连"瓦西里"这个名字也与他无关。讲到这里,他又盯了我一眼:

"除你以外,只有'鸽子赵'还这么叫我,别人都叫我张京伟。"

我嗓子眼儿发痒,从桌上拿起一只还剩"福根儿"的酒瓶子,向他举了举。他也拎起一只酒瓶,想对嘴吹,但这时手又像过电般抽搐了一下,洒了半脖子汤汤水水。他露出老酒腻子一般迷离的笑，说"高了高了"，而我继续问：

"你这手……受过伤吗？"

他指了指太阳穴："还是这儿的毛病。"

接着要讲的，就是另一段经历了，不过也和姥姥有关。"瓦西里"又回忆起，姥姥在死前几天的一个夜里，精神突然变得特别好，两眼熠熠发光，还能自己坐起来靠在床头。在重症病房混久了，迎来送往经见过不少，他就知道这可能是回光返照，于是紧了紧手脸，虔诚地坐好，和姥姥说话。果不其然，姥姥也不说疼了，也不骂"小杂宗操的"了，讲话斯斯文文的，恢复了旧时账房先生家小姐的仪态。姥姥说：

"这么多年对你有点儿狠，想起来就后悔。"

似乎用尽力气，"瓦西里"才听懂这句人话，随后挤出一句人话："知道您是为我好。"

"我也知道你知道，所以并不担心你怨我。"姥姥笑一笑道，"还有你爸妈，说起来是有点儿自私，不过他们也是怕了，怕你耽误了他们。人都是一辈子，有安排自个儿怎么过的权利。我已经不怨他们了，你也别怨他们。"

"瓦西里"说："我没怨。咱们俩搭伴儿过，我觉得挺好。"

姥姥便又说："可以后呢？你还得一个人过。说到头儿，我放心不下你……你跟别人不一样，我费了那么大劲儿，对你也没别的期望，只想着你能当个正常人就好了。"

"瓦西里"就说不出话来了，定定地看着他姥姥。

姥姥又叮嘱了一遍："记着，你得当个正常人，才能好好儿活下去。回头再置个家，一个人也得该怎么过就怎么过，别人怎么过你就怎么过。"

姥姥又"啊"了一声，"瓦西里"赶紧"唉"一声。看姥姥话说得疲惫，他起身打了杯水再回来，这时就发现姥姥已经睡着了。这一夜，姥姥睡得极香，眉眼像个婴儿。她好像提前脱离了苦痛。而姥姥的那些话就印在了"瓦西里"脑子里，一如天亮了又天黑了，昨夜的月亮还印在天上。又过了些日子，等发送完姥姥，他立刻去找活儿干，也不全是为了养活自己，而是为了"别人怎么过就怎么过"。但那又谈何容易？且不说他这样一个人，想找一份稳当营生几乎不可能，更关键的是，他还得随时跟他的"瘾头"做斗争。他的脑子里有声儿，嗡鸣不休，只有在游戏里，才能得到片刻安宁，从而忽略这个世界的疼。虽然他声嘶力竭地叫喊过"再也不开枪了"，但当失去了牵挂，便又过起了放任自流的日子。

那种生涯，我们都再熟悉不过。昼夜颠倒，虚无代替了存在。"瓦西里"则比往日更加夸张，像被脑海中的鬼魅吸干了养分。他在网吧里的上机时间累积成了惊人的数字，有几次干脆在电脑前晕倒了，多亏人家给叫了救护车才抢救过来。在这一轮旷日持久的消耗战中，他再没用过"瓦西里"的网名，又恢复成了匿名状态，而很多网吧的老板却记住了他，再也不敢接待这位岌岌可危的客人了。

直到又一次在急诊室里醒过来，"瓦西里"瞪着天花板，开始思考自己的生活。其实哪儿有自己的生活，不过是想起别人的话来罢了。那些只言片语交织成网，愈编愈密，将你束缚其中，也就成了生活。他爸用神枪手的事迹鼓励他，他没做到；姥姥想让他当个"正常人"，他也没做到。而他此刻不再纠结于那场比赛，却觉得辜负了姥姥。

思考的结果，是他退了房子，又多给了房东点儿钱，央求人家帮忙保管硬木圈儿椅和几样家什，然后去了山东临沂。那儿有个"网瘾治疗中心"。

即便是在多年以后，他的决定也让我打了个哆嗦："你怎么知道那地方的？"

"瓦西里"说："租的房子挨着废品回收站，有时捡两张旧报纸糊墙，从那上面看见的广告——人家说了，保证戒断，永不复发。"

我抢白道："要想戒瘾，干吗去那儿？你应该找医生……"

他说："我不也进过精神疗养院嘛，在那儿向人家问过这个问题，可医生说，没有特效疗法。他们还说，毒瘾尚且能用药物控制，唯独这网瘾、游戏瘾，纯是心病，因人而异，轻症或许还能做做心理疏导，要是赶上我这种陷得太深的，那就属于科学难题了。敢情我不光是身边人的难题，还是科学的难题。而既然医生没辙，那我就想，索性试试偏方吧。老话儿讲过，偏方治大病……我还想着，只要能当个正常人，对自己狠点儿也值。不是还有句广告说过嘛，男人要对自己狠一点儿……"

说这话时，他还双手握拳举在脑侧，肱二头肌绷出两个球来。假如给他套上一件国产西服，倒真和电视里那种充满狼性的商务土鳖有几分相似。而我噤若寒蝉。

21

太阳渐高,给对面建筑鎏了一层成色不纯的光边。窗外楼下,车声刺耳,有人出门,有人晨归。手机里跳出了游戏的推送广告,《钢铁绞肉机》。

我打开电脑,在搜索页上输入了"瓦西里"所说的"网瘾治疗中心"。以前就听说过那地方,是流传在"成瘾者"之间的恐怖传说。简言之,一个江湖郎中号称攻克了连精神病专家也束手无策的医学难题,专门收治尚未成年的网瘾患者。做父母的濒临绝望,同时相信经过治疗,孩子就能像再度加工的零件一样完好如初。受治者们很多都是被骗进去的,还有些遭到了秘密抓捕,唯独"瓦西里"属于自投罗网,就连收治他的人都被弄得警惕起来,一度还怀疑他是媒体派来的卧底呢。所谓疗法倒也简单,无非洗脑、殴打、囚禁,最著名的莫过于电击酷刑——那段惨烈的视频居然没被"404",点开之后,就看见七八条大汉按住一个瘦弱的孩子,再以通电的钢针扎进他的太阳穴和手脚各处,制造的叫声像在宰杀一只小牲口。而当有人拿毛巾堵住孩子的嘴,叫声也消失了。

视频下方的评论区里，充满了受治者们的血泪控诉，在那些描述中，"治疗中心"简直就是一个和平时期的"奥斯维辛集中营"。而"瓦西里"告诉我，他不仅对电击坦然接受，还主动要求给自己"加大剂量"——只可惜欲速则不达，每次治疗完毕，都会口吐白沫昏厥不醒。也得庆幸负责操纵仪器的"医师"具有基本的电工常识，总算没答应把二百二十伏的电流直接通到他身上去。

就这样，"瓦西里"的积极态度打消了院方的顾虑。他们大概觉得，即使是卧底要使"苦肉计"，恐怕也没有这么下本儿的。又兼之"瓦西里"比其他受治者们年长几岁，院方还提拔他做了个小头目，其任务包括监视和管理其他孩子，电击的时候也得帮着按手按脚。长这么大，"瓦西里"终于在游戏之外被人高看一眼，而这次则是因为超强的受虐能力。但很可惜，没过多久，"医师"们也发现，这人实在不堪重用。首先是立场不够坚定——有的孩子被关在"号子"里挨饿，他会从食堂偷出烙饼馒头递进去；有的孩子因为"挑战院长"而被群殴，他倒把行刑者的棍子夺过去一把撅了；还有的孩子口口声声要杀了自己的妈，他刚劝了句"可别"，居然先哽咽起来。

人家问他哭什么，"瓦西里"说："我没妈，可我想我姥姥了。"

另一方面，还在于他落下了个病根儿。半年疗程尚未结束，"瓦西里"就陷入了难以自控的抽搐，发作起来四肢不听使唤，全身筛糠。那位"院长"的行径被形容为"地狱空荡荡，恶魔在人间"，可在对待"瓦西里"的问题上，却焕发出了难能可贵的理性——没准儿连他也被这位特殊病人的决心吓着了，害怕真闹出人命来。于是院方欢欣鼓舞地宣布，作为优秀学员，"瓦西里"提前毕业，可以回到幸福的"正常生活"之中去了。为了鼓舞士气，他们还组织了一场欢送会，面对病友们战战兢兢的欢呼，"瓦西里"又一次抽搐着瘫倒，如同非洲土著在献祭仪式上跳起了诡异的舞蹈。

夜半时分，他们用面包车拉上他，偷偷进城，扔在医院门口。绝尘而去之前，又有秃头大汉威胁，对外人不准提他去过"治疗中心"，更不准再回去，否则就放狼狗咬他。在这儿插一句，那个"治疗中心"直到数年之后才被取缔，匪夷所思的是，"院长"居然换了个名头又继续起了他的"戒网"事业。至于他治疗过的孩子，有出走后就再没回家的，有又染上了毒瘾的，还有言出必行，果然把妈宰了的。此后网上还出现了一款独立游戏，其情节是惨遭囚禁的少女获得超能力，终于反杀了主宰疯人院的大 boss。

再说回"瓦西里"，他带着情难自禁的载歌载舞，从一种治疗转入了另一种治疗。对付精神问题，科学没有什么办法，但对神经缺陷，却自有一套手段。得出"电击造成功能性损害"的诊断后，他又从外地的医院转回北京，进口药也用了不少，病情基本得到了控制。医生宣布，虽然局部症状难以根除，但已经不妨碍他的"正常生活"了。

关于"正常"，"瓦西里"听到过若干种定义，而这一次也许是最客观、标准也最低的了——那就是学会适应他那间歇性的右手抽搐，端起碗来能吃饭，撒尿时不至于甩到旁边人的脸上去。此后，正常的"瓦西里"开始了他的正常生活。家没了，又想起姥姥叮嘱过让他"再置个家"，于是便去寻摸房子。这时才发现，为了给姥姥以及他自己治病，当然还包括戒除网瘾，已经耗去了大部分积蓄——而一晃几年，北京的房价又在不断攀高，此消彼长之间，竟没有买得起的地方了。他只能肩扛一把硬木圈儿椅，展开一张地图，由内而外地探索价值的洼地。

一路辗转，最后居然跨过省界，来到燕郊，这才找到了一处工厂宿舍。即使是这地方也涨了价，本来盘点盘点钱仍不够，但随着燕郊人口爆满，老旧小区里开满了乱七八糟的生意，不时还有"道儿"上的兄弟火并，房主不堪其扰，急于搬家，这才便宜了他。算算时间，当他定居燕郊，大约也是我在"通利福尼亚"买下那套商住两用公寓的前后脚。一路摸爬滚打，我擦边儿变成了一个北京人，他却从二环路搬到了四环路，从四环路搬到了回龙观，终于又成了一个河北居民。对此，"瓦西里"倒颇为达观：

"住在这里虽然吵点儿，但我脑子里不是本来就有声儿吗？那就虱子多了不痒，债多了不愁了。后来我脑子里的声儿消失了，外面的声儿也跟着淡了下去，反倒落了个清净……街坊们呢，刚开始不好打交道，但后来处得还行。混熟了以后，他们还给我找活儿干呢，这就连工作也一并解决了……"

话虽这么讲，以"瓦西里"的性格，就算学会了"听人话"和"说人话"，要在那种鱼龙混杂的地方与人打成一片，难度也可想而知。其间苦楚，只能看作他在变成"正常人"过程中的必修课吧。我又顾影自怜地想，哪个正常人不是在荒唐的处境里打磨出来的呢？不能把荒唐当成正常，那才说明你本身就不正常。而正当他絮絮叨叨地讲起来到燕郊以后所从事的营生——也就是饲养鸽子时，我却突然激灵了一下，打断他问：

"等会儿——你刚才说，你脑子里的声音没了？"

"是呀，没了。""瓦西里"敲了敲头，好像意在指出，那里面没有空洞的回声。

我毛骨悚然地问："难不成……'网瘾治疗中心'把你治好了，所以你安静了下来？"

"瓦西里"立刻否定了我的假设："那怎么可能——连我都看出那就是一帮骗子了，你可别去瞎试。"

"当然不会了，我可熬不住大刑伺候，更没你那么……想变得正常。"我口干舌燥地舔了舔嘴角，"但说来说去，你脑子里的声音到底是因为什么消失、在什么时候消失的呢？不是恭维你，你现在看起来已经很像个'正常人'了……当然我也没有讽刺你的意思……我是想说，你和以前大不一样了，但你又是怎么做到的呢？"

面对我那词不达意的刨根问底，"瓦西里"再次温和地笑了。我不语，继续等待答案。关于"瓦西里"，这是十几年来的最后一个疑问了吧。而他却又说起了酒桌上的套话："朋友嘛，还是讲缘分。缘分不到，不必强求；缘分到了，那就什么都好说……"

与此同时，他的眼神儿复又游走起来，擦着我的耳朵，往我身后滑去。我回头，看见"鸽子赵"已经从宿舍楼里下来，跨着电瓶车在路边等我了。当"瓦西里"站起身来，我也不得不跟了过去；他拍了拍电瓶车的后座，我便不由自主地坐了上去。难道我势必要带着一个悬念回到北京去吗？我这个年纪的人，已经禁受不住生活里还有什么未解之谜了。

"瓦西里"拍了拍我的肩膀，又低声重申，他想请我"帮个忙"。具体地说，也不是帮他的忙，而是帮"鸽子赵"的忙。我呢，神情恍惚地"嗯"了一声，仍沉浸在自己的失落之中。我的表态浮皮潦草，仿佛全忘了我亏欠过他。"瓦西里"却用左手搓着抽搐的右手，往后退了半步，就那么信赖地、依依不舍地望着我。

电瓶车开起来，他仍站在路灯下，像被风吹出去很远。

此刻，桌上的手机又"格楞"响了一声，让我如同还魂一般回到了现实。给我发信息的是姜咪的儿子小本，这孩子上次从我这儿走时哭丧着脸，好像很不情愿回到亲妈身边。我还得对他晓以大义：可别吃里扒外，更别认贼作父，要知道我之所以会放任他撒欢儿，恰恰因为我是个"外人"。我那直白的说法让孩子挺伤心，小本瘪着嘴都快哭了。他又问我能不能用电话手表跟我联系，我无可奈何地说当然能。

看来小本早上刚一睁眼，就想起了我这个"哥们儿"。他发来的信息是：你去网上看看《钢铁绞肉机》的联赛报名表，我又见到"瓦西里"啦。

他所说的"瓦西里",当然不是我认识的"瓦西里"。我不由得想起了"鸽子赵",那个枪法出神入化的瘦弱少年。我以前总感到他有些眼熟,而现在陡然发现,原来他很像十几年前的"瓦西里"。两人外貌绝无相似之处,但骨子里的沉默、胆怯和执拗却又如出一辙。他们都仿佛不是这个世界的人,现在"瓦西里"回来了,"鸽子赵"却依然存在于另一个世界。自然,我也想起了初次遇到"鸽子赵"时,他在游戏签名档上留下的字迹。正是因为他自称"瓦西里",我才得以找到了我的朋友"瓦西里"。

而我也明白了从燕郊离开之时,"瓦西里"那番话的含义。所谓"缘分"云云,并不是片儿汤话更不是虚与委蛇,"瓦西里"是向我指明了谜底所在的方位。他提醒我,答案在"鸽子赵"身上,如果我一定想要弄清原委,那就应该去问"鸽子赵"。至于"瓦西里"为何不肯把话挑明,想必还是希望我能主动了解一下"鸽子赵"吧。

总有人说"瓦西里"傻,其实他哪儿傻啊,都学会打机锋了。

我拿起电话,打给游戏商店的福建老板。对方大概刚被吵醒,气儿很不顺,抱怨我给他发配过去一个活宝——"鸽子赵"摸到店门口,咣咣踹了两脚门,随后就盘腿坐在地上打起了盹,而他只好把这孩子拖到里屋的沙发上,吃早饭时又多叫了两屉包子。

我径直问:"你说的那事儿还作不作数?"

福建老板反问:"什么事儿?"

我说:"如果我找到一个电竞选手,你愿不愿意'加一磅'?"

"就是他吗?"福建老板脱口而出,旋即又呃吧着嘴迟疑起来,"这孩子的枪倒是很'硬',昨天我也见识过了,不过你也知道,专业比赛和'野路子'的区别大了,我不确定他能否在短时间内进入状态……"

他的说辞可能出自真实的担忧,也可能是欲擒故纵的叫价。我没给他演戏的机会,接着告诉对方,他说的那些问题我都考虑过了。为了打消他的顾虑,我又提起了多年以前的一场选拔赛,并告诉他,自己曾经随队一路打到过决赛。作为一个资深的游戏贩子,福建人对那场比赛也有耳闻,他"哦"了一声,说怪不得我编写的作弊软件那么好用,原来是从自身经验出发,失敬失敬。我顺势提出了这场交易的分工:由我来训练"鸽子赵",补足他的短板,替他设计战术;福建老板则要提供财力上的支持,包括场地和硬件。至于事后分成,我答应让对方占大头,只要"鸽子赵"打出名气,福建老板就可以组建俱乐部,再往后做代言、接广告都不在话下。喷薄着蛊惑性的话语,我的音调激昂,那一瞬间仿佛鱼哥灵魂附体。而对方虽然还在哼哼哈哈,但呼吸已经越来越急促了。当我又恐吓他,如果他舍不得本钱,我就要带着"项目"去投奔那些大公司时,福建老板突然咬牙骂了声"丢",然后笑嘻嘻地说,他要和"鸽子赵"先签合同。

这时我才说:"那孩子正在干吗呢?"

福建老板说:"还能干吗,当然是打游戏喽。"

然后放下听筒,像鸭子一样到外屋嘎嘎叫了两声。片刻,电话里换了个人,喘气轻而悠长。"鸽子赵"还不知道,他一觉睡醒就被我兜售了出去。至于赛前誓师什么的,就更没必要浪费口舌了。对于"鸽子赵",我只要求他安排好作息,从今天开始不要熬夜,也不要再送外卖了;我还告诉他,相关事宜我都会安排好,他只需要专心备战就行。

"鸽子赵"似又嗫嚅,半晌挤出一句含混不清的"谢谢"。

我说:"别谢我,要谢就谢'瓦西里'吧。"

我又说:"你是不是和'瓦西里'一样,脑子里也有声儿?"

电话里默然一会儿,"鸽子赵"才回答:"我的还有,他的没了。"

22

"鸽子赵"认识"瓦西里"的时间,其实并不很久。他随他姐离开老家时,还是个十一二岁的孩子。只记得隔些日子就要坐火车,看着铁轨蔓延,下车就到了另一个叫不出名字的去处。后经家乡小姐妹介绍,他姐又带他去了广东。那段日子倒也安稳,他姐夜里上班,白天还能照料他的吃穿。可惜好景不长,当"鸽子赵"长到十五六岁时,发生了一次"产业大洗牌",

他姐和一干姐妹被集体劳教了半年。获释后在城中村找到"鸽子赵",他已经被房东撵了出来,像个疯子一般在街头流浪,腿上流脓,是狗咬的。

南方待不下去,姐弟俩便掉头奔北。知道北京管得严,水也深,于是落脚燕郊。他姐加盟发廊,这才知道了本地行规,只能"放枪"不能全套。同是一个钟,价钱便宜不少。好在顾客如同麦子一般蓬勃,依靠勤劳的双手,收成还算有保障。

但此时,"鸽子赵"令他姐愈发忧心。这孩子已近成年,却不会和人打交道,逼急了还会发癫,满地打滚儿头撞墙。正因为不可理喻,当初爹妈才觉得他是个傻子,索性把他扔在村里,跟亲戚说当头牲口养着算了。只有他姐坚信他不傻。在广东时,他姐也央求志愿者把他送进打工子弟学校,老师说他其实能识字。再说傻子哪儿会打游戏?他姐忙的时候,就用一台手机把他拴住,回来一看,里面的游戏全通关了——只不过恰恰因为沉浸在游戏里,"鸽子赵"就更不理人了。

也听说这是一种病,得治。他姐送他去过医院,收效甚微。原想放弃,但又不甘心:要不是为了给弟弟凑钱治病,她也不会从事这个行当。姐弟俩继续他们的求医问药之旅。每隔一段时间,他们就会从那条街上消失,这时也不去医院了,而是慕名寻访各路高人。那些高人或大隐于市,或小隐于山,手法千差万别——有让"鸽子赵"认黄鼠狼当干妈的,有用符纸烧出半斤黑灰叫"鸽子赵"吞下的,还有手持铁尺对"鸽子赵"当头棒喝的,敲得一脑袋大包。而每当回来,"鸽子赵"仍是见人不理。气得没辙,他姐还威胁要拿烟头烫他,但又下不去手,反倒只能烫自己。看见姐姐胳膊上的一串儿燎泡,"鸽子赵"也知道疼,变本加厉地满地打滚儿头撞墙。

就这么恶性循环,直到遇到了"瓦西里"。此时"瓦西里"已经是燕郊的老居民了,但却深居简出。楼下大排档租了他那套小房存放鸽子,他便替人家养着,换水喂食,通风除虫,只在后厨要货时才搬着笼子下楼。一天正在搬,却见"鸽子赵"蹲在楼下空地里的一个笼子跟前,歪着脑袋,鸽子咕咕叫他也咕咕叫。

俩人一对眼,就像认出了对方。或者说,他们从对方脸上认出了自己。

也是奇了,"鸽子赵"跟别人没话,连跟他姐都只有顺从没有交流,但却和"瓦西里"自来熟。他们先讨论鸽子。"鸽子赵"好奇这些鸽子会不会飞,"瓦西里"告诉他,笼子里都是肉鸽,自打孵出来就被关着,大概已经丧失了飞行的本能。接着又要留联系方式。"鸽子赵"邀请"瓦西里"成为他继他姐之后的第二个微信好友,"瓦西里"却说没有智能手机。"鸽子赵"劝"瓦西里"也去弄一台,还说这种手机能玩游戏。这就说到了游戏上。"鸽子赵"点开程序,给"瓦西里"演示了一把"吃鸡"。"瓦西里"在一边旁观,貌似饶有兴致。看了一会儿,大排档的伙计来催,俩人没打招呼就散了。

等再往楼下送鸽子,又能看到这俩怪人凑在一处,嘀嘀咕咕。

这一幕自然引起了"鸽子赵"他姐的注意。没多久,那女人便在深夜敲开了那扇渗出浓郁鸟粪味儿的木门。她差点儿给"瓦西里"跪下,只求"瓦西里"能教会他弟听人话和说人话。她还亮出了两指焦黄、风靡全街的右手,表示只要对方答应,她可以免费提供"放一枪"的服务。

"瓦西里"吓得往后跳了一步:"那可别价——我已然不开枪了。"

"鸽子赵"他姐说:"这么多年,我只见他把你当过朋友。"

这话就让"瓦西里"眼神有些飘忽。而听那女人详细介绍了"鸽子赵"的情况,他才又说:"早就看出,他跟我是一样的人。"

接着约法三章:不能带"鸽子赵"去接受任何强制性的治疗,不能逼他和不想说话的人说话,此外还要放心他和自己朝夕相处。"瓦西里"解释说,"鸽子赵"只是因为"脑子里有声儿",而又没学会和那声音共存,所以才变成了这副模样——自己要做的,则是帮他从屏障背后破壳而出,感受到身体之外还有世界。对于"瓦西里"的话,"鸽子赵"他姐不能全懂,可她却不由自主地相信了对方。在她看来,"瓦西里"那刀砍斧凿的皱纹、直不棱登的双眼以及突然抽搐的右手,都蕴含着莫大的玄机。当然说到底,这也是病急乱投医,她没准儿把"瓦西里"当成另一个半仙儿了。

说定以后,"瓦西里"就带"鸽子赵"去了网吧。

此时这种场所都改头换面成了"网咖",提供现磨咖啡,开在新小区的底楼商铺里。"鸽子赵"不会用电脑,还得"瓦西里"手把手地教他适应鼠标。又问他玩儿没玩儿过大型对战游戏,"鸽子赵"说,以前在广东也见过人家"打机",可没有上手的机会就被轰出来了。"瓦西里"便请网管下了游戏让他打。《使命召唤》《荣誉勋章》《雷神之锤》,当这些大路货不足以形成挑战后,又让他尝试"CSGO"。那个平台是当年《反恐精英》的升级版,因为技术门槛太高,对新手极不友好,已经变成了少数高水平玩家的修炼场所。刚一进去,"鸽子赵"果然被虐得够呛,但没过多久,居然摸出了门道,战绩也一路飙升。这孩子的确是个奇才。然而"瓦西里"仍不满意,他又说,你开枪的手法不对,没有"让时间慢下来",所以才无法在高速移动中将对手一枪毙命。说得云山雾罩,但"鸽子赵"没有疑问,他只向"瓦西里"提出,能不能示范一把给他看看。

"瓦西里"没动,右手的抽搐提醒他,他已经没有进行那种精密操作的能力了。片刻他才说:"你要不信我,那就算了。"

"鸽子赵"便不再言语,继续苦练枪法。当他通宵达旦地坐在屏幕之前,"瓦西里"也像树桩一样戳在旁边,"网咖"门外往往还等候着一个妖艳的"燕郊女王"。见识了"瓦西里"的做法,"鸽子赵"他姐隐隐有些担忧。同样是她顾客的"网咖"管理员好心提醒说,孩子已经魔怔了,八成染上了网瘾,再这么下去可就废了。

对于此类质疑,"瓦西里"一句怼了回去:"你以为他以前就没废了吗?"

也正是在"网咖"里,"鸽子赵"和"瓦西里"之间又发生了一场云山雾罩的对话。那些话不仅改变了"鸽子赵",也改变了"瓦西里"。当时"鸽子赵"又一次挑战枪法的极限未果，呆若木鸡。身边的"树桩"却咔咔开裂，"瓦西里"关了电脑屏幕：

"练不成就不练了。原本带你来，也不是为了教你打游戏。"

"鸽子赵"问："那你是要干吗？"

"瓦西里"说："让你学会应付脑子里的声音。"

"鸽子赵"一悚，又问："你怎么知道我脑子里有声儿？"

"因为我脑子里也有。""瓦西里"道，"我答应过你姐，要让你摆脱那声音的干扰，意识到世界的存在。人都活在世界里，不是活在自己之内。世界不止一个，无穷无尽，不过我们能感受到的很有限罢了。游戏也是一个世界，你投入其中，就能忘掉脑子里的声音，而游戏的世界又和真实的世界很像，有欢喜，有害怕，有欲望——唯一不同，在于我们这样的人，在真实的世界里做不了什么，在游戏的世界里却能做到一切。经由游戏的世界，你就能绕道儿回到真实的世界，于是也就变成了一个正常人。"

这话若是说给别人听，想必形同呓语，然而"鸽子赵"拧着眉毛，似有所悟。片刻他又问："你会这么想，是从那条道儿上走回来了吗？"

"瓦西里"也一拧眉毛："比你早走两步，但还不知走不走得通。"

"鸽子赵"却说："可你没走完，怎么知道那不是一条死路？按你的说法，世界很多，彼此分隔，你又凭什么说游戏的世界是假的，另一个世界才是真的呢？又因为我在内，世界在外，我得绕过自己才能感受世界，那么不就等于说，只有感受才是真的吗？既然无所谓真假，又何必非要回到你认为的真实之中？再说了，既然自己已经是个屏障，脑子里的声音也是屏障，又何必在乎屏障之外多了一层屏障？"

一连串的发问，就让"瓦西里"不觉痴了。不仅"瓦西里"，连我也不觉痴了。没错儿，以上情形，都是"鸽子赵"复述给我的。在电话里，他突然变得口齿清晰，滔滔不绝，河南口音铿锵如唱戏。这时我才发现，原来"鸽子赵"也攒了一肚子话，却只能讲给特定的人听。同理，我感到他也有力量却没有使出的地方。

"对你的说法，'瓦西里'是怎么回答的？"迎着窗外的风，我问。

"既然真假无所谓，那你苦练枪法又图什么？"在"网咖"里，"瓦西里"也问。

"鸽子赵"嘻嘻一笑，告诉"瓦西里"，他只是觉得游戏里有快乐——这是个多么简单的问题。为了追求快乐，他必须练成那种神乎其神的枪法，至于其他，世界也罢，障碍也罢，自己也罢，都不去管它；真的也罢，假的也罢，也不去管它。不知这种态度给了"瓦西里"怎样的触动，但平心而论，我倒是能够理解的。"鸽子赵"这一代人和我们不同，他们并不是从"原来的生活"走入游戏的，他们一直就在游戏之中，哪怕是睡在农村的猪圈里，他们也知道智能手机小小的屏幕连通着无穷欢乐。

"鸽子赵"又告诉我,此后有赖于"瓦西里"的点拨,他终于在游戏中脱胎换骨了。也是"甩狙",弹无虚发,"时间慢下来了"。但我明白,那不是天道酬勤——当年我曾费尽心机地揣摩过"瓦西里"的枪法,却连皮毛也没学到。归根结底,还是因为"鸽子赵"和"瓦西里"是一样的人,那种枪法为他而设。而当他在对战平台上初露锋芒,立刻有人惊呼"一发入魂",又有人问他是不是当年名动江湖的"瓦西里"。像我一样,以前那些老玩家中,对"瓦西里"念念不忘的大有人在。至此,"鸽子赵"才知道了自己唯一的朋友除了名叫"张京伟"之外,还有个称呼叫作"瓦西里"。"瓦西里"对他说,这名字来自一位神枪手。关于那人的事迹,"鸽子赵"却并未多问。对于新一茬儿孩子来说,"苏联""卫国战争"之类的名词早已烟消云散,等同于没存在过。

但此后,"鸽子赵"却在网上将自己命名为"瓦西里"。他只认识一个"瓦西里",当"瓦西里"不能再打游戏,他便把自己变成了新的"瓦西里"。

由于很快就厌倦了《反恐精英》,他离开"CSGO"平台,转战到了更加令人眼花缭乱的新兴游戏之中。市面上每推出一款射击游戏,他都会在第一时间将其打通,然后在签名档里输入"瓦西里"的字样。渐渐地,就像探险家在一座又一座高峰顶端留下脚印,"瓦西里"也重新成为流传在玩家之中的隐秘传说,只不过这时我变成了一个疲于奔命的"大叔",那个圈子离我已经很远了。而与此同时,"鸽子赵"的毛病也渐渐有了好转。当他毫无征兆地叫出一声"姐","燕郊女王"被烟呛得咳嗽不止,再一转脸,满眼是泪。

趁热打铁,"瓦西里"又建议他姐,让"鸽子赵"去大排档上干活儿。虽然反应慢半拍,外卖还是可以送的。又虽然他傻乎乎的总令他姐不放心,但"瓦西里"强调,该放手就得放手,否则还能看着他一辈子不成?对于"瓦西里",此时"燕郊女王"是绝对信服的。再到后来,"鸽子赵"甚而主动去帮"瓦西里"养鸽子,除了喂水喂食,通风除虫,他依然热衷于和鸽子对话,好像那才是他的母语。

对了,"鸽子赵"以前也不叫"鸽子赵",和"瓦西里"叫"张京伟"一样,他也有个名字叫"赵洛生",普通得近乎乏味。恰因对鸽子兴趣浓厚,朝着笼子咕咕乱叫的模样也像极了一只瘦弱的鸽子,他才被人冠以那个外号。

而在我们那轮通话的最后,"鸽子赵"又说回了"瓦西里"身上。他发现,自从那场坐而论道以后,"瓦西里"就润物无声地起了变化。"瓦西里"的神情松垮了下来,虽然肩背还是硬邦邦的,但却让人联想到一根行将融化的雪糕。他也发现,"瓦西里"依然两眼发亮,体内的一股力道却在消弭。一言以蔽之,"瓦西里"似乎不再是原来的"瓦西里"了,他的气息和大排档的伙计、桌边的食客、街头那些面目不清的行人越来越像——这让"鸽子赵"莫名慌张,他感到一个朋友正在离他远去。

有了疑问他就直说:"你怎么跟换了个人似的?"

好在他们之间的机锋仍然畅通无阻。"瓦西里"笑了笑,又像叹气：

"因为你。过去我总觉得自己特殊，觉得天地之间只有一个我这样的人，但遇见你以后，才发现你是另一个我。不仅如此，我还想要回到真实的世界，你却连世界的真假都不在乎，你其实比我更像我。有了你，也就不必有我了。"

"鸽子赵"又问："那你脑子里的声音……"

"瓦西里"敲敲脑袋，做了个"虫虫飞"的手势："想明白之后，它就没了。"

说到这里，"鸽子赵"突兀地挂了电话。对他来说，该讲的都讲了，于是连句"再见"也是多余。而我愣了愣神，欠身关上了北窗。屋外噪音戛然而止，令我怀疑自己暂时失聪了。我还在想着"瓦西里"——当"脑子里的声音"消失的那一刻，他是否也有类似的感受？我猜测，他的那片寂静应该来得更彻底也更决绝。

在寂静之中，"瓦西里"会如释重负吗？或者反而陷入了失落？

但对这件事情本身，我竟并不感到惊讶。这不仅因为"鸽子赵"的口吻不容置疑，仿佛"神迹"一旦发生就板上钉钉，还在于从我的角度看来，"瓦西里"的与众不同其实自有原因——"正常人"能够理解的、通行于世的原因。

我还一直没说过吧？早在刚和"瓦西里"认识不久，我就尝试着把他和某些医学术语对号入座了。在博览群书的高中时代，我除了《知音》《女友》之外，更喜欢翻阅的是配以暴露图片的健康科普类杂志——那里面有文章介绍过他的病症。而后来守着学校的数字化图书馆，一旦心里生疑，想查阅资料就更是易如反掌了。没错儿，"瓦西里"患有自闭症，又称孤独症。其病因通常被认为以遗传为主，伴以环境因素的影响；表现形式则是与人交往存在障碍，难以融入社会生活。根据"瓦西里"的表征，他大致可以被归入"被动型"，也即"能够接受他人的亲近，但不会主动与他人互动"。不仅"瓦西里"，大约"鸽子赵"也属于同一范畴。至于对该病的治疗，非常遗憾，长久以来并无突破。

何止是我，就连某些与"瓦西里"只有泛泛之交的人们也能猜出他的底细。譬如姜咪，记得在被"瓦西里"一拳"花"了的那个凌晨，她一边帮我涂着紫药水，一边指出我这个朋友并不只是"网瘾"那么简单，很可能患有更严重的精神疾病——她还劝我和"瓦西里"保持距离，因为我本人的心理状况已经岌岌可危，需要避免来自他人的消极暗示。

不过她又说："被你欺负了这么久，总算有人能帮我出口气了。"

那位尽职的老警察更是知情者。他把"瓦西里"送进了精神疗养院，自然看过医生的诊断报告。他还问过我，既然我举报了"瓦西里"，但又要求警方对他作出精神鉴定，是不是早就怀疑他"有毛病"？我说是。

与别人不同的倒是"瓦西里"他姥姥。那老太太养活了他二十多年，必然也经历过四处求医的阶段，她难道不知道外孙子到底怎么回事儿吗？但她却从未说过"瓦西里"得了什么病，她只说他"和别人不一样"。后来我明白了，对于老太太而言，恰恰不能承认"瓦西里"得了病———一旦归咎于病而且是不治之症，也就必须接受"瓦西里"无法变成"正常人"的事实了。但她一直期望"瓦西里"能当个"正常人"。

而现在，也有必要站在疾病的角度，再来回顾一下我和"瓦西里"的交往历程：我对他的病症并非懵然无知，但却不假思索地利用了他，从而间接把他引向了崩溃。比之检举和错怪，或许这才是我必须向他道歉的真实理由。他自闭，我自私。反观"瓦西里"，常年以来，他游走于疯癫与文明的边缘，饱受着规训与惩罚的磨砺，但他不仅帮助"鸽子赵"摆脱了桎梏，并且终于为自己找到了通往"正常生活"的入口。记得在一些文献记录中，某些自闭症患者会出于不明原因神奇地自愈，然而我至今无法想象，他在那条内心之路的跋涉途中，到底经历过怎样的徘徊、忍耐、愤怒，终至豁然开朗。

那是人之为人的必经之路吗？

我从窗前站起身来，头有些晕。好在姜咪虽然清理了房间表面，但还没来得及把我藏在壁橱里的零零碎碎一并扔出去——打开嵌在墙上的木门，一股尘土味儿扑面而来，露出了光盘、衣服、书籍……在壁橱最深处的角落里，还有个硕大的帆布包，是我考上大学后从老家背到北京、毕业后又从学校里背出来的。包的侧兜里团着一本一九九七年的《环球电影》杂志，封面女明星是宫泽理惠，腿都揉皱了。我也忘了当年为何要把这本杂志随身带着——也许是想在火车上解闷，也许是想在大学里重拾"放一枪"的爱好但却担心无从下手。而此刻，我把它展开，纸都脆了，全彩印刷页更是早已发黄。那篇文章自然还在，介绍的是即将投拍的美国电影《兵临城下》，又说到了苏联神枪手瓦西里·扎伊采夫。

我重读那段文字，眼前铺开了一幅场景。它似曾相识，是多年以前见过的幻象：氤氲的柔光变成了漫天飞雪，桌面则辽阔得有如伏尔加河畔平原；有人孤身踽踽而行，胸中满怀理想。那理想壮阔高远，感人落泪。只不过幻象中的主人公变了，不是我而是我的朋友"瓦西里"。我抹了把脸，眼眶好像都湿了。

我既找到了"瓦西里"，又缅怀着"瓦西里"。而在这时，电话响了。

本不想接，但挂断之后，铃声绵延不绝。对付起我来，姜咪总是这么锲而不舍。我不得不按下了接听键，哀求道："你能不能让我清静会儿——"

"你清静得还不够吗？这么长时间连个信儿都没有。"姜咪道，"再说你也别觉得自己对我有多重要，如果不是别人非要找你……"

"谁找我？小本吗？"我打断她，把一直想对她说的话说了出来，"你得明白，我很喜欢你儿子，但我毕竟不是他爸。你如果觉得小本的生活中缺少类似于父亲的角色，又随手抓差让我充数的话，那就把事情想得太简单了。我也承认我亏欠过你，但我没法儿用这种方式来补偿你……"

我的话令姜咪默然。她在电话那边哼了一声，又吸了吸鼻子。等她再开口，声音就变得离我很近了，近得贴心贴肺。

她说："找你的不是小本。"

我说："那是谁？"

她说："他认识你，而且很熟。"

23

如果这个故事是关于我和"瓦西里"的，其实它已经讲完了。我找到了"瓦西里"，但又能做些什么呢？算法不能改写，往昔不能重来。至于我这个年纪，已经被岁月隔过去了，"瓦西里"更是如此：当电竞大行其道时，他的手却废了。

说到底，我们都应该认命。

但请原谅我的絮叨，我还想回顾一下自己的经历。

那是和"瓦西里"平行的另一个故事。对于我这种"县城做题家"来说，人生巅峰或许只存在于考上大学的那个时刻。当我被轰出宿舍，学校没有给我发放文凭，我也由此成了"就业统计表"上的一枚老鼠屎。老家当然不能回，我的原则是，如果必须光着屁股推碾子，那就别让我妈跟我一起转着圈儿地丢人了。为了在北京解决生计，我卖过保险，打过推销电话，也干过替人编程的杂活儿。奥运会开幕在即,城区的平房几乎拆除殆尽,而我也只能在城市边缘的村落间游荡。记得每当下雨,屋里大水漫灌,我必须拎着唯一一件西服逃到街上,那感觉就像拎着一个体面的自己。

混了两年,一位故人给我带来了转机。副教授李正雄居然没忘掉我,他给我打了个电话,说他有个师兄开的游戏公司正在招兵买马。虽然没有文凭,但他打的招呼还是起了作用,于是我总算领上了一份按月发放的工资。这多像一个玩笑:记得那家公司草创之初,李正雄就曾想推荐我过去帮忙,早先要是答应了他,没准儿现在就该换我招聘别人了。

团队里的"码农"大多性格刻板,而我是唯一拥有丰富的游戏经验的,这弥补了我的"底儿潮"。又过了段时间,老板见好就收,把公司卖给了一家网络巨头,我们这支小股部队由此被编入"大厂",工资也涨了不少。一纸新合同给我带来了扬眉吐气的幻觉,但我仍然无法浮现于熟人的视野之内——不是没脸而是没时间。那时国内科技行业的增长方式从吹泡泡、讲段子转入了对剩余价值的无底限剥削,逢年过节也要连轴转地加班,我就连拎着点心匣子回家看看我妈都得顶着被开除的风险。

顺便再说说我和姜咪的奇特关系。在北京,她几乎是唯一和我保持联系的人。在我最潦倒的那个阶段,她虽然号称和我"散了",但仍勒令我把每次搬家的新住址汇报给她,然后忙里偷闲地过来视察一下我的惨状。她已经是广告公司的营销主管了,主要业务则在如火如荼的房地产领域,于是带来了一些宣传彩页，让我把"澳洲雪梨"或"加州阳光"糊在漏雨的屋顶上。她那副趾高气扬的模样，当然给我造成了一些创伤，而为了弥补创伤，我毫无障碍地从她那儿索取过资助。

"幸亏你当初把我踹了，"我总是对她说，"否则哥们儿不就成吃软饭的了吗？"

她给的钱都被我记在了账本上，等情况好转，立即一总还给了她。我甚至没给她转账，而是取了几沓现金，啪啪作响地摔在她面前。彼时我一闪念：当我不再低人一等，是否能以平和的姿态与她交往呢？然而我的脸上却洋溢着恶狠狠的、"变了天"的神情。

姜咪自然不遑多让："多么遗憾，以后都不能从你这儿找到优越感了。"

打那以后，她果然消失了很长时间，直到有一天突然通知我，她要嫁人出国了。这时才知道，她搭上了一个通州衙内，那家人像辛勤的蚂蚁一样把两个村子的地皮换成美元搬到了旧金山。又是多么讽刺，多年以来她一直扮演着自强不息的女性形象，但那不过是块叩开豪门的敲门砖。新晋成为我们时代的"高等华人"后，姜咪保持了她那个阶层应有的神秘感，我本以为她会炫耀一番远在美国的豪宅和游艇，她却对此缄口不言。她反倒怂恿我前往通州买套公寓，并表示能给我一个"扫尾价"。

她又诅咒我："真想看到你流落街头，不过谁让我们家房子太多又带不走呢。"

正好我那时手头有了点儿积蓄，兼之我妈也一直催我在北京安家——东凑西凑,果然筹齐了几十平米的首付款。搬进新居时,姜咪已经与我相隔了十二个小时的时差,但我却想:她可真是阴魂不散呀。记得临上飞机那天,姜咪给我打了个电话。除去表示"挥一挥手,不带走一片云彩",她又旧话重提,建议我去找个心理医生,治疗一下经年不愈的游戏成瘾。她说我年纪不小了,再这么下去很危险。诚如她所言,那时我在工作上进入了倦怠期,逐渐成了公司里可有可无的闲人;也有好事者给我介绍过对象,其中不乏对上眼的,但没过多久,她们就不能忍受我那副半死不活的样子,拍拍屁股另寻高就去了。姜咪的话令我心虚,但我立刻反唇相讥,说我认为自己的心理很健康——毕竟卖身求荣的不是我,我有什么可亏心的呢?我承认我乱了方寸,所以又咬了吕洞宾。而姜咪呢,她罕见地没有对我反唇相讥,只撇下一句"好自为之",随后便走进了贵宾候机室。

我好久没挂电话,极目远眺,仿佛目送着她娉婷地消失在国境以外。

而偏偏是在那个告别的时刻,一桩奇事发生了。当我寂寥地呆坐了会子,条件反射地打开电脑,点进游戏,却突然感到了兴味索然。不仅如此,那些绚丽的图像还令我产生了肉体厌恶,险些就要吐出来了。此后的一天、两天、三天都是如此,再往后,我逐渐克服了恶心,倒是又能用游戏消磨时间了,但心境却与原来截然不同——我无法将游戏世界视为真实世界的替代,甚至,我认为它像真实的世界一样无聊。

这是否意味着我获救了?然而我却觉得自己被抛弃了。

在那套公寓里，我和姜咪继续着邮件往来。我得知了她如何跟她那个常驻拉斯维加斯的丈夫反目成仇，也得知了她终于打赢了离婚官司、捍卫了自己那份财产，而恰逢其时，她前夫一家也荣登了"红色通缉令"并且排名颇为靠前。我还得知了姜咪又苦熬了几年，才跌跌撞撞地开起了一家营销公司，这是因为她在创业之余，还得照料那场婚姻给她留下的副产品——一个名叫"小本"的男孩。在信里，我对她的幸灾乐祸溢于言表。我清楚，有些人注定会成为这个世道里的人上人，而姜咪就属于那种人。这样想来，即便她和小本是一对举目无亲的孤儿寡母，似乎也没什么值得同情的了。

果不其然，她很快获得了反踩我一脚的资格。因为"我的国"越来越"厉害"，不仅国内的穷光蛋自信爆棚，就连跑掉的阔佬们也幡然悔悟地回来想分一杯羹。姜咪又把公司的业务拓展到了北京，她既有美国的路子，还很善于钻中国的空子，没费什么力气就打开了局面。而这期间，我却像坐滑梯一样走起了下坡路——随着互联网不再是一个吃螃蟹而是一个打鸡血的行当，我这种不耐受加班的"老人儿"纷纷变成了公司清洗的对象。又到一年年底，我的合同没有得到续签，连年终奖都没拿到就被轰出了格子间。

这时就得庆幸姜咪强卖给我这套房子了，有了它，日子还能混下去。我虽然丧失了对游戏的勃勃兴致，却仍然无法摆脱游戏。网上有些家伙得知我曾经是个"业内人士"，便拉拢我做些刷机解码的勾当；而我之所以欣然应允，与其说是为了糊口,倒不如说是为了报复原来的公司、报复整个儿游戏行业。我的网名仍叫"湖里的驴",卸磨杀驴的驴。

而现在,姜咪不光回到了我的生活之中,还把儿子也扔给了我。她仍然自以为能够轻易地操控我,但和当年一样,我也只能根据她的指令亦步亦趋——似乎只有服从她,我才有机会继续刺伤她,而这种服从与刺伤,则是证明"我还是我"的唯一方式。

何况她还卖了个关子:到底谁想找我?还有什么熟人记得我?

尽管一夜没睡,我还是强撑着出了门。接我的车已经停在楼下了,展开"鸥翼"造型的车门,特斯拉 SUV 像一只振翅欲飞的肥胖鸽子。前排坐着两个穿黑西服的精瘦男子,身上缀满外挂设备:嵌入式耳麦、导航墨镜、多功能手环……这些零件和如出一辙的面无表情,使得他们好像两个克隆出来的仿生人。没多久,我被运送到了北郊的一片新城,那里是中关村的延伸地界,楼顶招展着各种装嗲卖萌的商标图案,蚂蚁蜜蜂猫头狗脸之类。特斯拉开进了一个巨大的、一尘不染的玻璃盒子,里面既像酒店大堂但又空旷得多,色调以半透明的铁灰色为主,令气温都凭空低了几度似的。姜咪正和几个"黑西服"坐在环形沙发上,小本在一旁摆弄着平板电脑。见我下车,那孩子连蹦带跳地跑了过来。

我胡噜了一下小本的脑袋,姜咪挂着肃穆的神情,把我引向电梯。上升速度出人意料地缓慢,透过玻璃幕墙,我得以看清了建筑物里的全貌:有些楼层都是密密麻麻的电脑工位,有些则大概是仿生系统的调试区，还有一个宽敞的空间酷似特效摄影棚，竟然有辆一比一制作的 T-34 坦克模型来回驰骋……我反应过来，整幢大楼就是一个游戏研发中心。它耗资巨大，俨然照搬了传说中硅谷的"梦幻工厂"。

上到顶楼，一条迂回的长廊在面前展开。长廊寂静，空无一人，两侧摆满了形形色色的游戏设备：最早的"吃豆人"街机、任天堂红白机、索尼 PS……当然也少不了不同时期市面上最流行的游戏卡带，从《魂斗罗》《双截龙》到《塞尔达传说》一应俱全。我走在其中，如同走在一条时光隧道里。小本偷偷说，那些设备都能玩儿。而姜咪拍了他一下，让他闭嘴。我发现她虽然熟门熟路，却显得颇为拘束。

难道此处布满了隐形摄像头吗？但随即，不自在的就是我了。

拐到长廊尽头，我们来到一个宽敞而密闭的大厅里：四周无窗，光线昏暗，墙壁都由水泥筑成，依稀可见斑驳的标语——"全力以赴，务歼入侵之敌"云云。电脑纵横排列，都是十几年前的款式，显示器仿佛重得能砸死一匹马。就连一里一外的两道暗红色铁门都被原样复制，仿佛一道通往生，一道通往死。我嗓子一哽，摸向水泥墙壁，指尖所触却毫不粗糙，而是像玻璃一般光滑。当视觉与触觉发生了偏差，我才意识到眼前景物皆是虚幻。利用光学成像技术，这里的设计者实景再现了一家被大火焚毁的网吧。

那场景过于真实，令我呼吸困难，皮肤上滚过火一般的灼热。仿佛我躲过了多年前的那场火灾，此刻却又在劫难逃。而一晃神，我看见有人从暗影中走了出来。

没错儿，就是小熊。认出他时，我甚至释然了。有谁会对我念念不忘？又有谁会记得"地下"网吧？其实我早该想到是他了——那只浴火重生的机械怪鱼已经提醒过我。现在，第二只靴子终于落地。小熊张开双臂，对我做出了拥抱的姿势。他个头儿没长，胖了不少，肥嘟嘟的脸又白又嫩，看起来更像一只饱食蜂蜜的熊了。他也是中年人了，身居这座大厦神秘的顶楼，裹在一身"黑客帝国"样式的黑西服里，脑袋上却罩着一只忽明忽灭、如同正在喘气的玻璃钢头盔——这个造型颇为滑稽，而他对我露出了晶莹的笑。

我没动，心仍往上提着。我的脑海里浮现出了一个哇哇大哭的孩子。

小熊生硬地搂了搂我的肩膀："你变样了。"

我敷衍道："你长大了……成熟多了，气色也不错。"

"老喽。"小熊脆笑，揉搓着肚腩又评价我，"你变得虚伪了。"

趁我尴尬，他却朝一旁的姜咪仰仰下巴，建议她带小本去体验一下刚刚制作完成的游戏片段——至于双方的进一步合作事宜，自会有"底下人"跟她探讨。他的口吻不容分辩，就像姜咪吩咐我时一样。我突然理解了姜咪的拘谨：面对一个性情乖张的大人物，任何有求于他的人都会无所适从。姜咪面色发僵地笑了笑，拉起小本走向两道铁门中靠外侧的那一道。那门锈迹斑斑，配有识别装置，完成了扫描才缓缓开启。

倒是小本还是小本，他兴致盎然地跑进门里，还回头冲我挤了挤鼻子。

而当大厅里只剩下我们两人时，小熊毫无过渡地开始了滔滔不绝。在我面前，他似乎很怕沉默。我被迫听着他的经历：那场火灾余烬未灭，他便被他的科学家父母接到了美国，在大洋彼岸继续扮演着"神童"和"问题少年"的双重角色。若干年后，他又变成了"美国梦"的典型样本——在此期间，他的兴趣从打游戏转移到了设计游戏，几款作品都在网上拥趸甚众，也吸引了投资方的关注。那些机构的嗅觉像闻到血腥味的鲨鱼一样灵敏，迅速将小熊的创意打造成了继"数字货币"之后的新热点。但与其他科技明星不同，即使参与了美国顶尖游戏公司的开发业务，小熊仍一直保持着深居简出，抛头露面的事宜都交由傀儡代为打理。在一些捕风捉影的报道中，他被描述为受困于性格缺陷的"图灵"式的天才，殊不知他不光对女人缺乏激情，就连对整个儿人类都早已意兴阑珊了。他只热衷于推出一款又一款风靡世界的游戏，而对那些产品，我也大肆进行过盗版解码。

更令人惭愧的是，我没认出小熊的手笔，小熊却认出了我的身影。不久以前，他出清了美国股份，转而和原先炒过我鱿鱼的那家网络巨头达成协议，建立了这个游戏研发中心。国内公司无条件地支持他开发一款颠覆人类认知的战争游戏，而小熊将他的设想命名为《钢铁绞肉机》，并执意通过举办电竞比赛打开市场。正巧姜咪承接了这款游戏的宣发业务，他本来指派"底下人"和她接洽，却在审阅视频会议的录像时发现了我——

当时我朝屏幕瞥了一眼,随后灰溜溜地逃出了家门。

"看见你,我比看见自己爹妈还亲。"说到这里,小熊声音打颤,"我还记得在大学里见你的最后一面——那时也一样,我看见了你,你却没看见我……你坐在广场上,旁边是鱼哥他姐,你们周围摆满了蜡烛。我正坐在我爸朋友的车上,还摇下车窗叫你,嗓子都喊破了,但你没听见,聋了似的起身就走……"

他提到鱼哥,令我鼻子一酸。我们都没忘记那位朋友,纪念的方式却天差地别——我的怀念虚弱不堪,小熊则成百上千倍地实现了鱼哥吹过的牛×。而我终于有了插嘴的机会:"这么说来,你公司的 logo……"

"我告诉过姜女士——后来才认出她是你的前女友——《钢铁绞肉机》的宣传片主角只能是一条鱼,别人看不懂也无所谓。乔布斯用一只缺了口的苹果致敬图灵,我用这种方式致敬鱼哥。"小熊耸了耸肩,仿佛我问了一句废话,但随即,他突然亢奋起来,喋喋不休形同梦呓,"不过我也必须指出,鱼哥的理念已经过时了……当年的技术水平限制了他的想象力。游戏是什么?对他、对你而言,它无非是幻象,是真实的附庸,我们躲进了'那个世界',于是暂时忘记了真实。但现在,情况变了:虚幻与真实合二为一,我们无须从'这个世界'逃到'那个世界',相反却能推动'那个世界'反噬'这个世界'。"

这么说时,他打了个响指,居然触发了漫威电影一般的神迹。我不知道他脑袋上的头盔是否充当着控制器,总之随着那玩意儿倏然一闪,四周景物应声而变:老式电脑、暗红铁门和写满标语的水泥墙壁逐渐虚化,"地下"网吧消失了,密闭的大厅突然见了天日,我们被带进了一九四二年冬天的斯大林格勒。头顶茫茫飞雪,飞机盘旋,远处有坦克和成群结队的人影正在冲锋,一枚炮弹落在废墟上,声浪几乎把我掀了个跟斗。当我捂着耳朵抬起头,就看见小熊的装束乃至长相都变了。他身穿笔挺的德军制服,原本胖乎乎的面孔被注入了高鼻碧眼的雅利安血统,俨然一位纳粹军官。

这就是小熊希望在"那个世界"里呈现的自己吗?他朝我扬起了一支狙击步枪:"欢迎来到《钢铁绞肉机》。"

那么这间屋子里到底有什么?无数个传感器、无数台高保真音响以及无比复杂的投影装置吗?也许还少不了一部性能惊人的超级计算机。而身处如此奇境,我想我听懂了小熊那番玄而又玄的论述。我还想起有人说过类似的话——对,"鸽子赵"告诉过"瓦西里",只有感受才是真的,"真"和"假"的区别并不重要。虚拟代替了现实,任何人都可以置身于永恒的新世界。而我也相信,只要人们愿意,那个新世界不仅可以是战火纷飞的斯大林格勒,还可以是酒池肉林,是天空之城,是意念制造出来的任何一个梦想之地。

似乎担心着我的愚钝,小熊继续介绍道:"公司目前推向市场的产品还比较初级,必须借助 VR 眼镜才能令人身临其境,而我们所在的这个实验室才是未来的方向——在研发方面,中国团队比美国团队还要高效,这令我很欣慰。现在你只需设想一下,如果在城市里建造足够多的类似空间,那么游戏的形态将会发生根本改变。场所和时间的界限都将不复存在,电竞比赛将会永无结束之日,玩家可以随时随地变成另一个自己……生活是多么乏味,只有身处周而复始的游戏之中,人类才能找回自由……"

伴随着耳边的话语,小熊或他的影像却突然变小,转眼移动到了"斯大林格勒"那满是残垣断壁的街道尽头。他像个狙击手一样找到掩体躲了起来。而我低头,看见自己也换上了一套破烂的苏联军装,手里还多了一杆看似沉甸甸的狙击步枪。如同条件反射,我举枪指向小熊的方向。当他向我突袭,我也在第一时间锁定了他。这样的演练,我们当年进行过无数回,在枪法上,他略逊于我,即使穿越到了三维镜像之中,我的局面依然占优。但通过瞄准镜,我看到小熊那张亦幻亦真的脸上挂着一丝浅笑。

还没来得及触动扳机,他的枪响了。我被干净利索地爆头。

"一发入魂"。

24

故事可能跑偏了,分岔了,但请原谅我一意孤行地讲下去吧。这就是新的故事了,它有着新的主角。

还是从小熊的游戏实验室说起。在那个真实即虚幻、虚幻即真实的奇境里,我又见识到了"一发入魂"。结束游戏,小熊打了个响指,"斯大林格勒"切换回了"地下"网吧。我头晕目眩,很想扶住什么东西,但却心知身边的墙壁、桌椅和老式电脑并不存在,我只得像个疲惫的篮球运动员一样双手撑膝。

小熊回到我面前,头盔上的呼吸灯均匀地明灭着。

他拍了拍我,将我引向大厅内侧的那道暗红色铁门。我忽然想到,在另一道门里,小本看到的游戏场景是否和我一样?那种血腥的画面可真不适合孩子;我还想到,当年鱼哥正是因为进错了门才……而此时,无路可走之门变成了重回现实之门。我们来到一间常规的办公室中,那里窗明几净,可以俯瞰科技园区规整的街景。小熊指指角落里的餐点台和咖啡机,让我"该吃吃,该喝喝"。

他又戏谑地提醒我:"别烫着嘴,都是真的。"

真假已经顾不上了,在这位朋友的地盘上,在意真假本身就很愚蠢。而我想搞清楚的,是小熊那一枪的弦外之音。他叫我来,只是为了叙旧或者炫耀吗?

我问他:"说说吧……我有什么能帮上你的?"

小熊露出了无辜的表情:"这话又说到哪儿去了?你知道,我的朋友不多……"

类似的话,还有谁对我说过?此时,我终于结束了心理惯性,不再把小熊视为一个熊孩子了。看着这个既偏执又圆滑、既单纯又深邃、既异想天开又不可捉摸的中年人,我的口气流露出了委屈:"没劲了啊——你是不是真觉得我傻呀?"

进而,为了论证自己诚然"不傻",我反驳了小熊的说辞:如果他只是"想念一个朋友",那么为何直到今天才跟我联系?要知道,我虽然碌碌无为,却并没有隐姓埋名,而以他的能力,想找个大活人太容易了。但事实上,他只是在录像上偶然看到我之后,才突然对我产生了兴趣,恰逢其时,又是《钢铁绞肉机》上市前夕……我怀疑,小熊想找的另有其人,而我不过是个引子罢了。

果不其然,小熊又露出了晶莹的笑:"你还真不傻。"

我问:"你想找谁?"

他迸出三个字:"'瓦西里'。"

又一只靴子落了地。妈的,怎么一只靴子后面还有一只靴子。既然我先把话挑明,小熊向我坦陈,"瓦西里"才是令他念念不忘的那个故人。外人很难理解,对于一个痴迷游戏的少年,"一发入魂"产生了何种影响:即使到了美国又念了博士,小熊还在孜孜不倦地试图领悟那种枪法,也正因为无法突破瓶颈,他才在愤怒与绝望的折磨下放弃了游戏竞技,转而投入研发领域。这恰恰开掘了他的潜能,而在扮演一位神秘"科技新贵"的同时,他貌似摆脱了令投资方忧心忡忡的游戏成瘾——但很可惜,那不过是个暂时的假象,或者说是一般游戏再也无法满足他的胃口罢了。如同艺术家迷恋上了自己打造的雕像,当小熊终于做出《钢铁绞肉机》,他也成为第一个陷入其中不能自拔的玩家。

小熊还告诉我,当《钢铁绞肉机》的运算引擎开发完毕,他也曾考虑过选取太平洋战役、越南战争乃至海湾战争作为这款游戏的内容,但之所以定型在了一九四二年的斯大林格勒,是因为他查阅过资料,知道了"瓦西里"的名字来自苏联神枪手瓦西里·扎伊采夫。他用片头 logo 致敬了鱼哥,又用游戏本身致敬了"瓦西里"。至于我,并无资格在他的新世界里占据一席之地。亏我还喂过他烂苹果和方便面,亏他还隔着车窗对我忘情喊叫,亏我们还在熊熊大火之外相对嚎啕,但从骨子里,他早已看穿了我是一个庸人。

小熊的陈述就事论事,毫不在意是否会刺伤我。这幢大楼里的一切,也提醒了我"世道"属于谁——不仅眼下,还有未来。而看到我终于放弃了自作聪明,报之以乖巧的沉默,小熊似乎相当满意。这时他笑得就很和蔼了:"为什么我给《钢铁绞肉机》设置了大量巷战情景?因为神枪手体现着游戏技巧的巅峰。一枪定生死,最简洁的反而是最深奥的,这就和禅宗的顿悟,和二进制是一个道理……我说的你能听懂吧?"

我像个虚心受教的痴呆一样点头。他又说了下去,这就讲到了"瓦西里":"但当这款史无前例的游戏开发成功,又有谁能代表它的精髓呢?如果只有一群追求感官刺激的俗人沉迷其中,这对《钢铁绞肉机》、对我而言都是莫大的侮辱。我也曾经雇用过职业选手进行试玩,可他们或者徒有其名,或者水平虽高却无法打出美感和神韵……到头来,我只能将希望重新寄托在'瓦西里'身上。然而我派人走访了原先学校附近的老居民,还用上了大数据追踪技术,却始终找不到他。他不光从北京消失了,也从网上消失了,就连智能手机都没用过。给我的感觉,'瓦西里'正在处心积虑地躲着我似的……"

我继续表现得懵然无知。小熊的语速则陡然加快:"但没想到,大约就在半年多前,'瓦西里'突然又冒出来了,各个论坛里遍布着关于他的传说。我从网上联络过他,但他一律不予回复,这也和他过去的做派如出一辙。也巧了,当我昨天见到了你,没过多久就发现'瓦西里'也在比赛里报了名,我忽然想,或许你还和'瓦西里'保持着联系呢?或许'瓦西里'还像当年一样,只对你的话听得进去呢?请不要感到冒犯,我也追踪了你的信息痕迹,得知在通州的一个游戏厅里,你刚用微信交过费,'瓦西里'就打通了我们公司的一款早期产品并留下了签名。我还调取那款游戏的数据做了分析,发现他的枪法依然精准,而且比以前更会走位了,看来他这么多年也没闲着,一直都在进步……原来任何人的出现都不是偶然的,我还有种感觉,我们身处的世界被一种无所不包的算法所主宰,对于世间万物,它自有其意志和安排,而愚钝之人从未有所察觉——"

这么说时,小熊伸展双臂,高举过头。其虔诚与迷狂,一如古之先民正在举行祭祀;他头上的灯光仍然有节奏地闪烁着,静默如谜。我头皮发麻,从空气中嗅出了一丝滑稽,而在嘴上,我仍然尽职地给小熊"捧着哏":"那么你是想通过我联系'瓦西里'吗?你要我告诉他,你做了一款多么了不起的游戏?"

"当然不是。"小熊好像很不满意我用一个弱智问题打破了他的气场,"游戏只要上市,所有人都会看到它,我才不在乎'瓦西里'知不知道它是我设计的。这就好比搞艺术的,只有二流货色才热衷于沽名钓誉,而那些永恒的经典,比如远古壁画,比如口口相传的民歌,谁知道它们的作者是谁?我找你首先是要证实,跟你在一起的'瓦西里'到底是不是原来那个'瓦西里'……"

"我的确见到了'瓦西里',就在昨天——当然那也是运气,或者说是'算法的安排'吧。"我接口道,看到小熊正中下怀地扬了扬嘴角,同时盘算着这种答复算不算对他说了谎。随即我又问:"那其次呢,你还想让我做什么?"

"想让你做个见证。"小熊说。

"见证什么?"

"见证我在比赛里打败了'瓦西里'。"小熊做了个"爆头"的手势。

啊,我明白了。当我"明白了",却感到了某种欣慰:原来小熊并没有彻底无视我,我仍然在他心里占据着某个隐秘的位置。如果说他将鱼哥视为商业上的启蒙老师,将"瓦西里"视为必须在游戏中打败的对手,那么我呢,则被他视为了上述一切成就的见证者。当他厌倦了锦衣夜行,愿意与之分享胜利的那个人居然是我。虽然我也知道,他对我的这种需要只不过是临时起意,但能够担此殊荣,已经足以令我备感骄傲了……听到这里,我也不得不问出了那个疑惑:

"再说说'一发入魂'吧……你是怎么做到的？"

小熊再次晶莹地笑了，嘟囔了一句"明人不说暗话"。他这么说，反而让我怀疑他本想隐瞒什么，只不过发现我没那么好骗，这才索性表现得敞亮一些罢了。但旋即我又意识到，自己在他面前的确接近于一个技术白痴——我原先还以为他那顶忽明忽暗的头盔是《钢铁绞肉机》的操纵设备呢，而小熊告诉我，那玩意儿的全名叫"基于生物电子反馈系统的人体加速器"。简言之，头盔通过释放直流电刺激人脑中的某些区块，使得佩戴者的专注力、判断力和反应速度成倍增加。该项技术的灵感来自真正的战争机器，美国军方就曾用它进行过大量实验，试图将普通士兵改造成弹无虚发的狙击手——小熊所做的，无非是完成了"军转民"所必要的小型化和安全化。他越是说得轻描淡写，我越能想象在其研发过程中，耗费了多么巨大的资金、时间和无差别人类劳动；而这玩意儿的效果显而易见：只要戴上它，人人都能打出"一发入魂"……不不不，人脑还会犯错，还有无法避免的偏差，但电子元件则是如此高效、冷酷，不受感情因素困扰。在工业革命的初期，有人论证过"人是机器"，时至今日，人和机器还真是一码事儿了。

我愣了愣，回避了"作弊"这个字眼儿："你这不是……把自己变成了超人吗？"

"你算是说到点儿上了。"小熊两眼发亮，"在游戏里，我一直认为'瓦西里'是个超人，但很幸运，我们之间的差距并非无法弥补——既然他告诉过我，时间可以慢下来，那么我也完全能够反其道行之,让自己快起来……"

我又试图插话:"可你这么做——"

"闭嘴,听我说完。"小熊的兴头被我打断,突然烦躁了起来,而当我令行禁止地一声不吭,他却笑得越发晶莹了,"你也许觉得在比赛里'开挂',这不太公平,对吧?可我并没有修改游戏程序,也没有入侵对方的操作系统——那些黑客的下三滥手段一概与我无关。归根结底,我只是强化了人类自身,这又何错之有呢?就像职业运动员也对碳纤维跑鞋和'鲨鱼皮'泳衣趋之若鹜,难道制造那些东西的初衷不是为了让人类'更高更快更强'吗?同样的道理,如果游戏本身是一个新世界,新世界里必然会存在两种人,正常人和超人,那么我的做法不是恰恰实现了终极意义上的平等吗?通过技术手段,我弥补了人类先天的差距,使得正常人也能变成超人……"

这么说着,小熊肥嘟嘟的脸上焕发着恢宏的光泽。我还发现,他拿眼睛瞟了瞟我——当他亮出底牌,却又期待着我来插嘴了,他希望通过我的嘴巴来论述他的构想,毕竟我是他的"见证者"嘛。

于是我说:"所以你,也只有你,有资格站在新世界的顶端。"

听来像个悖论:所谓终极的平等,反而意味着权利上的天壤之别。而话一出口,我也明白,原来小熊膜拜的对象是他自己。那么"瓦西里"呢?不妨说他是一个祭品,只有击败了"瓦西里",小熊才能确信自己统治了他所创造的世界。再说到我,我的角色又是什么?一个捐客还是神棍?我看着小熊那张忽明忽灭的脸,重新认识了这位久违的朋友,但却有如面对一个刚刚走出飞碟、俯瞰凡尘的异种生物。

小熊说:"还是你懂我。你这个朋友我真没白交。"

随即,小熊保持着他那个"智慧层级"殊为难得的耐心,简洁而周密地向我申明了他的计划。回去以后,我首先要对在这里看到的一切守口如瓶,其次则要安排好"瓦西里"的日常训练。小熊相信在我的帮助下,"瓦西里"一定能打进决赛,而他也同样相信自己能击败"瓦西里"。当胜负分晓,公众必然会对哪个神秘人物获得了冠军产生好奇,姜咪的公司也会就此话题大肆炒作。届时我还有一个任务,就是充当"深喉",通过自媒体将小熊的身份泄露出去——那也将是小熊第一次抛头露面,到时他就不是游戏的设计者,而是一位万人瞩目的电竞明星了。乍听起来,上述计划有些荒唐:小熊建立了如此庞大的游戏帝国,却依然痴迷于靠打游戏来扬名立万儿,打个刻薄的比方,就好像夜总会的老板也要变性、整容再去下场当个"头牌"。不过这恰恰是小熊梦寐以求的"人设"。再体谅地想一想,他的努力又何尝不令人心酸呢——我意识到,小熊在骨子里仍然是个孩子,他被定格在了刚认识我的那个年纪。他可真配得上那句矫情的套话:"归来仍是少年。"

但我又想到了"瓦西里"。如果说"瓦西里"也和小熊一样,都是某种意义上的天才,又都被剥夺了长大成人的权利,那么他常年以来的愿望,是否比起"一发入魂"更加难以实现呢?对,他的愿望就是变成"正常人",一个像我一样平庸且猥琐的正常人。我破天荒地感到，自己被"瓦西里"赋予了某种尊严。我还想到了经由"瓦西里"所认识，甚而从未谋面的那些人——他的姥姥、父母、审讯他的警察、一起遭受电击的'病友'、大排档的厨子伙计、"燕郊女王"……当然还包括"鸽子赵"。

在游戏里，那孩子就是新的"瓦西里"了。

正当我走着神儿，小熊却说到了我的酬劳。当我完成任务，所得到的将不限于一笔钱、一个职位那么简单，更加诱人的前景在于，我将会获得一个"超人名额"，成为"人体加速器"的首批使用者。比起"阶层跃升"，"人种跃升"的快乐将是无法想象的。

"不信你可以试试。"他还从头上摘下了头盔，递到我面前。

头盔骤然暗了下来，像暂时失去了生命。当我接过那玩意儿，呼吸灯才又重新闪烁，忽明忽暗的节奏和我的心跳相一致。而当我回身拉开那道暗红色铁门，外面的大厅里，一九四二年的斯大林格勒仍然漫天飞雪。片刻我回来，将头盔还给小熊。

他眯眼看我："怎么样？"

我笑得和他一样晶莹："事成之后，你真打算给我这么一个玩意儿？"

小熊耸了耸肩，好像我又问了一个弱智问题。

我既拘谨又亲昵地拍了一下他的肩："你他妈的还真够朋友。"

25

那天是姜咪把我送了回去。坐在特斯拉的后座,我还得替她监督小本是否乖乖地吞下了几枚钙片。在补药的作用下,小本一路精力旺盛,咋咋呼呼地向我描述着他在研发中心里见过的新奇事物。看得出来,他受到了小熊的格外优待。

我的旧交老友之所以对一个孩子另眼相看,是因为童心尚存吗?

姜咪开着车,一言不发。在后视镜里,她鼻翼两侧的纹路愈发深邃了。而我一边和她儿子聊天,一边沉浸在从"超人"变回"正常人"的失落感当中。就连车子停稳,我也没有察觉。姜咪回身,面无表情地向我交代,既然小熊已经指派她来"配合"我的工作,那么我所需的费用也可以从她那儿提前预支。我点点头,扫了眼特斯拉炫目的液晶仪表,猜测这车八成也是小熊公司给她配的。我迟疑着笑了笑,摸了摸小本的脑袋瓜:"……我那儿随时欢迎你,当然还有小本。"

姜咪狐疑地盯了我一眼:"甭来这套。"

顿了顿又补充:"咱们现在只是合作关系了。"

她和她的儿子再次绝尘而去,我则怏怏回了家,刚一沾床就丧失了知觉。等醒来，又是黄昏了，窗外的绯红预示着明天会很晴朗。我拿出手机，拨了几个电话，然后曲项向天。那一刻，我怀疑天上的一切都是假的，是无比逼真的虚拟成像。

恕我简短地说，新的故事貌似蓄势待发，但一转眼就走向了结局。

在秋意渐浓的时节，电竞比赛进入了白热化阶段，《钢铁绞肉机》及其配套设备的销量一路攀升。路过任何一个游戏厅，都会看到佩戴VR眼镜的玩家们群魔乱舞；在大型"城市综合体"的显眼位置，还有无数座"全息体验中心"正在兴建之中。姜咪的营销公司放出风声，一旦"体验中心"完成最后调试，连"人类的生存模式"也将发生质的改变。

我则每天要在福建人的游戏商店里耗上十几个小时。他那儿也不再对外营业，而是被辟成了训练和比赛的专用场所。这段时间，"鸽子赵"一直都在地下室的里屋打地铺，只要睁眼就活在了VR眼镜制造的幻象之中。每当一场比赛结束，我会不厌其烦地向"鸽子赵"强调基本技巧，此外还得给战队的其他成员布置战术——那些人是通过各种渠道招募来的，我对他们的要求只有一个，就是在战场上为狙击手"瓦西里"提供掩护。但把该说的说完，我往往又提醒"鸽子赵"：

"你也记着，战术都是正常人总结出来的，关键时刻可能没用。"

他不言语，让我感到自己说了一段废话。我每每扑哧笑了。

赛制颇为复杂，来自全国的选手都要通过北京的 IP 端口报名，再分为东西两个半区，历经循环赛和淘汰赛，最终决定总决赛的人选。这大概借鉴了 NBA 的赛程。但比赛方式却又出人意料的简便，选手们之间并不实际见面，全部比赛场次都在网上进行。之所以采用这一安排，据称是因为报名人数众多，不过也从侧面体现了主办方雄厚的技术实力——他们有信心保证系统的绝对安全，识别并拦截一切作弊软件，就连雇人代打也不可能，因为 VR 装置自带虹膜识别功能。不过我也心知肚明，将比赛置于虚拟空间，这恰恰给小熊制造了方便：如此一来，就没人会对他的"人体加速器"产生怀疑了——而那个装置只作用于人体，并不接入游戏系统，自然也就不在反作弊系统的捕捉范围之内。当然，"双盲"的比赛形式也给我省了事，我无须向小熊解释"瓦西里"为何变成了"鸽子赵"。

再说比赛进程。"通利福尼亚"位于东区，我们的战队排名还算可以，这当然得益于"鸽子赵"的出色发挥。他屡次凭借一己之力，帮助我们那支杂牌军拿下关键场次。至于西区，竞争则要激烈得多，诸多好手胶着混战，直到循环赛接近尾声，才有一位名叫"BEAR"的选手率队打出一波连胜，脱颖而出占据了榜首。

对于那位"BEAR"是谁，我当然没对"鸽子赵"说起。

我只做了一个教练该做的事，让"鸽子赵"反复观看对方的比赛录像。看完后，"鸽子赵"照旧不言语，但即使没在游戏之中，他身上也被汗湿透了。在巷道，在楼顶，"BEAR"以常人无法想象的速度和准度完成射击,每次都是冷酷而艳丽的"爆头";在某些场次,他不仅独自猎杀了全部敌人,还上演过步枪打飞机等"神剧"里才有的桥段。也正因为上述可怖表现,"BEAR"以微弱优势险胜了"瓦西里",荣膺"常规赛MVP";而此时,最大的悬念已经变成了两位神秘高手之间的"神之对决"。

在东区淘汰赛的最后一场,还出现了一个小插曲。"鸽子赵"一度发挥失常,后来还是我采取了当年的战术,指派其他人拖住对方主力,这才给他创造了狙击的机会,有惊无险地淘汰了那支从"吃鸡"联盟转会过来的职业战队。无疑,他忌惮的其实是"BEAR",因为即将面对一个和他打法类似但却比他更强的对手,不免乱了方寸;但我也明白,对于他的心理压力,自己帮不上忙。

我只问他:"有日子没见你姐了吧?"

这次前往那个毗邻北京的城乡接合部,他就没骑电动车了。我征用了姜咪和她那辆特斯拉,行驶在停车场一样的高速公路上。发觉天空有鸟群飞过,我示意姜咪打开了"鸽子赵"身旁的车窗,让隐约的鸽哨飘进来。那孩子支棱着嶙峋的肩膀,眼中似有火苗跳了一跳,旋即在风中归于寂灭。姜咪回头看了眼他,又把脸扭向我。

半晌她才开口:"不是我信不过你,主要是……"

"我这么多年没办成过一件事儿,对吧?"我替她把话说完。

姜咪嗤笑一声。在嘲弄我的时候,她反而能够获得片刻轻松,这也是多年以来的规律。我只好皮笑肉不笑地哼哼着,同时指了指"特斯拉"的仪表盘。天知道小熊提供的这辆车里安装了什么电子元件,所以我们应该保持谨慎。

而此时,也有必要交代一下故事的另外两个插曲了。

一件事发生在我和姜咪之间。应我之邀,她又造访过我的公寓,还带着小本。费尽口舌说服孩子扣上一副硕大的降噪耳机、先写作业再玩iPad以后,我才得以靠在桌旁,和她小声聊了一会儿。啊,此情此景,我们多像一对望子成龙的贫贱夫妻。她上次带来的百合已经谢了,花瓣散落在窗前,发黄打卷。我说到了小熊没准儿早就见过她,印象里就在大学食堂门口,在一群毛球儿般的猫的簇拥之下。但我想感慨的倒不是世事如烟,而是天方夜谭——没想到偌大的研发中心,居然基于一个"游戏成瘾者"儿时的愿望。当然再一细想,这也没什么可令人感到荒谬的,特洛伊战争不也源自神祇之间的争风吃醋吗?神的特权就是任性,所谓理性,不过是凡人自以为能够救命的那根稻草罢了。

我的感叹超然物外,但姜咪随即指出,我陷入了"反智"的怪圈,而且"把问题想得太简单了"。她提醒我,即便小熊本人拒绝长大,但他背后的力量可是严格遵循着经济逻辑运转的。国内那家网络巨头不惜血本,将一个游戏狂人的异想天开变成了现实,难道只是为了赚赚流量卖卖装备吗?不不不,据她所知,那些人还在下一盘"大棋"。姜咪推测,一旦小熊在实战中验证了"人体加速器"的功效,那个法宝也就不可能是他独享的了。幕后金主们会利用他的技术,实现量产后再出售给所有渴望成为"超人"的玩家。只要花得起钱，没人能够抵抗那种诱惑，而基于"脑机接口"技术的双向原则，当那些"高净值人群"佩戴头盔在游戏中大杀八方，他们的思维习惯乃至潜意识模式也会被记录下来，再用人工智能加以分析，形成一个庞大的数据库。又按照"人即数据"的理论，在商业领域，还有什么比这项资源更值钱呢？只要能够洞悉他们什么时候会兴奋，什么时候会害怕，什么时候会神志不清，相应决策都会变得无往不利，也就实现了"天下没有难做的生意"。如果使用者足够胆儿大，甚至还能操纵股市、控制物价，把全社会都"困在系统里"。

我作醍醐灌顶状，又问她："你的说法很有想象力，但有证据吗？"

姜咪说："没有确凿证据，不过可想而知。这不就是互联网行业的经典'打法'吗？况且在我接下电竞比赛的宣发项目之后，那家网络巨头立刻联系了我，邀请我参与一款尚未面市的游戏神器的市场预热……"

也就是说，当小熊把我们当作棋子，他也在扮演别人的棋子。嗯，人字的结构就是互相收割。而我忽然意识到，自己正面对着一个似曾相识的姜咪。那个姜咪既迷惘又多愁善感，正与当年我在湖边见过的她一样；我还想到，我们这个岁数的人，都脱胎于上一个时代的尾巴，又赶上了下一个时代的开头，但却都被时代本身隔了过去。当姜咪那张甜美的脸不再面露轻蔑，而是浮现出执拗的表情时，便又说到了小本："你没孩子不会理解，我有多么替他担心。我担心他能不能顺利长大，更担心他长大后会不会被当个人看待。但怎么样才算人呢？对于这个问题，我居然只有和你才能找到共同语言——你得承认，人是囫囵的，整个儿的，也许还是不可捉摸的……总之，人不该是一组数据，对吧？"

我却很想告诉她，儿孙自有儿孙福，我们哪儿管得了那么多。同样的道理，她口中的那盘"大棋"也离我太遥远了。然而不能否认，恰恰是姜咪刺激了我。听着她那些难以名状的哀伤，我脑中有个念头一闪，又陡然真切了起来。

未几，我打断她，和她商量起了一个计划，或云一个交易。

看到姜咪惶惑地眯起双眼，我又告诉她，虽然这个计划或交易听起来有些疯狂，但我也并不是势单力孤。而这就涉及我和另一个人的交情了——和她谈过之后不久，我又给副教授李正雄打了电话。

对于李正雄秃顶上的头衔，我并非出于习惯才沿用了过去的叫法，时至今日，他仍然是个副教授。不仅如此，由于拉不到项目也不太会搞关系，李正雄还是个随时可能丢掉饭碗的副教授，每每面临着"非升即走"的威胁。不过我的老师又是一个善于自我调节的人，为了避免被逼成校园血案的主角，他为他的负面情绪找了个出口，那就是天昏地暗地玩儿游戏——又因为技术拙劣，偏还编得一手好程序，他的玩法就颇为与众不同了。市面上大一些的游戏网站几乎都被李正雄"黑"过，他大闹一场，再将装备散发给入门玩家，均了贫富之后悄然离去。

这种行为极大地扰乱了市场秩序，而当网上的不法分子慕名而来，出高价请他"干一票"时，他又把那些挣外快的机会送给了我。可以说，如果没有他的背后提点，我这个散养黑客早就被饿死了。

但这一次，当我对李正雄说了自己想干什么，又提到了《钢铁绞肉机》时，资深副教授沉吟半晌，问："你脑袋没坏吧？"

我说可能坏了，他说还真是。李正雄进而问我，在美国那种黑客猖獗的地方，为什么遭到网络勒索的总是小微企业，谷歌、亚马逊之类的科技大鳄却都安然无恙？我还没说话，他又自问自答，这是因为那些公司拥有最好的程序员、最庞大的安全团队。所谓网络对抗，说起来是靠聪明才智，归根结底还不是拿钱堆出来的。至于小熊的研发中心，想必也拥有硅谷级别的防护系统，任何入侵者贸然挑衅，结果只能是自取其辱。

李正雄损了我一句就挂了电话。然而没过多久，他又打了回来，继续损我："幸亏当年没带你读研究生，我发现你还真是蠢得可以。"

我反唇相讥，研究生可不是谁想带就能带的，由于满腹牢骚遭到学生举报，您不是连授课资格都差点儿被吊销了吗？而李正雄不以为意，兀自喋喋不休起来。在恶作剧中，我的老师也体验着顽童般的快乐。

反过头来，我又把李正雄的话复述给了姜咪。

这时我们已经将车停到了燕郊那栋破楼的楼下，面对面地坐在大排档里。正赶上伙计们开饭，于是"鸽子赵"还没回家就先被叫去吃面。螳螂状的瘦男人认出我来,一回生二回熟地送来了两只鸽子。对于这种高油、高盐、富含污染物的裸体鸟类,姜咪自然目不斜视,连看都没看它们一眼。而在不远处的粉红小发廊里,却有一位"女王"倚门而立,审慎地打量着我们。对于姜咪,后者流露出了显而易见的敌意,继而掐灭了烟,掏出一支口红抹了起来;姜咪呢,居然也低头打开"古驰"皮包,找出粉饼来拍了拍脸——难道她们还在忙于争奇斗艳,并互相提防着被抢了生意吗?

当"鸽子赵"起身走向"燕郊女王",姐弟俩小别重逢之际,姜咪便把怨气转嫁到了我头上。她对李正雄的构想作出了评价:"这道理连小本都知道。"

我说:"恭喜你,你儿子可以去评副教授啦。"

但随后,姜咪却又显得心不在焉了。她眼神游移,掠过我的头顶,忽忽悠悠地往上飘去。我也扭过头,望向斜后方的楼上,阳台里站着一人,犹如树桩,从水泥挡板后露出半个身子。正是"瓦西里",他逆着阳光,向我露出了询问的表情。我点点头,低声说了句"妥了"。到底"妥"没"妥",我也不确定,不过我那大包大揽的神色就和当年一样。

"瓦西里"便扯着破锣嗓子,喊:"'鸽子赵'——"

地上的"鸽子赵"也回头:"'瓦西里'——"

俩人遥相咧嘴,辉映着两只扁桃腺。"瓦西里"又喊:"你进决赛啦——"

"鸽子赵"喊:"就在明天——"

"瓦西里"便把手指塞进嘴里,打了一记呼哨,然后转身进屋。片刻,从那间斗室里传出了纷纭的响动,仿佛有无数条喉咙正在鸣叫,无数只脚正在跳跃,无数双翅膀正在扑腾;又一转眼,鸽子们就从阳台里扑了出来,冲向天空,奋力翱翔,无师自通地恢复了根植于血肉之中的飞行能力。它们络绎不绝地盘旋着,在人们头顶形成了一片黑云。

所有人都惊呆了,螳螂状的瘦男人率领一众伙计蹦跳呼喊。我还看到"鸽子赵"两手高举,臂膀震颤,向天空挥荡不休。

仿佛鸽子们是他的灵魂,碎成了片儿,又被风统统吹走了。

26

那天在燕郊,我和姜咪又进行过一些讨论。

姜咪首先控诉,"瓦西里"造成的损失都被算到了她头上,而她还得听任大排档方面漫天要价,这可真是无妄之灾。我劝道,反正她也没少从小熊那儿报账,这笔费用连零头都够不上;再说不赔又该如何呢,难道等着伙计们把我们的车掀了吗?姜咪又说,我一眼就认出你那个朋友了,一把岁数了,他怎么还那么不正常呢?我说,正常不正常,我认为这个话题已经毫无意义了。姜咪还说,他那么做到底什么意思,誓师吗?祭旗吗?

我则说，你怎么理解都可以，我想说的其实是……我们的事情一直跟他有关。

姜咪瞪我："我们？什么事？"

我说："有过去的事，也有现在的事。"

她说："过去的掰扯不清，反正你不是个东西。就说现在吧。"

我说："不是刚跟你说过嘛，关于我们的计划或者交易……"

姜咪便又扫了一圈儿周围：鸽群已然散去，却倾泻了一地鸟屎；螳螂状的瘦男人在手机里查验着刚收到的款项；"燕郊女王"继续抽烟，冷眼审视我们；在她的营业场所门口，"瓦西里"已经下楼，和"鸽子赵"相对而立，嘀嘀咕咕。

随即，姜咪烦躁地哼了一声："反正你记着，咱们只是合作关系。"

不过当我叫了声"鸽子赵"，转身走向被鸟屎溅得斑斑点点的特斯拉时，与我同行的姜咪却忽然站住，重新看了我一眼复又把目光挪开。在那一刻，她的声调就变软了："你也记着，我答应你，可不是为了钱。"

她的神色令我一震。我说："姜咪，你到底想说什么？"

姜咪说："说到底，算我昏了头吧。我这半辈子，最大的失败就是认识了你。"

她又说："但我没见过你这么想做成一件事。"

这时，她眼里闪烁着近乎疯狂的光泽。我突然想，或许"不正常"才是我们这代人共有的底色。姜咪的几绺短发垂在脸侧，我很想替她把它们撩到耳朵后面去，但我到底没那么做。相反，我回头望向"瓦西里":"上车吗?"

"瓦西里"说:"去哪儿?"

我说:"去北京啊——明天看'鸽子赵'比赛。"

"瓦西里"摇头:"太刺激,我受不了。"

他抬起臂膀对我们扬了扬,右手过电般抽搐。然后他就转身,回到他那终于安静、也终于孤寂下来的斗室里去了。

关于那场比赛,似乎就没必要细说了。

比赛过程并不像人们所期待的那样扣人心弦。次日一早,数以百万计的玩家在线等候,"鸽子赵"和"BEAR"登录了《钢铁绞肉机》。双方仍不见面,各自选定角色,"BEAR"是党卫军军官,"鸽子赵"是苏军战士。赛程倒也紧凑,七局四胜,每局以全歼对手告终。开赛之后,"鸽子赵"按照我的要求,朝天开了三记空枪,"BEAR"也报以了同样的致意。比赛的前半程是"BEAR"的天下,他的步骤有条不紊,总是先轻易解决了"鸽子赵"那些东拼西凑的战友,然后消失在白雪茫茫的废墟之中;当"鸽子赵"还在与其他敌人缠斗时,他并不出手,直到地图里只剩两人,这才陡然现身,发起狙击手之间的对决。一枪定生死,连续三局,都是"BEAR"获胜。

"鸽子赵"使出浑身解数,但却始终略逊一筹。他最接近胜利的一局也只是命中了"BEAR"的肩膀,却在同一时间遭到爆头。"鸽子赵"汗湿了全身,连头发都在滴水。他摘了VR眼镜,面如死灰。这孩子崩溃了吗?如果这样,他可不如当年的"瓦西里"。

比赛时我正瘫坐在沙发上,此刻蹦起来,冲上去差点甩他一个嘴巴。"鸽子赵"傻了,懵懂地呆视着我。我也蒙了一蒙,拍拍他的肩膀说:"真的假不了,假的真不了。"

见他不语,我又添了一句:"我们没有任何撤退的余地。"

后一句话脱口而出,我才突然想起,这正是苏联战斗英雄、第二次世界大战期间最具传奇色彩的神枪手瓦西里·扎伊采夫的墓志铭。那句名言的真正出处,却是一九四二年时任前线政委的尼基塔·赫鲁晓夫。伴随着那句话,《环球电影》杂志上的那篇文章也从我脑海中浮现了出来。时隔多年,我仍然记得那些激昂而矫情的言语:

坚持住,瓦西里,将你的最后一颗子弹射入邪恶的心脏!

开枪吧,瓦西里,为了真理,为了正义,为了全人类的解放!

"鸽子赵"戴上 VR 眼镜,比赛继续。在大部分观众眼里,他突然找回了状态,但在我看来却是近乎乏味的虐杀。这一次,"鸽子赵"没再和闲杂人等纠缠,一开场就锁定了"BEAR",而在提前到来的对决中,"BEAR"突然丧失了原有的反应能力,像个新手一样慌乱不堪。

"一发入魂","鸽子赵"连扳四局。

比赛结束,我的手机响了一声。李正雄发来信息:妥了。

我随即点开姜咪的微信,告诉她:妥了。

我还找到了"瓦西里"的号码,但一犹豫,并未给他拨过去。当实时推送的新闻都在报道赛况时,小熊的视频电话也打了过来。在屏幕里,他没戴头盔,那张胖嘟嘟的脸并未显得气急败坏,反而饶有兴致。

他问我,是不是我做了手脚,"黑"进了他们公司的系统。

我说是。但随即又说,我哪儿有那么大的本事。

正如李正雄所言,傻子才会妄图突破那道密不透风的防火墙,因而我们反其道行之,采用了极其原始的入侵方式。在小熊的实验室,我试戴过一次"人体加速器",除了体验到升级为"神"的快感,还发现该设备耗电量巨大,便携式锂电池无法支撑,所以需要实时充电。出于方便考虑,小熊为头盔配备了"无线速充",这种技术在新款手机上很常见,其原理也无非是中学课本里的"电磁作用",即通过电流改变磁场,再通过磁场在另一处引发电流——这就造成了使用它时,必须基于两个条件:一是附近要有个磁场信号源,一般安置在电源插孔里;二是磁场频率不能受到干扰,否则就相当于有线充电器被拔了插头。只要针对这条件做点儿手脚,"人体加速器"也就失效了。

具体说,我们制作了一个遥控触发的干扰器,能够造成一定空间范围内的磁场紊乱,从而干扰无线充电。李正雄还把它伪装成了一只手机充电器,由此掩人耳目。至于把那玩意儿带上建筑顶层的人,就是我的"哥们儿"小本喽。比赛期间,他正跟姜咪一起待在研发中心,当大人们各司其职,也没人会留意一个四处乱窜、挨个儿试玩那些老式"街机"收藏品的孩子。李正雄还一心想要营造"惊天逆转"的效果,所以直到游戏中的"BEAR"将"瓦西里"逼入绝境,他才在街对面的网约车里按下了遥控按钮。头盔瞬时断电,小熊在比赛中途突然从"神"变回了"人"。

我之所以将这一切和盘托出,当然是因为有恃无恐——《钢铁绞肉机》的首届联赛就出现了作弊行为,并且作弊者恰恰是游戏的开发者,类似丑闻造成的损失将是天文数字,对于那种结果,小熊背后的网络巨头首先就不能接受。大家应该按照经济逻辑行事,这也是姜咪再三强调过的。果不其然,当我口干舌燥地供认完毕,小熊仍未露出半点儿愠色。他心平气和地看着我,目光不仅晶莹,甚而还有一丝温情。

然后他开口唤我:"老驴,我也想跟你说件事儿。"

我呼应:"小熊,你说吧。"

他说:"其实当年和'康德姆'那场比赛,我原本想要'开挂'来着。你知道我的能耐,想'黑'进当时的系统不算太难。如果那样,就算不靠'瓦西里'我们也能赢。我跟鱼哥商量过这事儿,但我们后来还是没那么干——"

我说:"为什么?"

他说:"因为你。我们知道,你肯定不答应。"

我说:"你们还挺了解我。"

他说:"那当然。你这人太'迂'了。"

我说:"妈的,早知道还不如——"

他说:"就别事后装流氓了,你到现在还不是这个德性。所以我在研发《钢铁绞肉机》和'人体加速器'时,也一直没跟你联系,我怕你看不起我……不过到头来,我还是想见你一面。我想,也许你愿意和我一起被升级成'神',会为我感到高兴,并且还会承认这就是未来呢,但我想错了……"

我说:"你没想错。未来近在眼前,我也为你高兴。"

他说:"可你还是摆了我一道,是因为'瓦西里'吗?"

我说:"你要么想的话,那就是吧。"

他说:"说到底,他才是你的朋友。"

我说:"不不不,应该说,他只有一个朋友。"

小熊便顿了顿:"事到如今,能让我见见他吗?"

我不言语,将手机朝向"鸽子赵"的背影。后者正在享受冠军的待遇,任由福建老板替他递水擦汗。看到此"瓦西里"非彼"瓦西里",小熊一定颇为疑惑,而他想必也能猜到故事之外还有故事,就像算法循环相套,无止无休。

恰好姜咪的电话切了进来,对她那句"你终于干成了一件事",我也没心思听了。我回味着这个即将讲完的故事。我的故事,别人的故事,世界之外还有世界的故事。原来"一发入魂"并不像它应有的那样功德圆满,这使我感觉自己是个拙劣的玩家。

我拾级而上,走出地下室。"城市综合体"的巨幕上,反复重播着比赛镜头,少男少女无不驻足仰头观看,上了岁数的人则事不关己地离开。我躲开人群,站在广场边缘,又望了眼天空。天上没有鸟群飞过,空洞的蓝色无比真切,令人心惊。

再说说故事的结尾吧,后来我又去了一趟燕郊。

这已经是半个月以后了,跟我一同前往的却是小本。我们开的还是姜咪那辆特斯拉。自从姜咪入股福建人的游戏俱乐部,出任"顶流"电竞选手的经纪人,她就变得越来越忙了,不仅要安排"鸽子赵"接受采访和出席商业活动,而且还得游说各种资方,让他们相信"鸽子赵"虽然"不太听得懂人话",但这恰恰在年轻人眼里显得很酷,因而有着被进一步打造成国际电竞巨星的潜力。

至于"鸽子赵",现在我只能在海报和网络视频里见到他了。这孩子似乎已经习惯了摄像机和闪光灯,还学会了举着一台笔记本电脑或一包方便面,对着镜头喊"耶"。但很可惜,他那身塑料感极强的服装和彩虹一般的发色看起来土得掉渣,而他的新造型无疑来自他姐的精心创意——相信在这方面,"燕郊女王"和姜咪也产生了相当大的冲突。

倒是小熊还会偶尔和我通个电话,他告诉我,"人体加速器"的升级项目已经获得了新一轮融资,等到那玩意儿不再以头盔的形式存在,而是像芯片一样嵌入人脑并采用生物能发电,下届《钢铁绞肉机》联赛冠军也就非他莫属了。他还劝我一把年纪了,最好吃碗干净饭,不如到他的团队里谋份闲职:

"比如电路总监,你觉得这听起来体面吗?"

我说容我想想,挂了电话。停车以后,我叫上小本上楼。他问我们来这儿干吗,我说我得看个朋友,你妈又非让我看着你,所以只好带你一块儿来了。敲响木门,我闻到了一股熟悉的味道，那不是鸽子的臊臭味儿，而是一锅肉味儿。"瓦西里"开门，他说来了？我说来了。

来了却也没什么事儿干，卷着烙饼啃肘子。我将我的两位朋友互作介绍，这是小本，这是……张京伟。你好。你好。小本对我把他带到这片穷乡僻壤相当不满，管我要了手机，兀自看起了最新一场表演赛的视频。他现在也是"鸽子赵"的粉丝了。

我和"瓦西里"被晾在一边，两厢静默。窗外是一年里最好的天气，华北平原的秋色明亮而苍凉，有云飘过，将大团暗影投在我们脸上。过了不知多久，小本蜷在那张硬木圈儿椅上睡着了。我们更不敢出声。又耗了会儿，"瓦西里"突然捅了捅我，拿出一只手机划开。手机是杂牌货，不过好歹也是智能的，他向我展示了一个游戏界面。那是一款极其复古的"脱衣麻将"，不知是谁吃饱了撑的把它传到了网上，记得连赢几把，画面上的女孩就会露出大腿。如今看来，这种清晰度的图片简直就像屏幕出了故障，不过考虑到"瓦西里"那抽搐的右手，也只有这种不需操纵的"益智类"游戏适合他了。而"瓦西里"羞涩地说，他试了好多遍，仍然无法如愿以偿，想看的一直没看到。

我接过来，打了片刻，未几通关。他眉开眼笑地把手机抢了回去。

时至今日，我史无前例地在游戏中完胜了"瓦西里"。

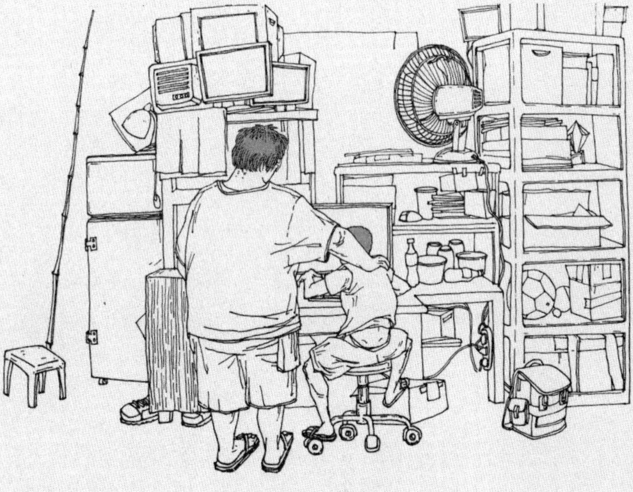